d

Brian Moore

Es gibt kein anderes Leben

Roman

Aus dem Englischen von
Otto Bayer

Diogenes

Titel der 1993 bei Nan A. Talese,
Doubleday, New York, erschienenen
Originalausgabe: ›No Other Life‹

Umschlagillustration:

*Das erzählte Geschehen ist frei erfunden.
Irgendwelche Ähnlichkeiten mit tatsächlichen Personen,
seien sie lebend oder tot, sind rein zufällig.*

Für Jean

150/94/8/1
ISBN 3 257 06022 X

Gott führt den Spieler, der den Bauern.
Doch welcher Gott hinter Gott beginnt das Spiel
mit Staub und Zeit und Traum und Tränen?

Jorge Luis Borges

I

Früher hätte man mir eine goldene Uhr geschenkt. Ich habe nie verstanden, warum. Sollte es dem, der in den Ruhestand geschickt wurde, vor Augen führen, daß seine Zeit abgelaufen war? Statt einer Uhr bekam ich eine Videoaufzeichnung von der Abschiedsfeier. Mein Leben hier ist beendet, mein Tagwerk ist vollbracht.

Nächste Woche werde ich Ganae verlassen und mich in ein Exerzitienhaus auf Kuba begeben. Ich habe nie auf Kuba gelebt. Kanada, wo ich geboren und aufgewachsen bin, ist nur noch Erinnerung. Man könnte fragen, warum ich meine Tage nicht hier beschließen darf. Ich bin einer der letzten weißen Priester auf dieser Insel und der letzte ausländische Direktor des Collège St. Jean. Auf der Abschiedsfeier am Dienstagabend wurde das nicht erwähnt. Aber gestern, als ich allein im Aufenthaltsraum unseres Wohnheims saß und mir das Band ansah, das sie für mich gedreht hatten, sah ich mich so, wie sie mich jetzt sehen müssen. Die Feier fand in der Aula des Gymnasiums statt. Priester, Nonnen, Schüler und Honoratioren, alles Mulatten und Schwarze. An der Wand hinter den Mikrofonen und dem Podium hing ein großes Foto unseres neuen Papstes, ein Halbblut auch er. Und dann, auf dem Weg zum Podium, ein Gespenst aus der Vergangenheit, dieser gebeugte Weiße in einer abgetragenen Soutane, so fehl am Platz wie der Mohr auf einem Bild vom französischen Hof aus dem sechzehnten Jahrhundert. Ich bin ein

Mahnmal aus einer Vergangenheit, die sie am liebsten alle vergessen möchten. Sie sind froh, mich scheiden zu sehen.

Doch auf dem Videoband, da weinen sie und umarmen mich. Manche bekennen, mich zu lieben. Einer meiner ehemaligen Schüler, jetzt Außenminister, lobte mich in seiner Ansprache für mein Bemühen, Schüler aus den Slums und den Provinzen an den Segnungen höherer Bildung teilhaben zu lassen. Es gab Applaus für diese Worte, aber wie viele im Publikum haben in diesem Augenblick wohl an Jeannot gedacht? Jeannot, der bedeutendste Meilenstein in meinem Leben, wurde auf dieser Abschiedsfeier mit keiner Silbe erwähnt. Auf dem Bildschirm sieht man mich, umgeben von lächelnden Gesichtern, einen großen Kuchen anschneiden. Das Videoband bescheinigt mir, wie die goldene Uhr früherer Zeiten, daß ich die längste Zeit meines Erwachsenendaseins unter diesen Menschen gelebt und gearbeitet habe. Es ist ein Memento.

Doch was für ein Memento? Ich gehöre dem Albaneserorden an, einem in Frankreich gegründeten katholischen Lehrorden. Anders als ein in den Ruhestand gehender Laie habe ich keine Familie, keine Kinder oder Enkel, keine Bindung an das normale Leben. Mein Bruder und meine Schwester sind Fremde, die ich viele Jahre nicht gesehen habe. Wenn ein Ordensmann in den Ruhestand tritt, ist es, als würde er von einer tödlichen Krankheit niedergestreckt. Sein Erdenwerk ist getan. Nun soll er sich auf den Tod vorbereiten. In einem anderen Zeitalter waren das Jahre der Beschaulichkeit, des Wartens auf die Vereinigung mit Gott und denen, die voraufgegangen sind. Aber für mich ist der Tod ein Geheimnis, die Antwort auf die eine Frage, die mein Leben verzehrt hat.

Bei der Feier am Dienstag sang unser Knabenchor die

Schulhymne. Der Text ist von Père Ricard, einem französischen Priester, der vor meiner Zeit hier Direktor war. Die Hymne ist eine Bitte an Gott, unsere Schule zu segnen und Ganae und seinem Volk durch Bildung zu Wohlstand und Glück zu verhelfen. Père Pinget macht sich über dieses Lied lustig, indem er meint, Gott spreche offensichtlich kein Französisch.

Französisch befindet sich jetzt natürlich auf dem Abstieg. Als ich hierherkam, war es gerade umgekehrt. Da war Kreolisch die Sprache der Armen, und wer Französisch sprach, zeigte damit, daß er zur Eliteschicht der Mulatten gehörte oder zumindest gern zu ihr gehören wollte. Jetzt ist Kreolisch Amtssprache. Aber ob Gott Kreolisch spricht?

An das alles denke ich nun, denn ich blicke auf die leeren Blätter im Buch meines Lebens. Meine Jahre in diesem Land haben kaum etwas bewirkt. Das meiste, was ich unternahm, ist mir mißlungen. Aber ich bin ein Mann mit einem Geheimnis, einer nie erzählten Geschichte. Selbst jetzt, da ich sie niederschreibe, frage ich mich: Ist es der rechte Augenblick, die Wahrheit zu berichten?

Wo soll ich anfangen? Beginne ich mit der Beklemmung, die mich gestern abend überkam, als ich in meinem Zimmer das Foto meiner Eltern von der Wand nahm, und noch ein zweites Foto, das mich mit meinem Examensjahrgang an der Universität Montreal zeigt, vor langer Zeit? Ich habe die Bilder in die Reisetruhe mit meinen Siebensachen gelegt, denselben flachen Blechkoffer, den man einst in dieses Zimmer trug, als ich vor dreißig Jahren zum erstenmal nach Ganae kam. Wenn sie diese Truhe nächste Woche hinuntertragen, wird nichts mehr darauf hinweisen, daß ich je hier gelebt habe. Ich glaube, das ist es – dieses Wissen, daß man die Wahrheit über jene Ereignisse vielleicht nie kennen wird –, was mich bewegt, diesen Bericht zu hinterlassen

Aber wie soll ich ihn abfassen? Wenn man jung ist, glaubt man, daß man im Alter imstande sein wird, zurückzublicken und sich sein Leben in Erinnerung zu rufen. Aber so, wie man die Einzelheiten einer Geschichte schon wenige Monate, nachdem man sie gehört hat, wieder vergißt, so hängen auch die eigenen Jahre herum wie alte Klamotten, vergessen im Kleiderschrank des Gedächtnisses. Habe ich das je getragen? Wer war ich da?

Eine Frage, auf die ich keine Antwort weiß. Ich kann Ihnen erzählen, daß ich Paul Michel heiße und vor fünfundsechzig Jahren in dem Städtchen Ville de la Baie im nördlichen Quebec geboren bin. Mein Vater war dort Arzt, und als er starb, übernahm mein jüngerer Bruder Henri die Praxis. Warum bin *ich* nicht Arzt geworden? Ich erinnere mich nicht, als Kind besonders fromm gewesen zu sein. Albanesische Patres haben mich an ihrer Schule in Montreal erzogen, und als ich eine gewisse philologische Begabung erkennen ließ, bot der Orden mir die Möglichkeit, an der McGill-Universität zu studieren, und schickte mich später für ein Jahr zum Studium der Romanistik nach Paris an die Sorbonne. Jetzt im Rückblick kann ich nicht sagen, ob ich je eine wahre Berufung zum Priesteramt hatte. Was mich anzog, war die Missionsarbeit, der Bildung der Armen in fernen Ländern wollte ich mein Leben widmen. Also wurde ich Albaneserpater, wie andere aus meiner Generation zum Friedenskorps gingen.

Priestertum bedeutet Zölibat, und das stürzte mich in schlimme Nöte. Immer wieder fühlte ich das hoffnungslose Verlangen nach einem Mädchen, das ich auf der Straße sah, gefolgt von Depressionen, die meine Gebete nicht zu heilen vermochten. In Paris verliebte ich mich. Sie war eine Mitstudentin an der Sorbonne, und für sie war es eine harmlose Geschichte. Ich war nur ein Freund. Eine Zeitlang spielte ich mit dem Gedanken, das Priestertum aufzugeben und mich ihr zu erklären ... aber ich tat nichts dergleichen. Erst als ich nach Ganae versetzt wurde, legte sich meine Sehnsucht nach ihr. Hier würde ich, fern jener Welt, die ich kannte, als ein Diener Gottes leben und sein Werk vollbringen.

Ich wurde bald enttäuscht. Ich war gekommen, um die Armen zu lehren. Ganae liegt in der Karibik, ist aber so arm, wie sonst nur noch ein afrikanisches Land arm sein kann. Achtzig Prozent der Bevölkerung sind Analphabeten. Die wenigen staatlichen Schulen sind erbärmlich schlecht. Die staatliche Universität ist eine drittklassige Fachschule, die viertklassige Ärzte und Ingenieure produziert. Das Collège St. Jean, unser Gymnasium in Port Riche, ist die einzige echte höhere Bildungsanstalt. Sie wurde gegründet, um junge Leute heranzuziehen, die nach ihrem Schulabschluß auch ins Ausland gehen könnten und an den dortigen Universitäten zugelassen würden. Aus diesem Grund war sie von Anfang an eine Schule für die Söhne der Mulatten, einer Eliteschicht, die auf großen Anwesen hinter hohen Mauern und streng gesicherten Toren lebte, bedient von schwarzem Personal; einer Elite, die französische Lebensart nachäffte, Champagner und *haute cuisine* genoß und sich über die neueste *haute couture* und die jüngsten Pariser Skandale ausließ. Als ich am St. Jean anfing, hatten wir keine zwanzig schwarze Schüler in unseren Klassen.

Warum das so war? Père Bourque, unser Direktor,

erklärte es so: »Die Mulatten sind und waren immer die Herren Ganaes. Sie beherrschen das Parlament, sie haben Geschäftsverbindungen nach Amerika und Frankreich. Indem wir ihre Kinder erziehen, haben wir die Chance, Einfluß auf das Geschehen zu nehmen. Dies ist eine schwarze Republik, aber auf den Grad der Schwärze kommt es an. Die Hellhäutigen sind tonangebend. Wenn ein *noir* erfolgreich ist, versucht er in die Klasse der *mulâtres* einzuheiraten. Außerdem ist unser Erzbischof ein Konservativer. Er möchte den Status quo bewahren.«

Was hätte ich getan, wenn nicht doch eine gewisse Hoffnung auf Wandel bestanden hätte? Wäre ich zum illusionslosen Pragmatiker geworden wie Père Bourque? Zum Glück wurde ich nicht auf die Probe gestellt. Einige Monate nach meiner Ankunft kandidierte in einem dieser politischen Umschwünge, die in Ganae nicht ungewöhnlich sind, ein schwarzer Landzahnarzt namens Jean-Marie Doumergue bei der Präsidentenwahl und versprach, die Folter abzuschaffen, die Demokratie voranzubringen und die Macht der Polizei zu beschneiden. Das Militär sah in Doumergue eine Marionette, mit deren Hilfe es die schwarzen Massen in Schach halten konnte. Doumergue wurde gewählt, aber er ging sofort daran, den Mulatten ihre Privilegien streitig zu machen.

Warum bleiben uns bestimmte Tage, bestimmte Begegnungen im Gedächtnis? Ich erinnere mich noch genau an meine Beklommenheit an jenem Morgen, als ich, umdrängt von acht schwarzen Jungen, vor dem Zimmer unseres Direktors stand. Der Erzbischof war gerade da. Der Direktor öffnete die Tür und bedeutete mir, mit den Jungen hereinzukommen. Ich verneigte mich ehrerbietig vor Erzbischof Le Moyne, einem kalten Bretonen, den ich nicht kannte. Er und der Direktor setzten ihre Unterhaltung fort, als wären die Jungen gar nicht vorhanden.

»Wir haben es mit einer neuen Situation zu tun«, sagte Père Bourque. »Wir haben jetzt einen Präsidenten, der ständig betont, daß er das Mandat habe, die Bildungschancen der *noirs* zu verbessern, einen Präsidenten, der über Schulen wie die unsere Klage führt. Es gibt sonst keine Schulen wie die unsere. Er meint also unsere Schule. Wenn Euer Gnaden gestatten, möchte ich deshalb vorschlagen, daß wir unverzüglich die Zahl unserer Stipendiaten erhöhen. Ich denke an eine nennenswerte Zahl von Stipendiaten. Vierzig vielleicht. Und es sollten lauter *noirs* sein.«

Aber der Erzbischof war anderer Meinung. »Ich fürchte, die Elite wird es nicht dulden, daß ihre Kinder zusammen mit Slumkindern aufwachsen. *Einige* Schwarze mehr, gut. Die Elite möchte nicht als engstirnig gelten, schon gar nicht, solange ein schwarzer Präsident an der Macht ist. Aber vierzig schwarze Schüler – wo wollen Sie die herholen?«

Der Direktor wandte sich an mich. »Père Michel hat da schon vorgearbeitet. Paul?«

Ich hatte einen dicken Packen Prüfungsergebnisse in der Hand. Wie immer damals, war ich nervös und überängstlich. »Euer Gnaden«, begann ich, »ich habe die ländlichen Bezirke bereist, und glauben Sie mir, es war nicht schwierig, schwarze Kinder von überdurchschnittlicher Intelligenz zu finden. Hier sind acht von ihnen. Dieser kleine Kerl hier erscheint mir zum Beispiel hochbegabt. Dabei ist er ein Waise und stammt von den Ärmsten der Armen – aus dem Dorf Toumalie, falls Ihnen der Name etwas sagt, Euer Gnaden.«

Während ich redete, behielt ich die Jungen im Auge. Die

anderen sieben standen ergeben da wie Tiere, über deren Verkauf verhandelt wurde. Aber der eine, von dem ich gerade gesprochen hatte – Jeannot hieß er –, sah uns an, als hätte er, nicht wir, über seine Zukunft zu bestimmen. Und dann sagte dieser Junge plötzlich: »Ich möchte Priester werden, Euer Gnaden. Aus Toumalie ist noch nie einer Priester geworden.«

Hinterher beim Mittagessen fragte der Erzbischof: »Sie haben doch gewiß nicht vor, diese kleinen *noirs* zu Priestern zu machen? Ihr Gymnasium ist kein Priesterseminar.«

Unser Direktor lachte. »Der Kleine aus Toumalie? Ich weiß nicht, warum er das gesagt hat. Wahrscheinlich, damit wir ihn nehmen. Wissen Sie es, Paul?«

Ich denke, Père Bourque wollte mich nur in das Gespräch mit einbeziehen. Während des ganzen Essens hatte ich kein Wort herausgebracht. Aber da ich unbedingt wollte, daß die Jungen in die Schule aufgenommen wurden, wich ich der Frage aus.

»Keine Ahnung«, sagte ich. »Ich kenne den Jungen ja kaum.«

Das war die Wahrheit und doch wieder nicht die Wahrheit. Ich hatte mich inzwischen schon sehr mit Jeannot befaßt, obwohl ich ihn erst vor zwei Wochen kennengelernt hatte, als ich die wenigen ländlichen Schulen im Norden der Insel abklapperte. Ein Lehrer in dem Dörfchen Toumalie hatte mich in seine blechgedeckte Schule geführt und mir aufgeregt von einem dreizehnjährigen Jungen erzählt, einem Waisen, den er als »ein Gefäß« bezeichnete, »das alles zu fassen und aufzubewahren vermag«. Ich prüfte den Jungen und staunte. Tags darauf ritt ich auf einem Maultier über eine Straße, die noch nie von einem

Auto befahren worden war, bergauf zu einer Lehmhütte inmitten einer Landschaft, die durch dreihundert Jahre unverständigen Raubbaus völlig verödet war. Dort saß auf einer wackligen Veranda eine Frau, deren Gesicht und Körper die deutlichen Spuren des Hungers trugen, mit einem Kind an der Brust. Sie war Witwe und sorgte außer für ihre vier eigenen Kinder auch noch für die beiden verwaisten Söhne ihres Bruders, eines Lagerarbeiters, der vor drei Jahren gestorben war. Einer dieser Waisen war der bewußte Junge, Jean-Paul Cantave, genannt Jeannot. Als ich ihr mein Vorhaben erklärte, gab sie ihn mir so ohne weiteres mit, als schenkte sie mir einen Welpen aus einem zu großen Wurf.

Eine Stunde später ritt ich wieder bergab, hinter mir den Jungen, der die Ärmchen um meine Taille geschlungen hielt, während das Maultier vorsichtig den unebenen Weg hinunterzockelte. Der Junge war klein und schmächtig. Seine Kleidung bestand aus einem schmutzigen Drillichhemd, einer geflickten Hose und Holzpantinen. Man stelle sich das vor: Keine Papiere, keine Unterschrift, keine Dokumente irgendwelcher Art! Was sollte ich mit ihm anfangen, wenn der Erzbischof ihm die Aufnahme in die Schule verweigerte? Man hatte ihn mir einfach geschenkt. Ob die Leute daheim in Kanada auch nur entfernt ahnten, wie das Leben hier aussah? Das ahnte niemand auf der ganzen Welt. So war Ganae.

Die anderen Kinder, die ich ausgesucht hatte, waren keine Waisen und konnten die zwei Wochen, bis wir sie dem Erzbischof vorstellen würden, zu Hause bleiben. Aber Jeannot nahm ich gleich mit in die Schule und brachte ihn in einem Schlafsaal mit zehn anderen Internatsschülern unter, allesamt Mulatten. Nach der ersten Nacht kam er zu mir. »Die lachen mich aus, weil sie zum Schlafen etwas anzuziehen haben. Ich nicht.«

Er sprach nicht zu mir wie ein Dreizehnjähriger zu einer Respektsperson. Vielmehr verkehrten wir von Anfang an wie Freunde. Ich zog sofort los und kaufte ihm einen Schlafanzug und Unterwäsche. Und obwohl er noch gar nicht in die Schule aufgenommen war, besorgte ich ihm auch gleich eine Schuluniform. An den folgenden Tagen lernte er so zu essen wie die Söhne der Reichen, sich in ein Taschentuch zu schneuzen, täglich zu duschen und vor allem Französisch als seine erste Sprache zu benutzen. Bis dahin war das die Sprache gewesen, die er in der Schule lernte, aber nachdem er jetzt unter lauter Jungen war, die besser Französisch als Kreolisch sprachen, beherrschte er es erstaunlich schnell fließend. Und als zwei Wochen später die anderen schwarzen Stipendiaten kamen, gehörte Jeannot schon gar nicht mehr zu ihrer Welt. Der Dorflehrer in Toumalie hatte recht gehabt. Er war ein Gefäß, das alles zu fassen und aufzubewahren vermochte.

Er war mir geschenkt worden. Fast täglich kam er sofort nach dem Unterricht die sechs Straßen weit vom Gymnasium zum Wohnheim, wo die Lehrer wohnten, auch ich. Hyppolite ließ ihn ein, und dann setzte er sich im Gang auf einen Stuhl und las und lernte, aber eigentlich wartete er nur darauf, daß ich mit ihm spazierenging. Wie ein Hund, genau. Ich habe das oft gedacht. Dabei kann ich nicht einmal behaupten, daß er mich unbedingt liebte. Er beobachtete mich, studierte mich, versuchte herauszufinden, was in meinem Kopf vorging. Im selben Moment, in dem er in meine Obhut gekommen war, machte er sich von seinem bisherigen Leben völlig frei. Als ich ihn einmal fragte, ob er schon an seinen Bruder und die Vettern geschrieben habe, antwortete er: »Wozu schreiben, *Mon Père*? Sie werden mich vergessen. Das ist doch alles vorbei, nicht wahr? Ich lebe jetzt in der Stadt. Ich hätte die Stadt nie gesehen, wenn Sie mich nicht aus Toumalie geholt hätten. Sie werden es nicht bereuen. Ich will Ihnen Ehre machen. Ich bin Ihr Junge.«

Das stimmte allerdings. Die anderen Lehrer nannten ihn »Pauls Jungen«, wenn sie ihn auf den Korridoren des Wohnheims auf mich warten sahen. Und als Weihnachten nahte und das Gymnasium für die Ferien zumachte, was sollten wir da mit Jeannot anfangen? Ich sprach mit Père Bourque. »Soll er solange im Wohnheim bleiben«, sagte dieser. »Er kann bei Hyppolite im Souterrain schlafen. Warum ihn zurückschicken zu Leuten, die ihn weggegeben haben?«

Da ich selbst neu in Ganae war, entdeckten Jeannot und ich in diesen Ferien gemeinsam die Stadt. Wir fuhren mit dem Bus in die Hügel von Bellevue, um uns die prachtvollen Villen der Elite anzusehen. Wir bummelten über die verlassenen Prachtstraßen auf dem Gelände der Zweihundertjahrausstellung und spähten in die leeren Ausstellungsräume, die in den Fünfzigern erbaut worden waren, als die Regierung den törichten Versuch unternommen hatte, die expansionistischen Gepflogenheiten anderer, reicherer Länder nachzuäffen. Wir besuchten das staatliche Kasino am Meer und sahen den eleganten Schweizer Croupiers in ihren weißen Smokings zu, wie sie für die amerikanischen Touristen von den Kreuzfahrtschiffen, die damals noch Port Riche anliefen, das Rouletterad drehten und Bakkaratkarten austeilten. Gemeinsam stromerten wir auf den belebten Märkten umher und spazierten über die Place de la République, um durch die vergoldeten Gitter einen Blick auf den weiß schimmernden Präsidentenpalast zu werfen. Am Weihnachtsmorgen besuchten wir die Messe in der Kathedrale Notre-Dame de Secours und hörten den Chor eine lateinische Messe singen, eine Sprache, die Jeannot gerade zu lernen begonnen hatte. Und einen Tag nach Weihnachten nahm ich ihn dann mit nach La Rotonde.

La Rotonde ist eine Stadt in der Stadt, das aufgedunsene schwarze Herz von Port Riche. Es schmiegt sich an die Hafenanlagen, fern der Souvenirläden, der Märkte und der Parlamentsgebäude um den Präsidentenpalast. Es ist eine große, faulige Wabe aus engen, schmutzigen Gassen, stinkenden Gossen, Hütten aus Sperrholz und Pappkarton, gedeckt mit rostendem Blech; es ist ein Viertel ohne Strom und fließendes Wasser, wo nackte Kinder in schlammigen Pfützen baden, die der Regen der letzten Nacht hinterlassen hat. Hinter den verdreckten Hütten bieten sich junge Mädchen, manche nicht älter als zwölf Jahre, jedem vorbeikommenden Mann für fünfzig Centos an, wenn er feilscht auch für weniger. Hier ist alles käuflich. Abgelegte Kleidung, von amerikanischen Wohlfahrtsverbänden dem ganaesischen Roten Kreuz gespendet, landet in den Straßenbuden von La Rotonde. Sogar menschliches Elend wird hier vermarktet. Wenn man tief genug hineingeht in diesen Irrgarten enger Gassen, kommt man plötzlich auf die Place Napoléon, einen sonnenbeschienenen Platz, wo Krüppel und Zwergwüchsige, Menschen mit schwärenbedeckten Körpern, verwachsene Kinder und Frauen mit unterernährten Babys an der Brust sich allmorgendlich einfinden, um sich zu Paaren einteilen zu lassen: ein verkrüppelter Mann mit einem verwachsenen Kind, eine furunkulöse Frau mit einem Hungerbaby, ein Zwergwüchsiger mit einem blinden Mädchen. Man wird handelseinig, stellt lebende Bilder aus menschlichem Elend zusammen. Gegen Mittag verlassen diese Menschen La Rotonde im langen Zug und gehen auf die Märkte, vor die Andenkenläden und zum Hafen, wo sie den ganzen Nachmittag in der sengenden Sonne sitzen und darauf warten, daß der eine oder andere Tourist von den Kreuzfahrtschiffen ihnen eine Münze in die ausgestreckte Hand wirft.

Warum war ich mit Jeannot nach La Rotonde gegangen? Selbst in der bitteren ländlichen Armut von Toumalie hatte er dergleichen nie gesehen. Und warum wollte er, daß wir da immer wieder hingingen? Waren diese Ausflüge für das verantwortlich, was dann später aus ihm wurde, als er aus diesem Elendsviertel heraus seinen Weg zum Ruhm antrat?

In den Monaten nach Weihnachten war Jeannot nicht der einzige Stipendiat, der sich im Unterricht hervortat. Die anderen sieben waren ebenfalls überdurchschnittlich begabt, und eine Zeitlang war davon die Rede, die Zahl auf vierzig zu erhöhen, wie wir es zunächst vorgehabt hatten. Doumergue, der neue Präsident, versprach noch immer, den Analphabetismus zu bekämpfen und ordentliche Schulen für die Armen zu bauen. Er war bescheiden und zurückhaltend; sein Regime schien milder Art zu sein. Bei offiziellen Empfängen im Präsidentenpalast trug er einen schlecht sitzenden schwarzen Anzug und auf dem Kopf einen verbeulten Homburg, den er, sowie er auf dem thronartigen Präsidentensessel Platz nahm, mit abbittender Geste dem ordengeschmückten Adjutanten in die Hand drückte, der gleich hinter ihm stand. Alle seine Reden hielt er demonstrativ auf Kreolisch, was der Elite mißfiel. »Ich bin der Präsident des Volkes«, sagte er. »Ich bin schwarz und anspruchslos. Ich bin die fleischgewordene Sehnsucht des Volkes nach einem besseren Leben.«

Glaubten wir ihm? Ich wollte ihm glauben. Ich hoffte, daß wir am Beginn eines neuen Zeitalters standen. Ich beschwor Père Bourque, noch einmal mit dem Erzbischof über die Aufnahme weiterer *noirs* zu sprechen. Doch der Erzbischof ließ uns wissen, daß keine neuen Stipendiaten aufzunehmen seien. »Offen gesagt«, erklärte er unserem Direktor, »es hat sich nichts geändert, und es wird sich auch nichts ändern. Doumergue ist eine Marionette. Das Militär hält wie immer alle Fäden in der Hand.«

Der Erzbischof irrte. Ich irrte. Es änderte sich sehr wohl etwas. Aber in Ganae kündigt sich Unheil in Form von Gerüchten an, Getuschel, nächtlichen Besuchen, marodierenden Soldaten auf den Straßen. In der Schule lebten wir in einer Welt für sich, so fern von allem wie die Elite in ihren Villen auf Bellevue. Die Verhaftungen, die Folterungen, das brutale Vorgehen gegen die wenigen, die zu demonstrieren wagten, von alledem wurde in den Zeitungen nichts berichtet. Der Rundfunk, diese in einem Land des Analphabetismus so ungemein wichtige Informationsquelle, hüllte sich in majestätisches Schweigen. Parlamentsdebatten bekamen immer bloß andere Politiker mit, nie das Volk. Kaum ein Jahr nach seiner Wahl war Doumergue zum Diktator geworden. Aber wir wußten nichts davon. Zu meiner großen Überraschung war es Jeannot, der mir als erster die Gerüchte hinterbrachte. Ich fragte, woher er das wisse, und er antwortete: »Von Claude Lamballe.«

Claude Lamballe war einer von Jeannots Klassenkameraden. Sein Vater Simon Lamballe war Oberst in der Armee und Lehrer an der elitären Académie Militaire. Zufällig hatte dieser Simon Lamballe zur gleichen Zeit wie ich an der Sorbonne studiert. Wir hatten uns in Paris nie gesehen, aber als ich ihn in Ganae auf einem Schulempfang kennenlernte, freundeten wir uns aufgrund unserer gemeinsamen Erfahrung miteinander an. Und da an der Schule offenbar niemand die Wahrheit über Doumergue wußte, begab ich mich eines Abends nach Bellevue zu Simons Villa.

»Diese Gerüchte?« meinte Simon. »Die stimmen alle.«

»Aber ist es denn nicht so, daß die Armee seine Wahl unterstützt hat? Ich dachte immer, er wäre euer Schützling.«

»War er auch«, sagte Simon. »Aber die Armee ist jetzt der Dr. Frankenstein.«

»Aber er wirkt doch aufrichtig.«

»War er früher vielleicht auch. Ich kenne ihn nicht persönlich. Aber die Geschichte Ganaes ist wie eine billige Schallplatte. Eine Zeitlang spielt die neue Melodie, dann bleibt die Nadel in einer Rille hängen, der Tonarm entgleist und rutscht von der Platte. Jeder ganaesische Regierungschef tritt sein Amt mit dem Versprechen an, die Verhältnisse zu ändern. Die meisten versuchen es gar nicht erst. Aber die wenigen, die es versuchen – nun, denen geht es wie der Schallplatte. Die Nadel bleibt in einer Rille hängen. Es gibt so viele Rillen – die Elite, das Militär, ausländische Geschäftsinteressen, der Analphabetismus des Volkes... suchen Sie sich etwas aus. Fortschritt und demokratische Ideale haben hier keine Chance. Also wird der Regierungschef zum starken Mann, der seine Ideen mit Gewalt durchzusetzen versucht. Feinde müssen ausgeschaltet, Staatsstreiche vorausgeahnt und im Keim erstickt werden. Der starke Mann wird zum Tyrannen. Doumergue ist nichts weiter als ein Opfer der Geschichte unseres Landes.«

»Kann das Militär ihn nicht stürzen?«

»Lassen Sie sich einen kleinen Rat von mir geben, Hochwürden. Sie sind Priester, Ausländer, ein Weißer. Aber so eine Frage dürfen Sie weder mir noch irgendwem sonst stellen. Wenn von Onkel D. die Rede ist, sind Sie nicht mehr sicher, egal mit wem Sie sprechen.«

Ein paar Wochen nach diesem Gespräch besuchte ich einen ehemaligen Schüler, der im Stadtbezirk Laramie wohnte. Als ich sein Haus verließ und durch eine Seitenstraße zum Boulevard Carnot ging, kamen mir vier hünenhafte *noirs* entgegen, die blaue Seersucker-Overalls trugen und altmodische Lee-Enfield-Gewehre bei sich hatten. Als wir auf gleicher Höhe waren, verstellte mir einer von ihnen den Weg und hielt mir seine Waffe quer vor die Brust. »Zigarette, *Mon Pe*?«

Ich sagte, es tue mir leid, aber ich rauchte nicht.

»Wir aber«, sagte einer der Männer. »Drum brauchen wir Geld für Zigaretten. Ein bißchen plötzlich.«

Sie sahen nicht aus wie Bettler. Immerhin hatten sie Gewehre. »Wer sind Sie?« fragte ich.

Einer von ihnen wandte sich an die anderen: »Wer wir sind? Wieso weiß er das nicht? Er ist Priester, kein Tourist. Will er sich über uns lustig machen?«

»Machen Sie sich nicht über uns lustig«, sagte einer der anderen.

»Ich hab noch nie in ein weißes Gesicht geschlagen«, meinte ein dritter. »Vielleicht schlage ich heute endlich mal in ein weißes Gesicht.«

»Geld her, aber schnell«, sagte der erste. »Zehn Peson, klar?«

»Ich bin Priester«, sagte ich. »Wollen Sie einen Priester berauben?«

Kaum hatte ich das gesagt, schlug der erste mir die geballte Faust ins Gesicht. Mir lief das Blut aus der Nase. Der zweite holte mit seinem Gewehrkolben aus und schlug ihn mir gegen die Schienbeine. Ich taumelte und fiel auf die Knie. Sie bildeten einen Kreis um mich. »Zehn Peson«, sagte der erste. »Her damit, sonst nehmen wir sie uns.«

Noch im Knien nahm ich, während mir das Blut in den Mund lief, mein Portemonnaie heraus und gab ihm einen Zehn-Peson-Schein. Zuerst dachte ich, sie würden nun auch mein übriges Geld nehmen, aber nein. Der erste nahm den Geldschein, hielt ihn gegen das Licht, steckte ihn ein und nickte den anderen zu. Dann gingen sie weiter, als gäbe es mich gar nicht.

Sobald sie außer Sicht waren, stand ich mit schmerzenden Schienbeinen auf und kramte nach einem Papiertaschentuch, um mein Nasenbluten zu stillen. Von der anderen Seite der engen Straße beobachtete mich ein junges Mädchen aus einem Fenster im ersten Stock, aber als ich zu ihr hinübersah, zog sie rasch den Kopf ein und schloß die Läden. Ich befühlte meine Nase. Sie tat sehr weh. Vielleicht gebrochen. Hinter mir hörte ich das Klappern von Holzschuhen auf dem Kopfsteinpflaster. Eine hochgewachsene Frau vom Land kam die leere Straße herauf, auf dem Kopf ein großes Bündel Wäsche. Als sie mit mir auf gleicher Höhe war, blieb sie stehen und drehte sich zu mir um, den Kopf hoch erhoben, um ihre Last im Gleichgewicht zu halten. »*Eh ben, Mon Pe.* Schlechte Zeiten kommen. Ist Ihnen auch nichts passiert?«

»Wer waren diese Männer?«

Sie sah mich mit großen Augen an, als könnte sie die Frage nicht fassen. »Wollen Sie mich zum Narren halten?«

»Bestimmt nicht.«

»Das waren die *bleus.* Sie sind jetzt die Herren. Wußten Sie das nicht?«

»Nein.«

Sie lachte, daß die schwere Last auf ihrem Kopf wackelte. »Wo sind Sie denn gewesen, *Mon Pe*?«

Meine Nase war nicht gebrochen, aber so dick geschwollen, daß in der Schule bald alle von dem Überfall wußten. Unterdessen mehrten sich die Männer mit den blauen Seersucker-Overalls und den alten Lee-Enfield-Gewehren auf den Straßen von Port Riche, bis sie ein ebenso gewohnter Anblick waren wie Polizei und Militär. Und als Jeannot und ich auf einem unserer Spaziergänge wieder einmal am Präsidentenpalast vorbeikamen, sahen wir hinter dem Gitter nicht nur die aufgeputzten Palastwachen, die zur Armee gehörten, sondern zusätzlich Männer in blauen Overalls, die sich neben den Wachhäuschen in bequemen Sesseln lümmelten, ihre Gewehre bei Fuß. Nachts hörte man Lastwagen durch die Straßen brausen. Gewehrsalven rissen uns aus dem Schlaf. Am dritten Jahrestag seines Amtsantritts gab Doumergue dann bekannt, daß er die Académie Militaire schließen werde. Ich besuchte meinen Freund Simon Lamballe.

»Es ist aus«, sagte er. »Ich bin meinen Posten los. Man hat mich zum Kommando Nord ›befördert‹. Die Akademie gibt es nicht mehr.«

»Aber warum unternimmt das Militär denn nichts?«

»Unternehmen, was? Jetzt zeigt sich, daß Onkel D. seine Geschichtslektion besser gelernt hat als wir andern alle. Er hat die Zauberformel entdeckt. Erzähle den *noirs*, daß du ihr Präsident und ein Feind der Elite bist. Laß die Reichen in aller Ruhe so weitermachen wie bisher, dann sind sie dankbar, daß sie verschont bleiben, und geben dem Kaiser, was des Kaisers ist. Wir in der Armee hatten geglaubt, er würde Unfrieden stiften wollen, indem er uns *mulâtres* ein paar *noirs* vor die Nase setzt. Aber er hat etwas anderes gemacht. Er hat eine eigene Armee aufgestellt. Die *bleus.*«

»Und was wird die Armee nun tun?«

Lamballe lachte. »Ich könnte Sie dasselbe fragen. Was wird die Kirche tun? Onkel D. wünscht schwarze Bischöfe. Ganaeser. Ihr Ausländer werdet hinausgedrängt.«

Als ich meinen Lehrerkollegen von Lamballes Prophezeiung erzählte, glaubte keiner daran. Die Kirchenoberen in Ganae waren schon immer Franzosen gewesen. Das Volk war fromm und dem Papst treu ergeben. Der Überfall von Doumergues *bleus* auf mich sei nur eine Ausschreitung gewesen, meinten sie; ein willkürlicher Übergriff gedungener Rabauken.

Ein paar Wochen später saßen wir gerade beim Abendessen im Refektorium des Wohnheims, als zwei Männer in weißen Anzügen und mit Panamahüten durch die Eingangshalle hereinspazierten und an unseren Tisch traten. Unser Direktor stand auf, verärgert über die Störung.

»Wer sind Sie? Was machen Sie hier?«

Die Männer beachteten die Frage nicht. Einer besah sich das Essen auf unseren Tellern: Bohnen und Reis. Er griff in die Schüssel und rührte mit den Fingern darin herum. »Wie, kein Fleisch?« fragte er. »Warum essen Sie wie die Bauern, *Mes Pères*?«

»Weil wir arm sind«, antwortete der Direktor. »Also, wer sind Sie, und was wünschen Sie?«

»Antiterrorabteilung. Sind Sie Père Bourque?«

»Ja.«

»Wir möchten Sie sprechen. Haben Sie ein Büro?«

Als der Direktor mit ihnen gegangen war, sagte Père

Noël Destouts, ein Ganaeser, zu mir: »Ich glaube nicht, daß die von der Polizei sind. Sie benehmen sich wie *bleus.*«

Der Direktor kam nicht mehr zum Essen zurück. Nach dem Mahl gingen wir wie üblich in den Aufenthaltsraum, wo Hyppolite den Kaffee servierte. Als ich mir eine Tasse vom Tablett nahm, sah ich den Direktor mit den beiden Männern die Treppe herunterkommen. Er geleitete sie zur Tür und ließ sie hinaus. Dann kam er in den Aufenthaltsraum. »Paul? Können Sie einmal kurz mitkommen?«

Die anderen sahen überrascht zu mir. Ich ging mit Père Bourque nach oben, aber er sprach erst, nachdem wir allein in seinem Arbeitszimmer waren und er die Tür geschlossen hatte. Dann ging er an seinen Schreibtisch und nahm ein bedrucktes Blatt Papier in die Hand. »Das hier ist ein Flugblatt, das diese Männer mir heute abend gebracht haben. Sie behaupten, davon seien vorvorgestern abend mehrere in Bellevue und Beaulieu verteilt worden. Von jungen Burschen, die nach Ansicht der Polizei von unserer Schule sein könnten.«

Ich las das Flugblatt. An den genauen Wortlaut erinnere ich mich nicht mehr, aber sinngemäß stand darauf, Ganae sei eine Diktatur, und die einzige Möglichkeit, das Volk zu befreien, sei eine Revolution, angeführt von jungen Leuten, die bereit seien, für die Armen ihr Leben zu geben. Das konnte eine verdrehte Fassung von etwas sein, was ich einige Wochen zuvor im Unterricht von mir gegeben hatte. Da hatte ich zu meinen Schülern gesagt, in Ganae werde sich erst etwas ändern, wenn gebildete junge Menschen bereit seien, um der Armen willen ihr bequemes Leben und ihre gesicherte Zukunft aufzugeben.

»Nun, Paul?« fragte Père Bourque. »Können Sie mir dazu etwas sagen?«

»Nein... aber...«
»Aber?«
»Vielleicht«, sagte ich, nach Worten suchend, »könnte das mit einer Bemerkung zusammenhängen, die ich einmal im Unterricht gemacht habe.«
»Deswegen frage ich ja. Ich wollte schon länger einmal mit Ihnen sprechen. Ich weiß, wie Sie zu diesem Land stehen. Aber politische Stellungnahmen vor den Schülern sind höchst unangebracht. Sie sind Priester, kein Politiker. Wir müssen uns sehr vorsehen. Wir sind Weiße in einem schwarzen Land, Ausländer – vergessen Sie das nie. Aber nun, was wissen Sie über diese Flugblätter?«
»Nichts, Hochwürden. Wieso sagt die Polizei, die jungen Burschen könnten von unserer Schule sein?«
»Offenbar wurden fünfzehn arme Seelen verhaftet, die so ein Flugblatt genommen hatten. Man hat diese Leute nach Fort Noël gebracht, und Sie können sich denken, was man dort mit ihnen angestellt hat. Sie haben der Polizei erzählt, die Jungen seien gut gekleidet gewesen, sechs *mulâtres* und ein *noir.* Alle gekleidet wie Kinder der Elite.«
Ein Schwarzer. Ich fühlte mein Herz klopfen.
»Jedenfalls«, sagte Père Bourque, »sollten Sie versuchen, Näheres in Erfahrung zu bringen. Und bis dahin sollten wir vor dem übrigen Lehrpersonal nicht darüber sprechen.«
Ich fand in dieser Nacht keinen Schlaf. Immerzu mußte ich an diesen Polizisten im weißen Anzug denken, wie er mit den Fingern in der Schüssel mit unserem Essen gerührt hatte. Ich dachte an die Verhafteten, die jetzt in Fort Noël saßen, einem Foltergefängnis, wo Oppositionelle zum Schweigen gebracht wurden und verschwanden. Als ich endlich doch einschlief, standen Männer in weißen

Anzügen vor mir und brüllten: »Sie sind Weiße in einem schwarzen Land. Ausländer – vergessen Sie das nie.« Ich erwachte von den Geräuschen des Tagesanbruchs in Port Riche. Hähne krähten. Händler aus den umliegenden Dörfern schoben ihre klappernden Karren mit Lebensmitteln über das holprige Kopfsteinpflaster unter meinem Fenster. Eine Kirchenglocke läutete. Ich stand auf und zog mich an. Zeit für die Messe.

Um sechs Uhr war ich in der Schulkapelle, wo meine Gemeinde aus sieben Nonnen eines nahen Klosters bestand. Ich beeilte mich mit der Messe, und um Viertel vor sieben stand ich wartend im Vorraum. Jeannot würde mit den anderen Internatsschülern in die Sieben-Uhr-Messe kommen, die Père Destouts las.

Um fünf nach sieben sah ich Jeannot mit ein paar anderen Nachzüglern angerannt kommen. Ich trat aus dem Schatten hinter dem Weihwasserbecken hervor und bedeutete ihm, mir zu folgen. Hinter der Kapelle befindet sich ein Friedhof. Auf ihm liegen die Priester unseres Ordens begraben, die in Ganae gestorben sind. Es ist ein kleiner, stiller Ort, beschattet von Jacaranda-Bäumen. Wir hörten in der Kapelle Füßescharren, dann Stille, als die Messe begann.

»Gestern abend war die Polizei hier«, sagte ich. »Kannst du dir denken, warum?«

»Wegen der Flugblätter, *Mon Père*?«

Ich entsinne mich, daß ich Zorn und Angst zugleich empfand. »Ja«, sagte ich. »Demnach war das also dein Werk. Was soll dieser Unfug?«

»Unfug, *Mon Père*? Sie haben selbst gesagt, daß es an unserer Generation ist, etwas zu tun.«

»Und was habt ihr getan? Was werdet ihr tun? Eine

Handvoll Schuljungen ohne Pläne, ohne eine Ahnung vom Lauf der Welt. Bisher habt ihr nur erreicht, daß Unschuldige verhaftet und nach Fort Noël gebracht wurden. Und weißt du auch, was man mit diesen Leuten dort gemacht hat? *Weißt* du das?«

Ich war laut geworden. Ich sah ihn zucken, als glaubte er, ich würde ihn als nächstes schlagen. »Entschuldige«, sagte ich. »Verzeih mir, ich sollte mich nicht gehenlassen. Wie viele von euch stecken da drin? Und was habt ihr sonst noch getan?«

»Das war erst ein Anfang, *Mon Père.* Es war meine Idee. Wir haben versucht, die Flugblätter an junge Leute zu verteilen, junge Leute mit Schulbildung. Wenn wir es schaffen, daß sie sich gegen ihre Eltern wenden, ist das ein Anfang. Darum sind wir nach Bellevue und Beaulieu gegangen.«

»Wie viele seid ihr?«

»Vorerst an die zehn. Aber ihre Namen mag ich nicht sagen.«

»Ich frage dich nicht nach ihren Namen. Hast *du* das Flugblatt verfaßt?«

»Ja.«

Die unbarmherzige Tropensonne hatte hier draußen auf dem Friedhof schon ihren täglichen Überfall begonnen. Wir standen im heißen Hauch des Morgenwindes. Über uns erzitterten die zarten violetten Jacaranda-Blüten, bevor sie herunterfielen. Ich konnte auf den verwitterten Grabsteinen die Namen unserer Patres lesen, Franzosen und Kanadier, die jetzt vergessen waren, ihre Mühsal vorüber, ihre Leiber zu namenlosen Knochen verwest in der erbarmungslosen Erde dieses verlorenen, einsamen Landes. Welchen Sinn hatte ihr Leben in Wahrheit gehabt, so fern von Frankreich oder Quebec? Welchen Sinn würde mein Leben gehabt haben, wenn ich diese Insel einmal so verließ, wie ich sie vorgefunden hatte, immer noch als einen der trostlosesten, hoffnungslosesten Orte auf dieser Erde? Aber noch während ich diese Gedanken schuldbewußt in meinem Herzen bewegte, wurden sie verdrängt von einem anderen, stärkeren Gefühl, einem Gefühl der Angst, Angst eines kinderlosen Vaters angesichts eines hochbegabten schwarzen Jungen, der für mich ein Sohn war. Wie ein Vater dachte ich nicht an Prinzipien oder gerechte Anliegen. Ich dachte an ihn, und wie ich ihn vor Männern in weißen Anzügen und Panamahüten schützen könnte.

»Hör mir einmal zu, Jeannot«, sagte ich. »Wenn einer der anderen Jungen, die diese Flugblätter verteilt haben, von der Polizei erwischt wird, sind sofort seine Eltern da. Ihre Eltern gehören zur Elite, und deren Söhne werden nicht gefoltert und verschwinden nicht auf Nimmerwiedersehen in Gefängnissen. Aber wenn *du* von Doumergues Polizei gefaßt wirst, ist es aus mit dir. Und wofür? Was kannst du, ein Schuljunge, schon tun, um hier etwas zu verändern? Nichts. Aber wenn du hier deine Ausbildung abschließt und danach ins Ausland gehst, dann kannst du eines Tages vielleicht wiederkommen und wirst die Macht haben, hier etwas zu bewegen. Willst du eigentlich immer noch Priester werden?«

Hinter uns in der Kapelle hörten wir Füßescharren, als die Gemeinde niederkniete.

»Warum fragen Sie, *Mon Père*?«

»Wenn du das nämlich noch willst, kann ich es so einzurichten versuchen, daß du zum Studium nach Kanada oder Frankreich geschickt wirst. Hier können wir dir nur ganz bestimmte Dinge beibringen. Für einen Kopf wie den deinen ist das nicht genug.«

»Und wenn nicht?«

»Bitte«, sagte ich, »versteh mich nicht falsch. Ich verlange nicht von dir, daß du Priester wirst. Wenn du es wirst, verzichtest du auf ein normales Leben. Und glaub mir, ich will dir helfen, so gut ich nur kann, egal wie du dich entscheidest.«

Er schwieg.

»Du mußt es nicht jetzt entscheiden«, sagte ich.

»Ich habe mich aber entschieden. Ich will so werden wie Sie. Priester und Lehrer. Einer, der sein Leben für andere opfert.«

»Jeannot, du darfst nicht Priester werden, weil du so sein willst wie ich. Das genügt nicht. Um Priester zu werden, mußt du vor allen Dingen Gott dienen wollen. Das ist der einzige Grund. Alles andere zählt nicht.«

Er schwieg wieder. Zu unseren Füßen huschten kleine Eidechsen über den Kiesweg, wie auf der Flucht vor einem unsichtbaren Feind. Hinter uns in der Kapelle bimmelte das Glöckchen zum Sanctus. Ich senkte unwillkürlich den Kopf. Und nun streckte Jeannot die Hand aus und zupfte mich am Ärmel.

»Christus hat sein Leben für die Armen hingegeben. Ich will so sein wie er.«

»Wenn es Gott gefällt, wirst du so sein wie er«, sagte ich. »Aber jetzt mußt du mir helfen. Fünfzehn unschuldige Menschen sind verhaftet worden. Sag das den anderen Jungen. Das muß aufhören.«

»Es wird aufhören«, sagte er.

2

Als ich gestern abend in meinem Zimmer saß und schrieb, klopfte Hyppolite an die Tür, um mir eine Tasse Kräutertee zu bringen. Ich hatte den Tee nicht bestellt. Einer der anderen Priester vielleicht, aber Hyppolite ist schon sehr alt und wird vergeßlich. Niemand erwartet noch von ihm, uns zu bedienen. Aber er tut seine Arbeit seit vierzig Jahren, als Père Bourque ihn aus Mèredieu mitbrachte und zum Hausmeister in der Ordensschule machte. Später hatte ich ihm beigebracht, unser Dienstauto zu fahren, was ihm viel Freude machte und sein Ansehen beim übrigen Personal hob. Und seitdem hat er mich immer als seinen besonderen Schützling betrachtet. Als er mir gestern abend den Tee brachte, war ich gerade dabei, den Satz niederzuschreiben, den Jeannot zu mir gesagt hatte: »Christus hat sein Leben für die Armen hingegeben. Ich will so sein wie er.«

Ich sah zu Hyppolite auf.

»*Mesiah*«, sagte ich.

Er sah mich verwundert an, dann lächelte er breit mit seinem zahnlosen Mund. »*Mesiah. Me souviens.*«

Mesiah – der Messias. Natürlich erinnerte er sich. Wer von uns allen, der diese Zeiten miterlebt hat, könnte das Wort je vergessen? Aber ich darf nicht vorgreifen. Ich muß zuerst von jener Anfangszeit berichten, als Jeannot noch mein Schüler war. Er hat sein Versprechen gehalten, und ich habe Père Bourque nichts gesagt. Im Jahr darauf schickte unser Provinzial ihn auf meine Empfehlung hin nach Montreal, wo er aufs Priesterseminar ging und einen Abschluß in Romanistik machte. Mit zweiundzwanzig Jahren trat er in unseren Orden ein und empfing die Priesterweihe. Wegen meiner Verpflichtungen in Ganae konnte ich dieser Feier nicht selbst beiwohnen, statt dessen griff ich das Geld an, das mein Vater mir einmal geschenkt hatte, und kaufte ihm als Ordinationsgeschenk eine goldene Taschenuhr mit Sprungdeckel. In den Deckel ließ ich auf der Innenseite seine Initialen eingravieren: J.-P. C.

In seinem Dankesbrief schrieb er: »Ich weiß nicht, ob ich so etwas Schönes jemals besitzen oder mir wünschen sollte, aber ich werde diese Uhr immer bei mir tragen, als Erinnerung daran, was Sie für mich getan haben.«

Kurz nach seiner Priesterweihe schickte unser Provinzial ihn zum Postgraduiertenstudium an die Sorbonne. Er blieb zwei Jahre in Frankreich. Damals glaubte ich, ihn an die große Welt verloren zu haben. Er schrieb mir noch immer einmal die Woche, und er berichtete von dem aufregenden Leben in Paris, den Vorlesungen in überfüllten Hörsälen, den politischen Demonstrationen auf den großen Boulevards und den sonntäglichen Picknicks an der Seine. Aber in jedem Brief fragte er auch nach den neuesten Entwicklungen zu Hause. In meinen Antwortbriefen berichtete ich rückhaltlos und voll Zorn vom Elend der Armen und den endlosen Grausamkeiten und Repressionsmaßnahmen des Doumergue-Regimes. Damals sah ich keine Hoffnung mehr auf einen Wandel. Diktatoren standen in den USA noch immer hoch im Kurs. Ganae war und blieb ein Bauer auf dem internationalen Schachbrett, ein Bollwerk gegen Castro bis zum endgültigen Sturz des Kommunismus.

Also sah ich für Jeannot folgende Zukunft voraus: Er

würde sein Studium abschließen und als Lehrer nach Rouen geschickt werden, dem Hauptsitz unseres Ordens. Mit der Zeit würde unsere Beziehung loser werden und endlich einschlafen. Aber da sagte eines Morgens Père Duchamp beim Frühstück zu mir: »Ich habe gestern abend etwas erfahren, was Sie interessieren dürfte. Ich war zu einem Diner beim päpstlichen Nuntius. Er sagt, daß Ihr Schützling, Jean-Paul Cantave, neuer Pfarrer der Inkarnationskirche werden soll.«

»Pfarrer? Jeannot?«

»Es stimmt wirklich. Wie es aussieht, hat Onkel D. in Rom um die Ernennung eines Schwarzen zum Erzbischof gebeten, nachdem Erzbischof Le Moyne letzten Monat in den Ruhestand gegangen ist. Der Vatikan hat dieser Bitte offensichtlich entsprochen. Und eine Forderung dieses neuen Erzbischofs lautet, daß Ihr Schützling eine Pfarrstelle in La Rotonde bekommt.«

»Aber warum Jeannot?«

»Weil Jeannot dem neuen Erzbischof geschrieben und um die Stelle gebeten hat. Komisch, wie? Irgendwie reimt sich das nicht.«

»Jetzt, wo Sie das sagen«, antwortete ich, »reimt es sich doch.«

Aber warum hatte Jeannot mir das verschwiegen? Glaubte er, ich würde es ihm auszureden versuchen? Ich fühlte mich hintergangen, empfand aber zugleich eine Mischung aus Beschämung und Bewunderung. Der Junge, den ich aus dem Elend von Toumalie herausgeholt hatte, war nun der Priester geworden, der ich selbst immer hatte werden wollen. Er hatte dem Leben, das ich führte, den Rücken gekehrt, einem Leben, in dem ich nichts zur Beseitigung des Elends unternahm, das ich ringsum sah.

Eine Woche nach diesem Gespräch rief Jeannot mich aus Paris an, um mir zu sagen, daß er seinen Doktor bekommen habe und nun nach Hause zurückkehre. Hyppolite und ich fuhren zum Flughafen, um ihn abzuholen. Sieben Jahre im nördlichen Klima hatten seine Haut heller werden lassen. Er sah müde aus, schien aber voller Energie zu stecken. Als er mich zur Begrüßung fest in die Arme schloß, konnte ich die Freude eines wirklichen Vaters nachempfinden, wenn er seinen Sohn nach jahrelanger Abwesenheit wiedersieht. Dennoch hatte ich den Eindruck, daß unser Verhältnis anders geworden war. Von nun an würde ich nicht mehr sein Mentor sein. Ich würde versuchen, ihm in seiner Armengemeinde als Helfer zu dienen.

Als Hyppolite uns an diesem ersten Morgen nach Hause fuhr, hielt es Jeannot vor Aufregung kaum auf seinem Platz. Unverwandt blickte er hinaus auf die vertrauten Szenen, die grell aufgeputzten, von Menschen umdrängten Marktbuden, die kleinen Händler, die auf den Trottoirs saßen, die *bleus*, die arrogant durch die Straßen stolzierten, ohne sich um den Verkehr zu kümmern, die Kinder, die neben unserem langsam fahrenden Wagen herliefen und Bananen in die Höhe hielten, um sie uns zu verkaufen. Als wir von der Avenue de la République abbogen und in Richtung Wohnheim fuhren, wo die anderen Priester mit einem Festessen zu seiner Begrüßung warteten, sagte er plötzlich: »Könnten wir als erstes zu meiner neuen Kirche fahren? Ich möchte sie gern mal sehen.«

Ich wies Hyppolite an, uns nach La Rotonde zu fahren. »Was ich dich übrigens fragen wollte, *Petit*: Wie in aller Welt hast du das geschafft?«

Er lachte. Ich nannte ihn oft *Petit.* Es war ein Scherz zwischen uns beiden. »Briefe«, antwortete er. »Ich habe an alle und jeden geschrieben und um diese Stelle gebeten. Aber der letztlich entscheidende Brief war der an Onkel D.«

»Du hast an Doumergue geschrieben?«

»Warum nicht? Freunde in Rom haben mich auf die neue Situation aufmerksam gemacht. Da habe ich ihm geschrieben, daß ich schwarz und intelligent sei und von armen Leuten abstamme. Ich habe behauptet, daß mein Orden mich lieber als Lehrer ins Ausland schicken würde, ich aber gern beim Aufbau eines neuen Ganae helfen möchte. Offenbar hat er daraufhin Erzbischof Pellerat angewiesen, sich direkt an unseren Provinzial zu wenden. Und hier bin ich.«

»Aber Onkel D. wird dich als seinen Gefolgsmann ansehen.«

»Das ist sein Fehler. Ich will ein neues Ganae aufbauen, in dem es für einen Doumergue keinen Platz mehr gibt. Deswegen bin ich nach Hause gekommen.«

»*Petit*, du warst zu lange fort. Du hast keine Ahnung, was es heißt, sich mit Onkel D. anzulegen. Er ist Hitler und Stalin in einem.«

»Bitte, und was ist aus denen geworden? Auf dem Müllhaufen der Geschichte sind sie gelandet.«

»Doumergue ist anders.«

»Mag sein. Aber ich kann mir das sowieso nicht aussuchen. Es ist meine Pflicht.«

Ein paar Wochen nach Jeannots Amtsantritt in seiner neuen Gemeinde besuchte ich die Sonntagsmesse in seiner Kirche. Die Leute standen dichtgedrängt bis in die Gänge. Einige saßen sogar auf den Fensterbänken oben im Kirchenschiff. Ich sah mit einem Blick, daß es nicht nur die Slumbewohner von La Rotonde waren. Im Mittelgang standen im dichtgedrängten Pulk, wie Schlachtenbummler bei einem Fußballspiel, etliche Straßenjungen von der Sorte, die sich sonst am Flughafen herumtrieb und sich den Reisenden als Gepäckträger oder Taxivermittler andiente. In vereinzelten Grüppchen sah ich auch Schüler unserer Schule, und ich erkannte mindestens fünf Lehrer von Le National, der staatlichen Handelsschule.

Die Inkarnationskirche ist ein häßlicher Stuckbau, der eher einem Parkhaus ähnelt. An seinen schmutziggrauen Wänden hängen primitive Holzschnitzereien von den Leidensstationen. Der Chor singt zur Begleitung einer betagten, ewig verstimmten Blasebalgorgel. In so einer Kirche erwartet man nicht, vom Mysterium des Meßopfers gepackt zu werden. Doch als wir niederknieten und zu Jeannot aufsahen, so schmächtig und kindlich in seinem Chorhemd, in das er zweimal hineingepaßt hätte, fühlten wir uns in eine Welt geführt, aus der alle anderen Welten ausgesperrt waren. Als er den Kelch hob, um in diesem feierlichen Augenblick Brot und Wein in den Leib und das Blut Jesu Christi zu verwandeln, wurden wir, die wir zusahen, von der Gewißheit erfüllt, daß er durch Gottes Gnade an diesem Altar ein Wunder vollbrachte. Ich, der ich seit vierzig Jahren selbst die Messe las, betete hier, als wäre ich zum erstenmal in einer Kirche.

Ich finde die Worte nicht, mit denen ich meine Gefühle an jenem Morgen schildern könnte. Als die Messe sich dem Ende näherte und Jeannot mich zu sich winkte, damit ich ihm beim Austeilen der Kommunion an die vielen Menschen half, die zur Kommunionbank drängten, und ich in deren Gesichter sah, hatte ich das Gefühl, daß Gott wahrhaftig zu uns herabgestiegen war. Es war ein Glücksgefühl, wie ich es in all meinen Priesterjahren nie gekannt hatte. Jeannot hatte mich aus dem Grab meiner Trägheit erweckt.

Die Kommunion war ausgeteilt, die Messe zu Ende. Aber die Gläubigen erhoben sich nicht zum Gehen. Alle blieben auf ihren Plätzen und warteten, während Jeannot auf die wacklige Kanzel stieg. Er blickte auf sie hinunter, und als er zu sprechen begann, tat er dies mit einer so beschwörenden, zwingenden Stimme, wie ich sie noch bei keinem anderen Menschen gehört hatte. Hingerissen verstummte die Menge.

Brüder und Schwestern.
Ich will euch heute erheben.
Die Kirche ist nicht im fernen Rom.
Die Kirche sind nicht der Papst und die Erzbischöfe.
Die Kirche sind wir – ihr und ich.
Und wir, die wir die Kirche sind, haben die Pflicht,
laut und deutlich zu sprechen.
Worüber zu sprechen, fragt ihr?
Ich antworte. Wer sind die Gottlosen?
Es sind die, die eurer Hände Arbeit
in fremde Länder verkaufen
und euch nur sieben Prozent von dem geben,
was sie selbst bekommen.
Wußtet ihr das?

Und zum erstenmal hörte ich in einer unserer Kirchen die Gemeinde mit einem lauten Schrei antworten:

Nein!

Brüder und Schwestern.
Wir müssen endlich den Mund aufmachen.
Aber ich warne euch.

Wenn ihr den Mund aufmacht, wird man euch schlagen.
Der heilige Paulus wurde geschlagen,
weil er die Wahrheit sagte.
Aber er hat die Schläge ertragen,
wie ihr sie ertragen werdet,
wie ich sie ertragen werde.
Denn wir müssen den Weg des Herrn wählen.
Wir müssen den Mund aufmachen gegen die,
die unsere Armen ausbeuten.
Wir müssen den Weg der Liebe gehen.
Der Weg der Liebe ist der Weg Jesu.
Hilf uns, emporzuklimmen
aus dieser nicht enden wollenden Armut.
Wir erbitten nicht Reichtümer.
Wir bitten, das Leben von Armen leben zu dürfen,
nicht aber ein Leben des Hungers
und der Verzweiflung.
Nicht das Leben von Sklaven,
sondern ein ehrbares und demütiges Leben
in Gott.
Jesus verlangt von euch,
einander zu helfen.
Der Weg der Liebe ist der Weg,
der zu Gerechtigkeit führt.
Geht mit mir auf diesem Weg.

Jeannot bekreuzigte sich und stieg von der Kanzel herab. Und dann erlebte ich etwas, was ich noch nie erlebt hatte. Die Kirchenbesucher begannen miteinander zu reden und über die Predigt zu diskutieren, als befänden wir uns in einer Bürgerversammlung, nicht in einer Kirche. Einige klopften einander ermutigend auf die Schultern. So erhoben sie sich im angeregten Gespräch und drängten auf die Gänge, während hinten die Türen aufgingen, um die Menge hinausströmen zu lassen in die Sonne, und dort gingen die Diskussionen munter weiter.

Als Jeannot zum Altar zurückkam, folgte ich ihm in die Sakristei. Ich war noch immer ganz erfüllt von dieser Gottesgegenwart, die während der Messe die ganze Kirche durchdrungen hatte. Ich war überzeugt, daß dieser Junge, mein früherer Schützling, jetzt ein Mensch von herausragender Heiligkeit war. Zugleich konnte ich dieses Gefühl aber nicht mit seiner Predigt in Einklang bringen. Es war eine politische Predigt gewesen. Sah er das ebenso? Oder sah er darin nichts anderes als die Erfüllung von Gottes Willen?

»Seit wann hältst du schon solche Predigten?« fragte ich.

»Von Anfang an. Die Kirche wird immer voller.«

»Das kann denen da oben doch nicht entgangen sein?«

»Natürlich nicht.«

»*Petit*, du hast von ›Schlägen‹ gesprochen, die du wirst einstecken müssen. Wenn man dich nun verhaftet?«

»Man wird mich nicht verhaften.«

»Woher willst du das wissen?«

»Weil Gott die Hand über mich hält. Hab keine Angst um mich. Glaub mir.«

Und ich glaubte ihm. In den folgenden Monaten verbrachte ich alle meine Abende in dem neuen Gemeindezentrum, das Jeannot in einem leeren Lagerhaus eingerichtet hatte. Ich spannte meine Schüler ein, bei ihren Eltern Geld zu sammeln, von dem wir Möbel, Betten und Decken für ein Waisenhaus kaufen konnten, in dem die Schwestern des Ordens Ste. Marie verwahrloste Kinder aus La Rotonde unterbringen wollten. Ich schrieb Briefe nach Kanada und Frankreich und bat um Spenden für einen Jugendklub, der dann auch bald ins Leben gerufen werden konnte.

Im Rückblick sehe ich diese Tage jetzt als eine Zeit, in der ich ein Stadium des Glücklichseins erreichte, das man nur durch völlige Selbstvergessenheit erlangen kann. Ich vergaß meine Schwächen, meine Unzulänglichkeiten, meine Schuldgefühle. Ich lernte zu guter Letzt, diese ach so bequeme und dabei doch trostlose Distanziertheit abzulegen, die ich als der weiße Priester in einem fremden Land hier immer empfunden hatte, abgeschottet von dem Elend ringsum durch seine Kirche und seine Berufung. Ich arbeitete mit Jeannot zusammen. Jeannot arbeitete für die Menschen von La Rotonde. Jetzt endlich war es mir vergönnt, den Armen zu dienen.

Jeannots Gemeinde wuchs. Die Kunde verbreitete sich. In den Villen der Elite redete man über diesen verrückten kleinen Priester, der gegen die Reichen predigte. Binnen Wochen kam die Zahl derer, die draußen im Freien knieten, schon fast an die in der Kirche heran, weshalb Jeannot Lautsprecher installieren ließ, damit alle seine Predigt hören konnten. Und es war immer die gleiche Predigt. Erhebt euch, werft eure Ketten ab. Euch, den Armen, wird dieses Land gehören.

»Ich verstehe das nicht«, sagte Noël Destouts. »Er predigt die Revolution. Ein anderer säße dafür längst im Gefängnis.«

Père Duchamp, der Zyniker unter uns, sah die Dinge anders. »Wenn Jeannot von Kapitalisten spricht, dann spricht er von der Elite – er sagt nichts gegen Doumergue. Er weiß vielleicht nur sehr genau, wie weit er gehen darf.«

Mich ärgerte diese Bemerkung. Ich wußte, daß sie so nicht stimmte. Obwohl Jeannot ja glaubte, Gott werde ihn schon schützen, hatte ich Angst um ihn. Und als ich dann eines Sonntagmorgens wieder einmal Jeannots Messe besuchte, wie ich es mir zur Gewohnheit gemacht hatte, um ihm beim Austeilen der Kommunion zu helfen, war die Kirche wieder gerammelt voll. Ich kniete an der rechten Seite des Altars, mit dem Rücken zur Gemeinde. Es waren kaum ein paar Minuten vergangen, da hörte ich plötzlich Schüsse, die ich zunächst für Fehlzündungen eines Autos hielt. Als nächstes ertönten von der Tür her laute Rufe, und als ich mich umdrehte, sah ich sechs oder sieben Männer, die sich, bewaffnet mit Macheten und Gewehren, durch die überfüllten Gänge nach vorn drängten. Einige schossen in die Decke, einige mitten in die Menge hinein. Es waren weder Soldaten noch *bleus.* Sie sahen eher wie Stadtstreicher aus, die man tagsüber in Abfallhaufen wühlen und Touristen um milde Gaben anbetteln sieht, während sie nachts meist irgendwo herumlagen, betrunken von selbstgebranntem Fusel. Zwei von ihnen hatten schon den Altarraum erreicht, und jetzt hoben sie ihre Gewehre und schossen direkt auf Jeannot. Ich sah ein Geschoß in die vergoldete Tabernakeltür hinter ihm einschlagen. Ein zweites nietete einen messingnen Kerzenhalter um.

Schlagartig erstarrten wir alle, wie Figuren auf einem Gemälde. Jeannot zuckte nicht einmal. Er stand mit dem Gesicht zu den Attentätern und breitete die Arme aus, als wollte er sie umarmen. In seinem Gesicht stand Liebe, nicht Angst. In diesem Moment stellten die Marodeure im Kirchenschiff ihre Ballerei ein und starrten, wie wir, nur noch zu Jeannot am Altar. Wieder hoben die Killer ihre Gewehre und schossen. Sie standen keine zehn Meter von ihrem Ziel entfernt, dennoch gingen ihre Schüsse weit daneben. Rechts hinter Jeannot zersplitterte der erhobene

Arm einer Statue und fiel auf die Altarstufen. Die beiden Killer sahen einander entnervt an, als könnten sie nicht glauben, was da geschah. Dann bekamen sie es plötzlich mit der Angst, machten kehrt und drängten sich durch die Menge zurück. Ich sah sie fliehen, hörte die Schreie der Menschen, die auf die Gänge stürzten und zu entkommen versuchten. Die anderen Angreifer, eingekeilt von der in Panik geratenen Gemeinde, begannen mit Gewehrkolben und Macheten um sich zu schlagen, um sich den Weg zu den Kirchentüren freizukämpfen. Vier Jungen aus Jeannots Jugendklub rannten zum Altar und versuchten, ihn in die Sicherheit der Sakristei zu zerren. Er widersetzte sich und blieb stehen, wo er stand, immer noch mit dem Gesicht zur Gemeinde, bis die Angreifer die Kirche verlassen hatten. Dann drehte er sich zum Altar um, machte eine Kniebeuge und begab sich hinunter ins Kirchenschiff, um den Verletzten beizustehen. Ich sah in einer der vorderen Bänke einen alten Mann liegen, tot, die Augen glasig, und aus seiner Stirn quoll Blut. Unverletzte kümmerten sich um die Verwundeten und stiegen über reglose Körper. Frauen warfen sich weinend über die Körper von Angehörigen.

Ich hörte ein dumpfes Grollen. Ein zweites. Als ich den Kopf hob, sah ich Flammen, die sich in einer großen roten Welle an der Decke des Kirchenschiffs entlangwälzten. Beißender Dieselgestank stieg mir in die Nase. Vor mir sah ich Jeannot, der gestikulierend und mit lauten Kommandos die Kirche räumen ließ. Unfaßbar, daß man inmitten der allgemeinen Panik seinen Befehlen gehorchte. Leute schrien, brüllten, aber trotz des allgemeinen Ansturms auf die Türen wurde keiner niedergetrampelt. Nach Jeannots Anweisungen wurden die Verletzten und Sterbenden in die

Sonne hinausgetragen. Und dort erst sah ich die Polizei- und Militärlastwagen, die gegenüber der brennenden Kirche aufgefahren waren. Auf den Wagen saßen Polizisten und Soldaten, die schwiegen und sich nicht rührten, während die flüchtenden Menschen an ihnen vorbeihasteten. Ich sah zu Jeannot, der nicht weit von mir auf dem Boden kniete und eine sterbende Frau in den Armen hielt. Ich sah ihn unverwandt zu seiner Kirche zurückschauen, die jetzt ganz in Rauch und Flammen gehüllt war.

Eine Stunde später, nachdem die letzten Taxibusse und Rettungswagen die Verletzten abtransportiert hatten, erschienen der päpstliche Nuntius und ein Abgesandter des Erzbischofs auf der Szene. Sie sprachen mit Jeannot, aber nicht mit mir, und so wurde es Abend, bis ich erfuhr, was sie gesagt hatten. Jeannot kam in Begleitung eines Priesters aus dem erzbischöflichen Palais in unser Wohnheim. Er sagte, der Erzbischof und der Nuntius hätten ihm befohlen, zu uns zu ziehen und auf keinen Fall in seine Pfarrei zurückzukehren. Das war aber nicht, wie wir zuerst dachten, eine Maßnahme zu seiner Sicherheit. Es war, man mag es kaum glauben, vielmehr ein Akt der Zensur. Die Fakten sprechen für sich. An den darauffolgenden Tagen wurde weder in den Zeitungen noch im Rundfunk etwas davon gemeldet, daß auf Jeannot ein Anschlag verübt worden war, daß Unschuldige erschossen worden waren und die Inkarnationskirche niedergebrannt war. In Gesprächen mit dem Nuntius leugnete Doumergue jedes Wissen über die Vorfälle, obwohl doch Polizei und Militär dabeigewesen waren, als der Überfall stattfand. Aber zu unserem Erstaunen und Erschrecken legte weder der Nuntius noch der Erzbischof offiziellen Protest bei der Regierung ein.

Jeannot lebte in diesen Wochen praktisch als Gefangener in unserem Wohnheim. Es war eine Zeit, in der wir über die Vorgänge draußen überhaupt nur noch durch die Straßenjungen informiert wurden, die uns allabendlich besuchten, um ihm zu berichten, was man sich in seiner Gemeinde erzählte. Dort erzählte man sich, daß Jeannot unter Gottes Schutz stehe. Zweimal hätten Männer auf ihn geschossen, während er am Altar seiner Kirche stand. Beide Male hätten die Kugeln ihm nichts anhaben können. Er sei ein Prophet, sagten die Leute. Gott habe ihn gesandt, um Ganae zu retten. Ich hörte solche Reden mit gemischten Gefühlen. Es ist mir schon immer schwergefallen, an Wunder zu glauben. Aber ich glaubte schon lange, daß Jeannot ein Auserwählter war, vielleicht ein Heiliger. Wenn dem so war, konnte man sich durchaus vorstellen, daß Gott ihn gerettet hatte. Und natürlich konnte ich nicht vergessen, was ich mit eigenen Augen gesehen hatte. Ich hatte gesehen, wie die Mordschützen ihn verfehlten, obwohl sie aus kürzester Entfernung schossen.

Aber was hielt Jeannot selbst von solchen Reden? Als wir eines Abends im Aufenthaltsraum des Wohnheims saßen, fragte ich ihn: »Wie siehst du die Sache? Glaubst du, daß es so etwas wie ein Wunder war?«

»Darüber denke ich gar nicht nach«, sagte er. »Es könnte eine andere Erklärung geben. Vielleicht hatten diese Männer doch irgendwie Angst davor, einen Priester zu töten, und haben schlecht gezielt. Das nächste Mal werden sie noch mehr Angst haben. Wenn Gottes Wunder sich doch nur auf die erstreckt hätte, die sie getroffen *haben*! Das ist alles, was ich im Augenblick denke.«

Père Bourque war dabei, als Jeannot das sagte. Ich wußte, daß er Jeannot schon wegen seiner Predigten ins

Gebet genommen hatte. Ich wußte, daß er »diese lateinamerikanischen Priester der Befreiungstheologie« scharf ablehnte. Jetzt sah er Jeannot an und fragte: »Fühlen Sie sich schuldig?«

»Schuldig, *Mon Père*?«

»Sie wissen, was ich meine. Wegen Ihrer Predigten.«

»Ich bin traurig, aber ich fühle mich nicht schuldig. Ich denke an die Worte des heiligen Paulus: ›Christus lebet in mir.‹ Wenn ich möchte, daß Christus weiterhin auch in mir lebt, muß ich fortfahren, sein Werk zu tun.«

»Befreiungstheologie ist Politik, nicht Religion«, sagte Père Bourque. Damit stand er auf und verließ das Zimmer.

Und dann kam eines Morgens, etwa zwei Wochen später, als wir im Refektorium beim Frühstück saßen, ein Diener mit der Morgenpost herein. Ich sah Père Bourque einen Brief mit ausländischer Briefmarke in die Hand nehmen. Er las ihn, dann sagte er: »Ich habe hier etwas, was uns alle angeht.«

Er hielt den Brief in die Höhe. »Dieses Schreiben kommt vom General unseres Ordens in Rom. Er teilt mir mit, daß der Albaneserorden nach Rücksprache mit dem Vatikan beschlossen hat, Père Jean-Paul Cantave auszuschließen.«

Wir schwiegen entsetzt.

Endlich sagte Noël Destouts: »Aber das ist doch lächerlich, *Mon Père*! Warum denn?«

Père Bourque las den Brief weiter. »Der Grund für den Ausschluß ist Père Cantaves Weigerung, von seinen Predigten abzulassen, die zu Gewalt und Klassenkampf aufrufen. Diese Predigten vor allem sind verantwortlich für die Tragödie in der Inkarnationskirche, bei der etliche Gemeindemitglieder ums Leben kamen und die Kirche zerstört wurde.«

Jetzt endlich sah er Jeannot direkt an. »Des weiteren teilt unser General mir mit, daß Erzbischof Pellerat beschlossen hat, Sie von Ihren Pflichten als Pfarrer zu entbinden. Sie dürfen ab sofort in keiner ganaesischen Kirche mehr die Messe lesen. Allerdings sind Sie, wie unser General betont, nach wie vor katholischer Priester.«

Er faltete den Brief zusammen und steckte ihn in seine Soutane. Ich sah Jeannot an, in dessen Augen Tränen standen.

»Aber der Orden ist meine Familie«, sagte er. »*Mehr* als eine Familie. Sie haben mich gefunden, mich aufgenommen, mich ausgebildet, mir mein Leben als Priester geschenkt. Wie können Sie mich jetzt fallenlassen?«

Unsere Gefühle, die meinen zumindest, waren Scham, Zorn und Bestürzung. Nur Père Bourque, ein Franzose alter Schule, zeigte keine Regung. »Ich bedaure das«, sagte er. »Wir alle bedauern es. Aber wie Sie wissen, haben Sie sich das selbst zuzuschreiben.«

»Das stimmt doch nun wirklich nicht, *Mon Père*«, rief ich. »Daß man Jeannots Kirche niedergebrannt hat, ihn umbringen wollte? Wie können Sie sagen, daß er sich das selbst zuzuschreiben hat?«

Père Bourque sah mich kühl an. »Paul, Sie sind in dieser Sache auch nicht ohne Schuld. Ich hatte gehofft, Sie würden Jeannot von seinem gefährlichen Tun abraten. Statt dessen haben Sie ihn noch darin bestärkt. Allerdings ist es für Vorwürfe jetzt zu spät. Heute ist ein trauriger Tag für uns alle. Aber vergessen Sie nicht, daß es der General unseres Ordens war, der nach Rücksprache mit dem Vatikan und dem ganaesischen Episkopat diese Entscheidungen getroffen hat. Jeannots Pflicht ist es, sich dem zu fügen und von nun an Gott auf andere Weise zu dienen.«

»Auf welche andere Weise? Was soll ich denn tun?« rief Jeannot mit versagender Stimme. Er weinte ungeniert.

»Der Jugendklub, das Waisenhaus«, sagte Père Bourque. »Beide wurden von Ihnen ins Leben gerufen. Sie sind nicht zerstört worden, und ich bin sicher, daß Erzbischof Pellerat Ihnen gestatten wird, Ihre Arbeit darin fortzusetzen.«

»Soll das heißen, daß mein Vorgesetzter jetzt Erzbischof Pellerat ist? Er ist Doumergues Schützling, er wurde nicht einmal von Rom eingesetzt – Sie wissen so gut wie ich...«

»Schluß jetzt!« fuhr Père Bourque ihm schroff über den Mund. »Solche Reden dulde ich hier nicht! Sie sind Priester und haben Ihrem Erzbischof zu gehorchen. Es gibt Arbeit für Sie. Nützliche Arbeit. Ich darf Sie an Ihr Gehorsamsgelübde erinnern.«

»Entschuldigung, *Mon Père*«, sagte Jeannot. »Ich bitte um Vergebung.«

Er senkte den Kopf und blieb eine Weile stumm sitzen. Ich sah, daß er zitterte. Dann schien er alle Kräfte zusammenzunehmen und sagte: »Sie haben natürlich recht, *Mon Père.* Es *ist* nützliche Arbeit. Aber glauben Sie mir, sie wird hier nichts verändern. Was nützt es, ein paar Waisen von der Straße zu holen oder einigen Armenkindern beizubringen, ein paar Sätze zu lesen, wenn es schon morgen wieder tausend mehr von ihnen gibt? Sollten wir Gottes Werk nicht besser dadurch tun, daß wir den Armen helfen, ihren Arbeitgebern Löhne abzuzwingen, von denen sie leben können? Ein Waisenhaus und einen Jugendklub zu führen, das ist wie ein Pflaster auf einer kleinen Schramme, während der ganze Körper über und über von Messern zerstochen ist. Wenn wir den Armen helfen, ihre Lebensumstände zu verbessern, *dann* tun wir ein christliches Werk. Und mehr habe ich ja nicht zu tun versucht. Findet ihr anderen es denn alle richtig, daß ich aus dem Orden ausgestoßen werde?«

Er blickte in die Runde.

»Ich nicht«, sagte ich.

»Ich auch nicht«, sagte Noël Destouts.

»Es tut nichts mehr zur Sache, was *wir* finden«, sagte Père Bourque. »Die Entscheidung ist gefallen.« Er sah Jeannot kühl an. »Was Sie jetzt machen, ist Ihre Sache. Ich bin für Sie nicht mehr zuständig.«

Noch am selben Nachmittag fuhr ich Jeannot mit seinen Büchern und sonstigen Habseligkeiten zu dem Waisenhaus, das er vor kurzem gegründet hatte. Es lag im Bezirk Laramie, nur ein paar Straßen weit von La Rotonde. Er schwieg auf der ganzen Fahrt, aber als er das Haus betrat und von den Kindern und den Marienschwestern, die das Haus führten, freudig begrüßt wurde, sagte er zu mir: »Sei nicht traurig um meinetwillen, Paul. Es ist nicht vorbei, es fängt gerade erst an. Sieh dir diese Kinder an. Wenn wir uns nicht erheben gegen Doumergue und die Reichen und – ja, auch gegen den Vatikan –, was für ein Leben werden sie in zehn Jahren führen? Wohlgemerkt, ich bin immer noch Priester. Ich weiß nicht, was ich täte, wenn man mir auch das genommen hätte. Die Menschen von La Rotonde werden weiter ihren Seelsorger in mir sehen. Das ist das Entscheidende.«

Aber als ich das Noël Destouts erzählte, schüttelte er den Kopf und meinte: »Wie kann er weiter Priester sein, wenn er nirgendwo die Messe lesen darf und keine Gemeinde hat? Es ist alles aus. Die brauchen ihn jetzt gar nicht mehr zu erschießen. Er ist erledigt.«

Ich weiß nicht mehr, ob ich Noël glaubte. Ich weiß nur, daß ich in den darauffolgenden Wochen das Gefühl hatte, auch ich sei erledigt. Ich hatte den Mut verloren. Meine Tage und Nächte waren angefüllt mit Zorn gegen Père Bourque und den General unseres Ordens, den Erzbischof, den Nuntius, und natürlich gegen jene Kardinäle im fernen Rom, die dem Treiben eines Diktators, der eine Kirche niederbrennen und Mitglieder ihrer Gemeinde ermorden ließ, ihren Segen gegeben hatten. Meine täglichen Pflichten waren mir zuwider wie nie zuvor. Wenn ich vor meinen reichen Mulattenschülern stand, sah ich in ihnen ihre Väter – Militärs, Industrielle, Doumerguisten –, jene, die dieses Massaker ermöglicht hatten. Schließlich verbrachte ich meine gesamte freie Zeit in Jeannots Waisenhaus und dem Jugendklub, dessen Mitgliederzahl wuchs und wuchs, bis sich an jedem beliebigen Nachmittag an die hundert Jugendliche dort einfanden. Und da Jeannot keine Kanzel mehr hatte, predigte er eben ihnen, wie er jedem predigte, der ihm zuhörte.

Dann geschah etwas, etwas Unheimliches und Undurchschaubares, irgendeine Erschütterung des geheimen Machtzirkels um Doumergue. Eines der umlaufenden Gerüchte wollte wissen, daß seine Frau und sein Sohn versucht hätten, seine Mätresse zu ermorden, einem anderen zufolge übte er Rache an einem hohen Offizier, der mit seiner Tochter geschlafen habe. Plötzlich hörte man jedenfalls die ganzen Nächte hindurch Armeelastwagen durch die Stadt rumpeln, es wurde wahllos geschossen, Sirenen heulten im Morgengrauen. Diese nächtlichen Aktionen spielten sich nicht in den Slums oder draußen auf dem Land ab, sondern in den Wohnvierteln der Elite von Port Riche und Doumergueville, der zweitgrößten Stadt Ganaes, die vor kurzem diesen Namen erhalten hatte. Ein untrügliches Zeichen von Unruhen war für uns am Gymnasium das plötzliche Verschwinden einiger unserer Schüler. Später erfuhren wir, daß sie mit ihren Eltern aus dem Land geflohen waren.

Und dann ließ sich eines Sonntagmorgens, nach einer stundenlangen ominösen Funkstille, Onkel D. persönlich im staatlichen Rundfunk vernehmen. Verklausuliert wie immer verkündete er, daß gewisse Schlangen sich in die Sonne gewagt hätten, um den Armen von Ganae aufzulauern, wo sie ihnen über den Weg liefen. Diese Schlangen, sagte er, seien gelbhäutige Schlangen, zusätzlich mit Giftzähnen ausgerüstet durch gewisse Verräter in den Streitkräften. Aber diese Schlangen, sollten sie auch noch so schlau sein, würden ihrer Strafe nicht entgehen. Ihre Strafe sei ihnen schon zugemessen worden, zugemessen vom selbstlosen Führer des ganaesischen Volkes, der von Gott dazu berufen sei, die Armen zu schützen. Dieser Mann, Jean-Marie Doumergue, sei schnell gegen die Schlangen vorgegangen und habe ihnen die Köpfe abgeschlagen. Die Nation sei gerettet und müsse nun Dank sagen für ihre Errettung.

Im Lauf der nächsten Tage erreichten uns Berichte von Priestern in Cap Sud, daß Einheiten von *bleus* in den Dörfern des Südens gewütet, Häuser niedergebrannt und wahllos auf Bauern geschossen hätten, die sich den Brandschatzungen entgegenzustellen versuchten. Als Jeannot diese Berichte vernahm, durchwachte er in der Kirche St. Jean-Baptiste, die von seinem Waisenhaus nur ein paar Straßen weit entfernt war, zwei Nächte hintereinander allein im Gebet.

Eine Woche nach der Rundfunkansprache des Diktators fuhr ich zum Jugendklub, um dort im Rahmen eines Alphabetisierungsprogramms, das Jeannot begonnen hatte, meinen sonntäglichen Unterricht zu halten. Als ich den Klub betrat, sah ich, daß sich weniger Jungen als sonst im Aufenthaltsraum versammelt hatten. »Wo stecken die denn alle?« fragte ich Père Cachot.

»Haben Sie denn nichts gehört? Es heißt, daß die *bleus* gestern abend in Papanos an die hundert Bauern massakriert haben. Es hatte dort Hungerunruhen gegeben. Die Leute da oben haben nichts zu essen. Jedenfalls organisieren die Jungen jetzt hier eine Demonstration. Sie marschieren zum Palast.«

Im selben Moment hörten wir laute Rufe draußen auf dem Hof. Ich ging hinaus und sah eine Ansammlung von Menschen mit langen Stöcken, die sie wie Trommelschlegel hielten und aneinanderschlugen, um Lärm zu machen. Die Demonstranten waren nicht nur Straßenjungen. Junge Priester aus den verschiedensten Gemeinden der Stadt waren darunter, Schwestern aus dem Kloster Ste. Marie und – man glaubt es kaum, da sie bisher an so etwas nie teilzunehmen gewagt hatten – sogar Gruppen aus den bitterarmen Vierteln von La Rotonde. Man war gerade damit beschäftigt, Transparente zu basteln. Auf einem stand:

SCHLUSS MIT DEN MORDEN!
GERECHTIGKEIT FÜR DAS VOLK!

Ich lief ins Haus zurück und stürzte in Jeannots Zimmer. Père Cachot war dort am Telefon. »Nein, das waren nicht wir«, erklärte er soeben einem Anrufer. »Das sind die Jungen selbst. Ich versuche ihn gerade zu finden. Ja, ich weiß.«

»Was geht da vor?« fragte ich. »Wo ist Jeannot?«

»Ich weiß es nicht.«

Plötzlich hatte ich eine Eingebung. Ich stürzte wieder

auf die Straße hinaus und lief zur Kirche St. Jean-Baptiste. Als ich dort eintrat, sah ich Jeannot in einem Seitenschiff, wo man ihn fast nicht erkennen konnte, in einer Bank knien. Er hatte den Kopf gesenkt und betete. Ich eilte zu ihm. »Jeannot, komm schnell. Hast du von dieser Demonstration gehört?«

Er hielt die Augen geschlossen. Jetzt öffnete er sie, bekreuzigte sich, machte eine Kniebeuge zum Altar hin, richtete sich auf und kam zu mir. »Ich habe dazu nicht aufgerufen«, sagte er. »Ich bete nur darum, daß sie nicht schlimm ausgeht.«

»Aber du mußt sie verhindern. Doumergue hat alle öffentlichen Demonstrationen verboten. Und die wollen zum Palast marschieren.«

»Das kann ich nicht. Begreifst du denn nicht? Die Jungen wollen die Armen gegen Gewalt verteidigen. Es ist unsere Pflicht, ihnen zu helfen.«

Als wir die Kirche verließen, hörten wir das rhythmische Schlagen der langen Stöcke. Der Demonstrationszug begann bereits den Hof zu verlassen. Einige aus dem Jugendklub sahen Jeannot und zogen ihn in ihre Reihen. Ich ging zu ihm, als die Spitze des Zuges auf die Avenue de la République einbog. »Jeannot, sprich zu ihnen. Sie können dabei sterben.«

»Du brauchst nicht mitzukommen, Paul. Bleib nur hier.«

Aber ich konnte natürlich nicht bleiben. Ich reihte mich ein. Anfangs liefen vielleicht achtzig Menschen mit, doch als der Zug den großen Bezirk Mèredieu erreichte, schlossen sich weitere Leute an, die eigentlich nur aus Neugier aus ihren Häusern gekommen waren und jetzt die Transparente lasen. Es war sieben Uhr abends, das Ende eines sengendheißen Tages. Während die Reihen der Demonstranten immer dichter wurden, sah man in den Seitenstraßen Militär- und Polizeiwagen auffahren. Sie versuchten den Zug nicht aufzuhalten und verschwanden nach ein paar Minuten wieder, als hätte irgendeine Kommandozentrale sie zurückbeordert. Soeben erreichte der Demonstrationszug das Ende der Avenue de la République, die auf den großen Platz vor dem Präsidentenpalast mündet.

Der Palast dominiert die ganze Stadt. Er ist dem Weißen Haus in Washington nachgebildet, aber doppelt so groß, ein Komplex aus blendendweißen Gebäuden, umgeben von gepflegten Gärten und einem hohen schmiedeeisernen Gitter mit vergoldeten Stäben. Um an den Palast heranzukommen, mußten die Demonstranten den großen freien Platz überqueren, der ihn umgibt, einen Bannbereich, den nur Behördenfahrzeuge befahren durften. Und als die Sonne nun den Abendhimmel blutrot färbte, sahen die Marschierer sich plötzlich von Panzern und Kampfwagen umstellt, die ringsum in den Seitenstraßen aufgefahren waren und sich, während die etwa hundertfünfzig Demonstranten aus der Avenue de la République auf den Platz marschierten, hinter sie setzten und ihnen so den Rückweg abschnitten. Aber die Demonstranten kümmerten sich nicht um die Panzer. Sie schlugen ihre Stöcke aneinander und gingen mit Rufen wie »Schluß mit den Morden!« unerschrocken über den großen freien Platz, bis sie vor dem vergoldeten Eingangstor zum Stehen kamen. Jetzt verstummte der Lärm.

Ich befand mich mit Jeannot in der vordersten Reihe der Demonstranten. Während wir schweigend dastanden, erschienen auf dem Hof Soldaten der Garde Présidentielle in ihren schmucken Uniformen, in Reih und Glied, die Waffen schußbereit. Ihnen voran ritt ein Oberst mit gezogenem Revolver. Von den mürrischen *bleus*, die sonst immer auf diesem Hof herumlungerten, war niemand zu sehen. Das Haupttor zum Palast stand offen. Es war eine Konfrontation wie im Lehrbuch: auf dem Hof die elitäre Präsidentengarde, ihr gegenüber der aufmarschierte Mob.

Plötzlich wurde von irgendwo hinter den Demonstranten eine Salve über die Köpfe der Menge gefeuert. Ich zog ängstlich den Kopf ein. Andere ringsum duckten sich, aber Jeannot trat vor.

Es war ein Anblick, den wir alle nie vergessen werden, wie dieser schmächtige, unscheinbare junge Mann, dessen weiße Soutane hinter seinen Sandalen im Staub schleifte, langsam auf das offene Palasttor zuging, während die Garde Présidentielle ihre Gewehre auf ihn richtete wie ein Erschießungskommando. Jetzt trat er auf den Hof, kniete nieder, senkte den Kopf und faltete die Hände zum Gebet.

Einen Moment lang herrschte Totenstille. Die Gardisten, Gewehre im Anschlag, blickten zu ihrem Oberst, als warteten sie auf ein Kommando. Ich sah den Oberst zögern, sich dann umdrehen und zu den Terrassentüren im Erdgeschoß des Palastes zurückschauen. Sein Pferd machte plötzlich einen nervösen Schritt zur Seite, als scheute es vor irgend etwas Unsichtbarem auf dem Boden. Der Oberst zügelte sein Pferd, stellte sich in den Steigbügeln auf und starrte unverwandt zu den Fenstern zurück, als suchte er dort etwas. Plötzlich bellte er ein Kommando. Die Garde Présidentielle ließ die Waffen sinken.

Die mittlere Terrassentür ging auf, und im roten Schein der untergehenden Sonne kam eine gebeugte Gestalt auf die Marmorstufen herausgeschlurft. Die Gestalt trug einen abgewetzten schwarzen Anzug und einen verbeulten Homburg. Vorsichtig, als könnte er jeden Moment hinfallen, kam der Mann jetzt die Stufen herunter, nahm den Hut ab und behielt ihn in der Hand. Das rote Abendlicht fiel auf den kahlen schwarzen Schädel eines *authentique*, eines *noir*, so schwarz wie der ärmste Bauer von Cap Sud oder ein Slumbewohner aus La Rotonde. Sein Gesicht war verunstaltet von häßlichen grauen Flecken oder Schwären. Ich sah, wie er mit der Zunge seine Lippen befeuchtete.

Die Demonstranten standen starr, wie gebannt. Das einzige, was man auf dem großen Platz vernahm, waren die klappernden Hufe des nervösen Pferdes und die langsamen, schlurfenden Schritte Doumergues, des Diktators, der langsam auf das offene Tor und die dort kniende Gestalt zukam. Unmittelbar vor Jeannot blieb er stehen, schaute über die Menge und gab mit der linken Hand ein kaum sichtbares Zeichen, worauf sogleich ein ordengeschmückter Adjutant aus dem Palast gerannt kam und ein Handmikrofon mit langem Kabel brachte. Doumergue wartete, den Blick starr wie ein Blinder in den roten Himmel gerichtet, bis ihm das Mikrofon in die Hand gedrückt wurde. Dann gab er dem Adjutanten seinen verbeulten Hut und klopfte ein paarmal prüfend mit den Fingern auf das Mikrofon, ob es auch funktionierte. Das Klopfen hallte schaurig aus den Lautsprechern hoch über dem Palasthof.

Und nun hörten wir diese dünne und doch gebieterische Stimme, uns allen so vertraut wie die Stimme eines Verwandten. Er sprach Kreolisch, die Sprache des gemeinen Volkes:

»Mein Volk. Ihr seid hierhergekommen, um mit mir zu sprechen. Ihr habt schlimme Gerüchte gehört, aber die sind nicht wahr. Diese Gerüchte werden verbreitet von den Feinden der Armen Ganaes, während ich, wie ihr wißt, ihr Beschützer bin. Ihr seid hierhergekommen wie Kinder, die man hinters Licht geführt hat. Ich bedaure, daß unsere Feinde euch belogen haben. Euer Leben ist hart. Ihr müßt hart arbeiten. Heute aber ist Feiertag, ein Tag der Ruhe für euch wie für mich. Nun bitte ich euch: Glaubt diese Geschichten nicht. Sie sind nicht wahr. Geht nach Hause. Geht in Frieden.«

Jeannot sah zu dem Diktator auf, ohne sich von den Knien zu erheben: »Gott hat uns die Kraft gegeben, hierherzukommen. Wir beten zu ihm, uns jetzt zu helfen. Wenn Sie die Morde von Papanos nicht begangen haben, müssen Sie die bestrafen, die es taten.«

Der Diktator funkelte eine Sekunde lang auf ihn hinunter, dann hob er auf einmal das keulenförmige Mikrofon, das er noch in der Hand hielt, und schlug es Jeannot mit einem häßlichen Krachen auf den Kopf. Jeannot kippte betäubt vornüber und fiel zu Boden. In diesem Moment sprang einer von Jeannots Waisen, ein fünfzehnjähriger Junge namens Daniel Lalonde, plötzlich aus den Reihen der Demonstranten hervor und rannte durch das offene Tor auf den Hof, den langen Stock erhoben, um nach dem Diktator zu schlagen.

Ein Schuß krachte. Der Junge wankte, dann fiel er wenige Schritte vor Doumergue hin. Ich sah den berittenen Oberst mit dem Revolver in der Hand. Jeannot erhob sich von den Knien, ging zu dem Jungen, beugte sich über ihn und nahm ihn in die Arme. Aus einer Wunde am Hals des Jungen quoll Blut und bildete einen dicken, hellroten Fleck auf Jeannots weißer Soutane.

Der Diktator, immer noch das Mikrofon in der Hand, sagte mit einer Stimme, die gespenstisch aus den Lautsprechern hallte: »Bringt ihn nach drinnen.« Aber Jeannot wandte sich mit dem Jungen auf den Armen von Doumergue ab und trug ihn zum Tor hinaus. Einige von uns liefen hin, um ihm zu helfen. Als wir ihm den Jungen aus den Armen nahmen, sah ich, daß er tot war. Ich schaute zurück. Soeben schloß die Präsidentengarde das Tor. Der Oberst hatte seinen Revolver wieder eingesteckt, saß aber so kraftlos zusammengesunken auf seinem Pferd, als wäre er verwundet.

Plötzlich rief Jeannot den Demonstranten zu: »Geht nach Hause! Geht nach Hause! Gott wird uns rächen! Gott wird uns rächen!«

Die Demonstranten waren kein drohender Mob mehr. Sie waren wie betäubt vor Entsetzen, eingeschüchtert von brutaler Gewalt. Hinter den Toren, die inzwischen verriegelt waren, stieg der Diktator auf wackligen Beinen wieder die Marmorstufen hinauf und ging in seinen Palast zurück. Die Präsidentengarde stand immer noch in Reih und Glied, ihre Gewehre auf die Demonstranten gerichtet, die sich halb im Laufschritt über den großen freien Platz entfernten.

Jeannots Soutane war rot vom Blut des toten Jungen, an seiner Stirn war eine Platzwunde vom Schlag des Diktators. Stumm folgte er an meiner Seite der fliehenden Menge. Der rote Himmel wurde schwarz, als die Sonne jetzt schnell hinter dem fernen Meer versank.

Im Dunkeln trugen wir den toten Jungen nach Hause.

3

In Ganae wird wegen der Hitze schnell beerdigt. Wir begruben Daniel am Tag darauf um die Mittagszeit. Da Jeannot nicht öffentlich die Messe lesen durfte, übernahm ich das Traueramt in der Kirche. Aber am Grab zelebrierte Jeannot. Der Friedhof war schwarz von Menschen. Das Grab sperrten Soldaten ab, die in Doppelreihe standen wie bei einer Demonstration. Als der billige Sperrholzsarg an Seilen in die Erde hinabgelassen wurde, trat Jeannot, dessen magerer Hals aus einem weißen Talar herausragte, an die Grube, sprenkelte Weihwasser hinein und drehte sich dann um, so daß er von Angesicht zu Angesicht mit den starren Soldaten stand.

»Gott ist mit uns!« rief er laut. »Gott ist mit *uns*!« Es war kein Gebet, es war ein Aufschrei des Trotzes, und die Menge nahm ihn auf und wiederholte ihn in vielstimmigem Chor, daß es klang wie ein Donnergrollen in der Mittagshitze. Dann rief Jeannot: »Aber sie töten uns in Papanos, sie töten uns in Mele. Wann, o Vater, werden wir in Frieden leben?«

Er machte eine Pause, wie nur er sie zu machen verstand, wobei er über die Köpfe der Trauergemeinde hinwegblickte, als sähe er Gott am unbarmherzigen Mittagshimmel. Die Soldaten standen verlegen in dieser Stille und beobachteten die unberechenbare Gestalt in ihrer Mitte. Dann rief Jeannot, als hätte er eine Stimme gehört: »Und mein Vater antwortet mir. Ihr werdet in Frieden leben, wenn ihr auf eine Kirche des Volkes vertraut, eine Kirche, die an der Spitze einer Revolution des Volkes stehen wird, auf daß unser Land frei atmen kann.«

Als er diese Worte sprach, wußte ich, daß er aus der Stadt Gottes in die Stadt der Menschen übergegangen war. Dies war keine religiöse Zeremonie mehr für einen toten Jungen. »Gott ist mit *uns*!« rief Jeannot wieder, und wieder antwortete die Menge mit erregtem Gebrüll. Ich blickte instinktiv zu den angetretenen Soldaten mit ihren schußbereiten Gewehren. Die Offiziere schwiegen, aber die einfachen Soldaten, selbst nur eine Sprosse über der Armut derer, die sie umstanden, fielen plötzlich in die Rufe ein.

Jeannot hob die Hände wie zum Segen, und die Rufe verstummten. In diesem Moment geschah es, daß eine alte Frau aus der ersten Reihe hinter den Soldaten auf die Knie fiel und rief: *»Jeannot c'e Mesiah!«* Schon pflanzte dieser Ruf sich fort wie eine Welle, die dem Ufer entgegenrollte. *»Jeannot c'e Mesiah!«* Und auf dem letzten Wort brach die Welle mit Donnergetöse. *Mesiah.*

Jeannot ist der Messias. Ich stand neben ihm am Grab. Er zitterte wie unter Schock, dann streckte er die Hand aus, und ich reichte ihm die Schaufel. Er warf Erde auf den Sarg.

Als wir dann beiseite traten, drängte sich eine Schar von Trauernden um uns, darunter viele jüngere Priester und Nonnen, die Jeannot fragten: »Was ist die Kirche des Volkes? Gehören auch Bischöfe dazu? Warum haben wir noch nie von ihr gehört?«

»Die Kirche des Volkes ist die Kirche der Armen«, sagte Jeannot. »Sie nimmt keine Befehle von Diktatoren entgegen, wie es die Bischöfe hier tun. Es ist eine neue Kirche, und heute ist sie entstanden.«

»Können wir eintreten? Können wir eintreten?«

»Das seid ihr schon«, sagte Jeannot. »Die Tage der Bischöfe sind gezählt.«

Als wir in die Wagen stiegen, die uns nach Port Riche zurückbringen sollten, sagte ich: »Jeannot, nun hör mir einmal zu. Als allererstes werden die Bischöfe jetzt versuchen, dich exkommunizieren zu lassen. Rom wird dies eine Ketzerkirche nennen. Und sowie Doumergue erfährt, was du hier von einer ›Revolution des Volkes‹ gesagt hast, sperrt er dich ein und wirft den Schlüssel weg.«

»Ich habe dir schon einmal gesagt, daß ich es mir nicht aussuchen kann. Wenn Gott mich dazu erwählt hat, dieses Werk zu vollbringen, dann liegt mein Schicksal in seinen Händen.«

Ich sah in das Gesicht dieses Jungen, den ich als meinen Sohn betrachtet hatte. Heilige sind Menschen, von denen wir in frommen Büchern lesen. Was ist ein Heiliger? Die Kirche hat Anhaltspunkte dafür festgelegt. Märtyrertum ist einer. Frömmigkeit ein anderer. Als drittes werden Wunder im Zusammenhang mit der betreffenden Person verlangt. Märtyrertum? Würde er sterben müssen? Wunder? War das fehlgeschlagene Attentat ein Wunder? Frömmigkeit? Ja.

»Und überhaupt«, sagte er. »Ich glaube nicht, daß Onkel D. mich verhaften wird. Warum hat er es denn nicht gestern schon getan, bei der Demonstration?«

»Weil du einen toten Jungen in den Armen hattest. Hör auf mich. Geh nicht zurück ins Waisenhaus. Komm mit mir in die Schule. Noël Destouts hat eine Hütte in den Bergen bei Lavallie. Vielleicht kannst du dich dort versteckt halten, bis wir sehen, was hier passiert.«

Aber er lehnte ab. Und als wir zum Waisenhaus kamen, wartete dort, wie um meine Ängste zu bestätigen, ein Mercedes auf der Straße.

»Geh nicht hinein«, sagte ich.

Er lachte. »Die schicken doch keine *bleus* im Mercedes. Komm nur.«

In der Eingangshalle des Waisenhauses begrüßten uns Kinderlärm und ein großes Durcheinander. Eine der Nonnen sah uns eintreten und kam auf uns zu. »Da wartet ein Herr auf Sie. In einer Privatangelegenheit, sagt er. Ich habe ihn in Ihr Arbeitszimmer geschickt.«

Als wir das unaufgeräumte kleine Zimmer betraten, in dem Jeannot zu arbeiten pflegte, stand dort ein Mann mit dem Rücken zu uns und sah zum Fenster hinaus auf das Gewimmel im Hof. Sowie er sich umdrehte, erkannte ich ihn. Er trug jetzt einen dunklen Zivilanzug, aber gestern hatte ich ihn noch zu Pferde gesehen, in der prachtvollen Uniform der Garde Présidentielle und mit einem Revolver in der Hand.

»Was können wir für Sie tun?« fragte Jeannot.

»Ich bin Oberst Maurras. Ich komme gerade von der Beerdigung. Glauben Sie mir, ich war nicht dort, um Sie zu bespitzeln, sondern als Büßer. Aber ich muß Sie warnen. Man wird Ihre Predigt von heute morgen als Hochverrat werten.«

Er zögerte. »Ich weiß, *Mon Père*, daß ein Mann, der ein wehrloses Kind erschossen hat, Sie nicht um Vergebung bitten kann. Ich verdiene keine Vergebung.«

»Vergebung kommt von Gott«, sagte Jeannot. »Und seine Gnade ist unendlich.«

Der Oberst senkte den Kopf, dann sagte er mit leiser Stimme: »Sie müssen sich sofort in Sicherheit bringen.«

»Das geht nicht. Aus einem Versteck heraus kann ich meine Arbeit nicht tun.«

»Vielleicht müssen Sie sich ja gar nicht lange versteckt halten. Doumergue liegt im Sterben.«

Wir sahen einander an.

»Haben Sie ihn denn gestern nicht gesehen? Er hat Aids im Endstadium. Wir haben uns schon alle sehr gewundert, daß er persönlich aufgetreten ist. Sonst zeigt er sich niemandem mehr, nicht einmal seinen Ministern.«

Wir sahen ihn mit großen Augen an. Wir, die wir unter den Armen schon soviel Aids gesehen hatten – wie konnte uns das entgangen sein?

»Was glauben Sie denn, wie lange er noch zu leben hat?« fragte Jeannot.

»Vor einer Woche hat sich irgendein Fieber eingestellt. Man hat Spezialisten aus Frankreich eingeflogen. Es kann jetzt jeden Moment mit ihm zu Ende gehen. Und darum rate ich Ihnen, sich außer Reichweite zu begeben. Er ist noch nicht tot, aber seit einigen Wochen völlig von Sinnen. Sieht überall Verräter, sogar in seiner eigenen Familie.«

»Wenn er erfährt, daß Sie bei mir waren, werden Sie dafür büßen müssen«, sagte Jeannot.

Der Oberst drehte sich wieder um und sah in den überfüllten Hof hinunter. Kinderlärm drang ins Zimmer.

»Darauf kommt es jetzt auch nicht mehr an. Bis gestern war es noch der Wunsch meines Lebens, General und Distriktkommandeur zu werden. Aber das Schandmal von gestern wird an mir kleben bleiben. Ich bin Soldat, aber der einzige Mensch, den ich je getötet habe, war ein harmloses Kind.«

Er drehte sich wieder zu uns um. »Leben Sie wohl, *Mes Pères*. Und geben Sie gut auf sich acht.«

Als der Oberst fort war, meinte Jeannot: »Vielleicht sollte ich ja wirklich für ein paar Tage in Deckung gehen.«

»Du mußt. Ich fahre dich nach Lavallie.«

»Nein, nein, ich lasse mich von meinen Jungen im Taxibus hinbringen. In einem Taxibus wird mich niemand suchen. Und solange ich dort bin, überlege ich mir, wie man die jüngeren Priester und Nonnen organisieren könnte. Wir brauchen eine eigene Organisation, wenn wir eine Kirche des Volkes aufbauen wollen.«

Er muß den Anflug von Skepsis in meinem Gesicht gesehen haben. »Es tut mir leid, Paul. Ich weiß, welch großer Schritt das für dich ist. Wenn du mir weiter hilfst, bekommst du Ärger mit dem Orden. Womöglich wirst du sogar ausgeschlossen. Vielleicht solltest du dich doch lieber heraushalten?«

»Nein«, sagte ich. »Ich will dir helfen.«

Vier Wochen nach diesem Gespräch starb Diktator Jean-Marie Doumergue und wurde nach einem Staatsakt in der Kathedrale Notre-Dame de Secours feierlich beigesetzt. Den Trauergottesdienst zelebrierte Erzbischof Pellerat, das Oberhaupt der ganaesischen Kirche. Der päpstliche Nuntius war zugegen und kondolierte im Namen Roms der Witwe, dem Sohn und der Tochter des Diktators. Das Militär war unter anderem durch General Macandal vertreten, Chef des Generalstabes und amtierendes Staatsoberhaupt. In Ganae übernimmt beim Tod eines Präsidenten das Militär die Regierung bis zur Neuwahl. General Macandal war Mulatte, wie die meisten der hohen Offiziere, aus denen die Junta sich zusammensetzte. Die Mulatten-Elite, die Morgenluft witterte, trat bei den Feierlichkeiten deutlich sichtbar in Erscheinung.

Zwei Tage nach der Beisetzung wurden Doumergues Witwe, Sohn und Tochter heimlich nach Frankreich geflogen, wo sie mit dem Geld, das der Diktator illegal auf Schweizer Bankkonten deponiert hatte, ein Leben als wohlhabende Exilanten zu führen gedachten. Mein Freund Simon Lamballe, aus Cap Nord zurückbeordert, informierte mich, daß die Vereinigten Staaten von Amerika die Junta anerkannt hätten und nicht auf Neuwahlen drängen wollten, bis das Land sich »stabilisiert« habe.

»Das ist doch Augenwischerei«, sagte Simon. »Das Land *ist* stabil, das wissen auch die USA ganz genau. Alle sind zufrieden. Wir sind wieder da, wo wir vor fünfzehn Jahren waren, bevor dieser elende *noir* an die Macht kam.«

Aber Simon irrte. Das Parlament, in den Jahren der Doumergue-Herrschaft ein bloßes Marionettentheater, begann jetzt Bündnisse zu schmieden und rief nach Wahlen. Es kam zu Protestmärschen und Demonstrationen. Und nun war in Radio Libre eine neue Stimme zu vernehmen. Die Stimme der Kirche des Volkes. Jeannots Stimme.

Eines Abends half ich gerade Hyppolite in der Schulgarage, unseren alten Peugeot anzuschieben, als Père Duchamp angerannt kam und rief, ich solle schnell ins Haus kommen und mir das anhören. Jeannot halte eine Ansprache. Als ich in den Aufenthaltsraum kam, hörte ich:

Eine warme Mahlzeit in der Woche.
Ja, davon leben die Menschen in Cap Nord und
  Cap Sud.
Eine warme Mahlzeit in der Woche.
An den übrigen Tagen...
Ihr wißt es.
Den ganzen Tag auf den Feldern arbeiten,

und abends nach Hause kommen, um Bananen zu
essen.
Aber hier in Port Riche?
Was essen die Reichen?
Die Reichen, die ihre Macht den Generälen verdanken.
Was essen sie?
Feine französische Küche. Importierte Delikatessen.
Was trinken sie?
Gute französische Weine. Champagner.
Sie prassen, bis sie sich übergeben.
Die Armen darben, bis der Hunger sie würgt.
Brüder und Schwestern, was ist unser Auftrag?
Unser Auftrag ist, einzudringen in den Tempel der
Privilegien,
mit Schwertern.
Diese Parasiten aus unserem Land zu jagen.
Das ist unser Auftrag.
Das ist der Auftrag an die Kirche des Volkes.
Ihr seid die Kirche.
Ihr habt die Macht.
Handelt!

Père Bourque war nicht dabei, als wir diese Rede hörten. Aber noch am selben Abend rief er mich in sein Arbeitszimmer.

»Paul, ich weiß, wie schwer das für Sie ist, aber ich muß Sie bitten, alle Beziehungen zu Jeannot abzubrechen. Es ist schlichtweg gegen die Lehren der Kirche, das Volk zur Rebellion aufzustacheln. Er ist von Sinnen. In meinen Augen ist er auch nicht mehr als katholischer Priester anzusehen.«

»Aber meine Arbeit in seinem Waisenhaus, *Mon Père*, der

Lese- und Schreibunterricht, daran ist doch nichts Revolutionäres. Es ist gute und nützliche Arbeit.«

»Hören Sie, Paul. Ich gehe nächstes Jahr in den Ruhestand und habe Sie bereits als meinen Nachfolger empfohlen. Wenn Sie hier etwas am Lauf der Dinge ändern möchten, wenn Sie mehr schwarze Schüler aufnehmen wollen, werden Sie die Möglichkeit dazu haben, sobald Sie hier Direktor sind. Wenn Sie jedoch mit Jeannot Hand in Hand arbeiten, wird man Sie niemals zu meinem Nachfolger ernennen. Sie riskieren eine Rüge, Ihren Ausschluß aus dem Orden und Gott weiß was noch alles. Bitte, Paul.«

Ich sagte, darüber müsse ich mit Jeannot sprechen. Am nächsten Tag ging ich hin, und er sagte sofort: »Das ist doch keine Frage, Paul. Wir brauchen dich da, wo du jetzt bist. Du darfst deine Karriere am Gymnasium nicht aufs Spiel setzen. Stell dir vor, welch ein Segen es wäre, dich nach der Revolution dort als Direktor zu haben. Natürlich werde ich deine Mitarbeit im Waisenhaus und im Klub sehr vermissen. Aber wir bleiben in Verbindung, du und ich. Wie immer. Denk daran, *Petit* ist nach wie vor dein Junge.«

»Aber warum mußt du immerzu von Revolution reden?« fragte ich. »Das Parlament will Wahlen. Doumergue ist tot. Zum erstenmal in der Geschichte Ganaes haben wir die Chance, die Verhältnisse auf demokratische Weise zu ändern.«

»Wie denn? Demokratische Wahlen wird es hier nie geben, solange jedenfalls nicht, wie das Militär das Sagen hat. Wir müssen das Militär entmachten und der Elite die Produktionsmittel wegnehmen.«

»Und wie willst du das bewerkstelligen?«

»Du wirst schon sehen.«

Nach diesem Gespräch hielt ich mich also, wie meine Oberen es verlangten und er es wünschte, von Jeannots Alltagsarbeit fern und hatte so mit den nun folgenden Ereignissen nichts mehr zu tun. Jeannots Rundfunkansprachen lauschte man selbst in den letzten Winkeln des Landes. In Ganae, wo achtzig Prozent der Menschen nicht lesen und schreiben können, wurde seine Stimme zur Stimme einer neuen Macht, eine Stimme, die, mit einer Volkserhebung drohend, die Junta zwang, dem Ruf des Parlaments nach allgemeinen Wahlen zu folgen.

René Laberge, ein ehemaliger Schüler von mir, jetzt Abgeordneter für den Wahlkreis Pondicher und Fraktionsführer der Sozialdemokratischen Partei, die in letzter Zeit an Macht gewonnen hatte im ganaesischen Parlament, kam mich zwei Monate vor der angesetzten Wahl in der Schule besuchen.

»Ich möchte Sie um einen großen Gefallen bitten, *Mon Père*. Wir hoffen, die ersten freien Wahlen in unserer Geschichte abhalten zu können. Wir haben jedoch zu viele Parteien, und keine von ihnen ist im Volk richtig bekannt. Dennoch glaube ich, daß es in Ganae einen Menschen gibt, der die Wahl haushoch gewinnen könnte. Sie wissen, wen ich meine.«

»Ja. Aber er hält nichts von Wahlen.«

»Deswegen bin ich hier. Sie sind der einzige Mensch auf der Welt, der ihn zu einem Sinneswandel bewegen könnte. Wenn er nicht kandidiert, wird die ganze Wahl zur Farce, und die Junta übernimmt einfach wieder die Macht.«

»René, ich habe meinen Ordensoberen versprochen, mich aus der Politik herauszuhalten.«

»Ich weiß. Darüber habe ich schon mit Père Bourque gesprochen. Er sagt, in diesem Fall liegt die Entscheidung bei Ihnen. Jeannot läuft da unten in La Rotonde herum und predigt Slumkindern und blauäugigen jungen Priestern die Revolution. Solange die Armee in der Hand der Mulatten ist, wird jeder Versuch einer schwarzen Erhebung fehlschlagen und Hunderten das Leben kosten. Das ist nur zu verhindern, wenn Jeannot kandidiert.«

Ich sprach darüber noch am selben Tag mit Père Bourque. »Einen Haken hat die Sache«, sagte ich. »Jeannot ist immer noch katholischer Priester, und der Papst hat ausdrücklich verboten, daß Geistliche sich um politische Ämter bewerben. Für Jeannot ist es aber wichtig, Priester zu bleiben. Seine Wirkung beim Volk beruht zum großen Teil darauf.«

»Ja, gewiß«, sagte Père Bourque. »Und richtig ist auch, daß der Nuntius entsprechend ungünstig nach Rom berichten wird, wenn Jeannot kandidiert. Trotzdem meine ich, daß es das Risiko wert ist.«

Ich war seit Monaten nicht mehr in Jeannots Jugendklub gewesen. Als ich am Nachmittag des folgenden Tages hinfuhr, sah es dort aus wie in einem Wahlkampfbüro. Seminaristen, junge Priester und Nonnen, Jugendführer, Straßenjungen und andere, die ich nicht kannte, waren in allen sechs Erdgeschoßzimmern bei der Arbeit. Ich sah Schreibtische, Computer, und vor allem hantierte ein Team von Radio Libre in einem der Zimmer mit Mikrofonen und Tonbandgeräten. In der Eingangsdiele hingen Landkarten an den Wänden, auf denen allerlei geplante Demonstrationen und Aufmärsche für die nächste Woche eingezeichnet waren. An die Stelle von Père Cachot, Jeannots bisherigem Assistenten, war »Pele« Pelardy getreten, ein Marxist, der erst vor kurzem aus seinem New Yorker Exil zurückgekehrt war.

Ich spürte sofort, daß ich diesen Leuten nicht willkommen war. Aber als Jeannot hörte, daß ich da war, kam er sofort herbeigeeilt, um mich zu begrüßen. »Wo hast du nur gesteckt? Warum kommst du erst jetzt? Komm, wir gehen in mein Zimmer.«

Pelardy musterte mich mit der Abneigung, die Leute seines Schlages für Priester übrig haben. »Der Finanzausschuß tagt«, sagte er zu Jeannot. »Du wirst dort erwartet.«

»Sollen sie warten«, sagte Jeannot. Er faßte mich am Arm, und wir gingen nach oben. In der Eingangsdiele drängten sich die Bittsteller, die seit meiner Ankunft hinzugekommen waren: Menschen aller Art, die Armen aus La Rotonde, Bauern vom Lande, kleine Politiker und Geschäftsleute, Studenten und Straßenverkäufer. Als wir auf dem Weg zur Treppe an ihnen vorbeigingen, drehten sich Köpfe nach uns um, Gespräche erstarben zum Flüstern, einige winkten, um Jeannot auf sich aufmerksam zu machen. Ich war es natürlich gewohnt, ihn im Mittelpunkt des Interesses zu sehen. Aber etwas war jetzt anders. Ich mußte an Doumergue denken. Es war, als ob die Scheu, die Doumergue eingeflößt hatte, auf Jeannot übergegangen wäre. Er war der Mann, von dem im Land am meisten gesprochen wurde.

Jeannot schenkte all dem wie immer keine Beachtung. Er führte mich in sein kleines Zimmer, eine regelrechte Mönchszelle, und schloß die Tür. Sofort ging er an einen Tisch und machte uns auf einer Heizplatte einen Pulverkaffee, ganz wie früher, wenn wir zusammengekommen waren, um zu plaudern und seine Pläne zu besprechen.

»Was ist denn hier los, *Petit*?« fragte ich. »All diese Leute, die Besprechungen.«

»Mit der Kirche des Volkes ist es wie mit Rom. Sie wird

nicht an einem Tag gebaut. Du hast mir gefehlt, Paul. All diese Leute, ja, die habe ich um mich herum. Aber du bist der einzige, mit dem ich wirklich reden kann.« Er goß heißes Wasser in die Kaffeetassen und reichte mir eine.

»Du hast mir auch gefehlt«, sagte ich. »Ich vermisse die Tage, an denen ich herkommen und etwas Nützliches tun konnte. Aber vielleicht kann ich dir jetzt auf andere Weise nützlich sein. Kennst du René Laberge?«

Er lachte. »Sag's mir nicht. Ich weiß schon, worauf du anspielst.«

»Er hat mich gebeten, mit dir zu sprechen.«

»Ich soll für die Präsidentschaft kandidieren? Lächerlich.«

»Hör mal, Jeannot. Bei dieser Wahl werden internationale Beobachter zugegen sein, unter anderem der französische Ex-Premier. So etwas hat es hier noch nie gegeben. Und wenn du als Kandidat der Armen antrittst, bekommst du so viele Stimmen, daß die Armee daran nichts mehr drehen kann.«

Er widersprach mir anfangs, doch je länger wir redeten und ich ihn drängte, desto deutlicher spürte ich, wie ich ihn allmählich umstimmte. Schließlich sagte er: »Aber wenn ich wirklich Präsident werden sollte, würde ich das ganze System umkrempeln. Ich würde das Land dem ausländischen Kapital zu entreißen versuchen. Ich würde die Macht der Elite brechen. Ich würde die Militärs davonjagen, die hier den Drogenhandel kontrollieren. Kurz, ich würde alle davonjagen, die jetzt Rang und Namen haben.«

»Mit anderen Worten«, sagte ich, »du würdest als Präsident eine Revolution veranstalten, ohne Barrikaden auf den Straßen errichten zu müssen.«

»Moment mal. Da ist noch dieses andere Problem. Der

Papst hat allen Priestern verboten, für politische Ämter zu kandidieren. Man würde mich suspendieren, oder wie das heute heißt.«

»Père Bourque meint, das sei nicht so sicher.«

»Aber wenn sie mich dann doch vor die Tür setzen – sieh mal, es ist wichtig für die Armen zu wissen, daß ich ihr Priester bin. Wenn ich in die Politik gehe, ist es aus damit.«

»Und wenn du hier eine Revolution anzettelst, wird Rom das nicht als Einmischung in die Politik ansehen, meinst du?«

Er lächelte. »Ich sollte doch wissen, daß man gegen dich nicht ankommt.« Er legte mir den Arm um die Schulter. »Also gut. Du kannst Laberge sagen, daß ich darüber nachdenke.«

Eine Woche später lasen wir es in der Zeitung. Père Jean-Paul Cantave, genannt »Jeannot«, der Priester der Armen, würde für die Sozialdemokraten als Präsidentschaftskandidat antreten.

Er sprach im Rundfunk. Er hielt Wahlreden auf der ganzen Insel. Die Medien aus aller Welt fielen eine Woche vor der Entscheidung in Ganae ein. Es wurden internationale Beobachter eingeflogen. Das Militär versprach, die Wahllokale zu sichern, um Störungen oder Wahlbetrug zu verhindern. Und diesmal hielt das Militär Wort. Nachdem die Stimmen ausgezählt waren, hatte Jeannot fünfundsiebzig Prozent auf sich vereinigt. Die Weltpresse meldete, daß ein dreißigjähriger römisch-katholischer Priester zum Regierungschef des Landes gewählt worden sei. Rom schwieg, und dieses Schweigen wurde als Zustimmung gewertet. Sieben Wochen später wurde Jeannot als Präsident Ganaes in sein Amt eingeführt.

Die Patres Bourque, Duchamp, Joliette, Destouts und

ich ließen uns an diesem Tag von Hyppolite zum Präsidentenpalast fahren. Der große Platz davor war schwarz von Menschen. Wir mußten uns zu Fuß zum Haupteingang durchdrängen. Die schmiedeeisernen hohen Gitter um die leuchtendweißen Gebäude hingen voller Slumkinder, die da hinaufgeklettert waren, um besser in den Hof sehen zu können, auf dem die Zeremonie stattfinden sollte. Sie hockten dort wie kleine menschliche Fliegen und riefen aufgeregt: »Jean-not! Jean-not!«

Auf dem Hof saßen inmitten von Ehrengarden, Musikkapellen, Fahnen und Lautsprechern auf vergoldeten Stühlen die Kirchenfürsten, die noch unter dem Diktator ernannt worden waren; hinter ihnen die ordengeschmückten Generäle der Junta und die Führer der vielen politischen Parteien. Gegenüber dieser Ehrentribüne hatten die Vertreter der Elite in vielen Reihen hintereinander Platz genommen, Männer im feierlichen Cutaway, Frauen in farbenfrohen Partykleidern und mit aufgespannten Sonnenschirmen. Wir setzten uns unmittelbar vor das Podium, eine kleine Gruppe von Priestern, Nonnen und Sozialarbeitern, die Jeannot alle namentlich eingeladen hatte. Und ich – ich muß sagen, daß mich Stolz erfüllte, als ich ihn dort stehen und warten sah, eine kleine, schmächtige Gestalt in billiger weißer Baumwollhose und Bauernhemd, kraftlos wie eine Marionette an erschlafften Schnüren, bis die Mikrofone bereit waren und die Presseleute ein Zeichen gaben, daß man nun anfangen könne.

Wundersam gewandelt, wie wir es schon so oft in der Kirche erlebt hatten, trat Jeannot jetzt vor, und im selben Moment war es, als hätte ein überirdisches Wesen sich in unsere Mitte herabbegeben. Er begann zu sprechen, aber nicht auf Französisch, sondern auf Kreolisch, und seine

Stimme drang über die Hauptstadt hinaus bis in die Dörfer, die Gebirge, die fernsten Winkel der Insel, diese in ihrer Eindringlichkeit so elektrisierende Stimme, bescheiden und dennoch triumphierend, die Stimme eines Priesters, der die Wahrheit verkündete. Die Stimme nahm uns gefangen, und draußen vor den Palasttoren, wohin die starken Lautsprecher sie auf den großen Platz und in die umliegenden Straßen übertrugen, lauschten ihr die dort versammelten Menschen, als wären sie alle seine Pfarrgemeinde. Zu ihnen sprach er, nicht zu uns.

Brüder und Schwestern.
In diesem Augenblick der Geschichte,
einem Augenblick,
da die großen Revolutionen dieses Jahrhunderts
eine um die andere in Chaos zerfallen,
was geschieht in ebendiesem Augenblick
hier bei uns?
Ganae steht an der Schwelle der Revolution.
Unserer Revolution.
Mögen andere gescheitert sein.
Wir werden nicht scheitern.
Wir werden unser Ziel erreichen.
Denn *unsere* Revolution ist nicht geboren
aus Komplotten und Verschwörungen.
Sie ist die Stimme des Volkes,
das nach Freiheit ruft.
Wir haben gerufen, und Gott hat unser Rufen erhört.
Darum werden wir nicht scheitern.
Und darum stehe ich heute hier.

Unvermittelt trat er von den Mikrofonen zurück, den Kopf gesenkt und offenbar taub für die Jubelrufe und die vielen Stimmen, die seinen Namen riefen.

Nach und nach erstarb der Jubel. Auf der Ehrentribüne tat sich etwas. Einer der Würdenträger trat vor, in der Hand eine seidene Schärpe in den Landesfarben Grün und Gold. Er legte sie Jeannot um den Hals und drapierte sie so, daß sie ihm quer über der Brust lag. Jetzt war Jeannot Präsident, der erste demokratisch gewählte Präsident, den diese schwarze Republik je gekannt hatte. Auf der Ehrentribüne wurde kurz geklatscht, doch ich sah Erzbischof Pellerat und den Nuntius mit falschem Lächeln einen Blick wechseln. Die ordenbehängten Generäle applaudierten herablassend und nickten den Botschaftern und den hochgestellten ausländischen Wahlbeobachtern zu. Die Generäle waren sich ihrer Sache sicher. Sie waren die Armee. Sie hatten die Demokratie ermöglicht, waren aber immer noch die Herren.

Das Musikkorps der Garde Présidentielle stimmte die Nationalhymne an. Jeannot stand auf und legte zum Zeichen patriotischer Ehrfurcht die Hand auf die Brust. Die Hymne endete. Wieder gab es kurzen Applaus. Dann trat Jeannot von neuem vor die Batterie von Mikrofonen. Die Fernsehkameras, diese gierigen Roboter, richteten sich auf sein Gesicht.

Jeannot wandte sich an den französischen Ex-Premier, der die internationale Beobachterkommission geleitet hatte, und dankte ihm auf französisch für seine Hilfe bei der Gewährleistung der ersten freien Wahlen in der Geschichte Ganaes. Dann ging er plötzlich wieder auf Kreolisch über und sagte: »In meiner ersten Amtshandlung für die Volksregierung von Ganae möchte ich bekanntgeben, daß ich heute in meiner Eigenschaft als Oberbefehlshaber der Armee den Kommandeur der Region Cap Nord, General Auguste Hemon, zum Chef des Generalstabes ernannt habe. Ich danke noch einmal den Mitgliedern der Militärjunta für ihre Mitarbeit und Hilfe bei der Bildung einer neuen Regierung. Und nun soll das Fest beginnen.«

Einen Augenblick war es auf dem Palasthof entsetzlich still. Dann brach draußen auf dem Platz und in den Straßen wieder lauter Jubel aus. Schüsse wurden in die Luft gefeuert, Feuerwerkskörper krachten, und das Volk skandierte: »Jean-not! Jean-not!«

Jeannot drehte sich um und ging zu den Generälen. Er schritt ihre Reihe ab, gab jedem die Hand und sagte ein paar Worte zu ihm. Ich hörte nicht, was da gesprochen wurde. Bei dem Lärm draußen vor dem Palast konnte niemand etwas hören. General Macandal, ein hochgewachsener Mulatte mit fast weißer Haut, der an der amerikanischen Militärakademie West Point ausgebildet worden war, überragte Jeannots schmächtige Gestalt wie ein Turm. Als Jeannot ihm die Hand geben wollte, begann Macandal mit verkniffener Miene zu sprechen, als putzte er einen unbotmäßigen Sergeanten herunter. Jeannot lächelte, nickte und ging weiter. Nach ein paar Schritten wechselte er einen Händedruck mit General Hemon, seinem neuen Chef des Stabes, einem hünenhaften *noir*, der bisher nicht zum inneren Zirkel des Militärs gehört hatte. Mein Eindruck war, daß Hemon bis zur heutigen Bekanntgabe selbst noch nichts von seiner Beförderung gewußt hatte.

Nach der Gratulationscour kümmerte sich Jeannot nur noch um die UN-Beobachter, und während er sich mit dem französischen Ex-Premier unterhielt, erschien ein

Haushofmeister an der Spitze einer Lakaienschar, alle in diesen lächerlichen ganaesischen Staatslivreen, die noch auf das achtzehnte Jahrhundert zurückgingen: Kniebundhosen, goldbestickte weiße Westen und pomadisierte Perücken. Die Lakaien reichten Champagner auf silbernen Tabletts. Die Ehrengäste begaben sich mit ihren Gläsern in den Innenhof, wo auf langen Tischen Speisen jeder Art angerichtet waren. Ich sah die eleganten Damen der Elite sich nach General Macandal umblicken, bevor sie unruhig zu tuscheln begannen. Ihre Gatten schwiegen schockiert und verzogen keine Miene. Der Nuntius und der Erzbischof schritten, in ein sorgenvolles Gespräch vertieft, zu den Tischen hinüber.

Sogleich folgte der zweite Schock des Tages. Jeannot ließ den französischen Ex-Premier plötzlich stehen, um dem Zug der Ehrengäste in den Innenhof voranzueilen, wo er in einer Willkommensgeste die Arme ausbreitete und im nächsten Moment von einer Horde zerlumpter Jungen aus seinem Waisenhaus und vierzig bis fünfzig Armen aus den Slums von La Rotonde umringt wurde. Sie trugen alle die offiziellen Anstecker, die sie zum Betreten des Innenhofs berechtigten, doch hatte man sie bis zum Beginn des Banketts irgendwo außer Sichtweite plaziert. Fassungslos sahen die hochmütigen Honoratioren und Generäle sich genötigt, sich unter diese zerlumpten Kinder und halbverhungerten Slumbewohner zu mischen, die sich unverzüglich über die feinen Speisen hermachten.

Auf dem ganzen riesigen Platz vor den Palasttoren wurde getanzt, gejubelt und gesungen. Schnapsflaschen kreisten, man hielt große, grob gezeichnete Porträts von Jeannot in die Höhe, so daß sie wie Karnevalsmasken über den Köpfen der Menge tanzten. Ich stand mit meinem

Champagnerglas in der Hand neben Noël Destouts, und meine Gedanken schweiften zurück zu einem Bergpfad, auf dem noch nie ein Auto gefahren war. Ein kleiner Junge hielt seine Ärmchen fest um mich geschlungen, während das Maultier vorsichtig den steilen Weg hinunterzockelte. Hinter uns auf einer wackligen Veranda stand eine Frau mit einem Baby an der Brust, die Frau, die den Jungen so leichten Herzens weggegeben hatte, wie man ein Hündchen aus einem zu großen Wurf verschenkt.

Da erschien plötzlich Jeannot mit seiner seidenen Amtsschärpe vor mir und drückte mich so überglücklich an sich, daß ich meinen Champagner verschüttete. Vor all den Generälen, dem Nuntius, den Bischöfen und dem französischen Ex-Premier hielt er mich umschlungen, bis ich die vornehmen Damen in der Nähe fragen hörte: »Wer ist dieser Priester, der *blanc*?« Nur die Waisen, die Straßenjungen und die Armen fragten nicht. Sie wußten es. Jubelnd umringten sie uns und applaudierten, als wir uns in diesem unvergeßlichen Augenblick des Triumphes in den Armen lagen.

4

Zur damaligen Zeit war das Régence das beste Hotel von Port Riche. Es stand, den Blicken entzogen durch eine Phalanx tropischer Bäume, auf einem der Hügel über der Stadt. Es war eine abgeschlossene Oase, vorwiegend für Ausländer. Beete mit exotischen Blumen und Pflanzen umgaben die flamingofarbenen Gebäude. Der von Palmen beschattete Swimmingpool an der Rückseite des Hotels wurde von einer Terrassenbar flankiert, an der sich allabendlich die Auslandspresse, Geschäftsleute und Botschaftsangehörige trafen, um die Gerüchte des Tages auszutauschen. Drei Wochen nach Jeannots Wahl zum Präsidenten fuhr ich auf Einladung Marc Robins, eines kanadischen Epidemiologen, der als Mitglied einer internationalen Aids-Kommission in Ganae war, auf einen Drink dorthin. Wir trafen kurz vor Sonnenuntergang ein. Die Bar war voll, und wir fanden keinen freien Tisch. Doch plötzlich begann ein Geraune, und etliche Gäste sprangen auf und rannten ins Hotel. »Was gibt's?« fragte ich einen Kellner.

»Das können Sie selbst sehen«, antwortete er geheimnisvoll. »Gehen Sie nur hinein.«

In der Halle stand eine Gruppe von Leuten um einen altmodischen Schwarzweißfernseher. Es war kein Ton da, obwohl der Portier unermüdlich mit dem Lautstärkeregler spielte. In dieser gespenstischen Stille, die nur gelegentlich von Pfeifgeräuschen unterbrochen wurde, sahen wir rund ein halbes Dutzend Militärfahrzeuge voll bewaffneter Soldaten auf einer Überlandstraße dahinrasen. Die Fernsehkamera, die nur mit Mühe folgen konnte, zeigte ganz kurz einen mit hoher Geschwindigkeit fahrenden großen Mercedes, dem die Militärfahrzeuge vorausfuhren und folgten. Jetzt bog der Mercedes durch ein großes Portal mit der Aufschrift:

AEROPORT INTERNATIONAL DE PORT RICHE

Vor dem Haupteingang zum Terminal stand schon ein zweiter Mercedes. Ihm entstiegen soeben zwei vornehm gekleidete Damen, drei Kinder und ein Kindermädchen in Schwesterntracht. Während sie auf dem Trottoir warteten, fuhr der andere Mercedes vor, und ein hochgewachsener, fast weißhäutiger Mann in Zivil stieg aus. Augenblicklich salutierten alle anwesenden Soldaten und Offiziere. Ich erkannte ihn: General Antoine Macandal. In seiner Begleitung befand sich ein gutaussehender junger Mann mit auffallendem schwarzem Schnurrbart, der an Filmstars von früher erinnerte. Der General eilte zu den Damen und küßte beide, dann nahm er die ältere am Arm und betrat mit ihr das Flughafengebäude. Das Kindermädchen und die Kinder folgten ihnen. Der gutaussehende junge Mann, der den General begleitet hatte, begann erregt auf die jüngere Frau einzureden. Sie war sehr schön, hellhäutig und schick. Ich hätte sie für eine elegante Pariserin gehalten. Während er redete, schüttelte sie immerzu den Kopf, und als er sie am Arm nehmen wollte, riß sie sich los. Schließlich wandte er sich wütend ab und betrat allein die Flughafenhalle. Im Hintergrund sah man Soldaten mehrere Vuitton-Koffer in das Gebäude tragen. Andere Soldaten mit umgehängten

Gewehren bewachten diesen Transport, als ob der Inhalt der Koffer wertvoll wäre. Als die Kameraleute ins Flughafengebäude wollten, versperrte ein Offizier ihnen den Weg. Frustriert richteten sie ihre Kameras nun auf die schöne junge Frau, die allein zurückgeblieben war.

In diesem Moment gelang es dem Portier, den Ton des Fernsehers wieder einzuschalten. Die Frau beantwortete Fragen.

»Nein, ich gehe nicht fort. Das ist mein Land. Ich lasse mich nicht von einem Priester daraus vertreiben.«

»Ihr Gatte geht aber doch nach Frankreich?«

»Ja. Sie wissen wohl nicht, was vor zwei Tagen passiert ist, o nein, das wurde ja auch nicht gemeldet, oder? Aber da hat die *canaille*, aufgehetzt von diesem Priester, unser Haus niederzubrennen versucht. Können Sie es meinem Mann verübeln, wenn er keine Lust mehr hat hierzubleiben?«

»Sie selbst haben aber keine Angst hierzubleiben, Madame?«

»Meine Familie hat Ganae aufgebaut. Wie Sie wissen, war mein Urgroßvater Präsident dieses Landes. Ich lasse mir von aufwieglerischen *noirs* nichts befehlen. Und jetzt muß ich gehen. Ich verabschiede mich.«

Bei diesen Worten öffnete der Chauffeur ihr die Tür des Mercedes, und sie stieg in den Fond. Der Wagen fuhr los.

»Wer ist diese Frau?« fragte ich in die Runde.

Man sah mich an. »Das wissen Sie nicht, Hochwürden? Caroline Lambert ist das.«

»Wer?«

»Die Frau von Oberst Lambert. Dem mit dem Schnurrbart. Den werden Sie doch kennen – King Coke.«

Dies war das Stichwort für allerlei Spekulationen. »Demnach gibt es wohl doch keinen Putsch.«

»Da wäre ich nicht so sicher. Macandal kann ihn auch vom Ausland aus organisieren.«

»Möchte wissen, wieviel die mitnehmen.«

»In den Koffern, meinen Sie? Oder auf Schweizer Bankkonten?«

Alles lachte.

»Wieso ist Frankreich bereit, Lambert Asyl zu gewähren? Macandal ja – aber King Coke? Wird in Jeannots Ausschuß nicht gegen ihn ermittelt?«

»Es gab bisher noch keinen Prozeß. Nichts ist bewiesen.«

»Lambert kommt bestimmt zurück. Er wird sich in Paris bald langweilen.«

»Das glaube ich weniger«, meinte ein anderer. »Ich glaube, er hat wirklich Angst vor den Massen. Jeannot hat sich ja sehr für die Bestrafung der Drogenbosse stark gemacht.«

»Und habt ihr nicht letzte Woche Jeannots Rede in Radio Libre gehört? Über Caroline und ihre Jet-set-Freunde, ihre Partys, ihren Schmuck, ihre Jacht, alles von King Cokes Drogenprofiten. Das war sehr schlau von ihm. Jeannot mußte mal wieder die Massen mobilisieren, und dafür war Caroline gerade der richtige Aufhänger.«

Ich sah zu dem Mann, der das gesagt hatte. Ich kannte ihn: Hector Al-Said, ein Libanese, Besitzer einer Möbelfabrik und einer der wenigen Geschäftsleute, die Jeannots Wahlkampf finanziell unterstützt hatten. »Was für Massen, Hector?« fragte ich ihn. »Wovon reden Sie?«

»Haben Sie die Gerüchte nicht gehört? Es hieß, die Armee würde es ihm nie durchgehen lassen, daß er Macandal gefeuert hat. Da hat Jeannot seine Leute auf die Straßen geschickt und der Armee gezeigt, daß er wirkliche Macht hat.«

»Die Macht des Volkes«, ergänzte jemand.

»Die Macht der Armen«, sagte Hector.

Die Leute begaben sich jetzt wieder nach draußen. Rings um den Swimmingpool gingen die Lichter an. Marc Robin und ich suchten uns einen Platz, aber ich war so durcheinander, daß ich mich kaum mit ihm unterhalten konnte. Jeannot und ich hatten in den Wochen seit seiner Amtseinsetzung einige Male miteinander telefoniert. Er hatte von alledem nichts erwähnt. Warum nicht? Weil er jetzt in die korrupte Welt der Politik und Intrigen eingegangen war, in die er mich auf keinen Fall mitnehmen wollte? Das glaubte ich eigentlich nicht. Jeannot hatte seine Vorhaben noch nie vor mir verheimlicht. Er war die Aufrichtigkeit in Person, einer, der so sprach, wie er dachte. Aber nun mußte ich erleben, wie die Leute hier in einem nie gehörten Ton über ihn redeten. Diese Leute von den Botschaften, der Auslandspresse, amerikanische Geschäftsleute, sie hatten alle mit seinem Sturz gerechnet. Aber zu ihrer Verwunderung waren heute abend seine Feinde aus dem Land geflohen. Er schien gewonnen zu haben. Doch im Hotel Régence gab es dafür keinen Applaus.

Am nächsten Morgen rief ich als erstes im Präsidentenpalast an. Es war nicht mehr möglich, Jeannot direkt zu erreichen. Alle Anrufe landeten bei seinen Mitarbeitern. Ich wurde mit Pelardy verbunden.

»Ist es eine Privatangelegenheit, Hochwürden?«

»Ja.«

Ich wartete. Minuten später meldete Pelardy sich wieder. »Wäre es Ihnen möglich, morgen vormittag zu Präsident Cantave zu kommen? Ich kann Ihnen für zehn Uhr einen Termin geben.«

Ich sagte mir, daß die Dinge sich natürlich geändert hatten. Wir konnten uns nicht mehr zwanglos treffen wie früher. Ich sagte zu.

Unter Doumergue war es im Inneren des Palastes zum Fürchten gewesen: leere Korridore, riesige marmorne Empfangsräume, die Stille eines Museums am Morgen, bevor es seine Pforten fürs Publikum öffnet. Jetzt hatte man eher das Gefühl, in einen riesigen Bürgersaal zu treten: Nonnen und Priester, Sozialarbeiter, Politiker, ausländische Konsuln, Leute von der Straße, ein paar Angehörige der Elite, Straßenhändler, Bauernvertreter aus Mele und Cap Nord, sie alle warteten auf eine Audienz. Fliegende Händler drängten sich mit ihren Bauchläden durch die Menge und verkauften einheimische süße Getränke und kleine Häppchen. Wo einst Lakaien in weißen Anzügen, schwarzen Krawatten und korrektem Schuhwerk die Korridore regierten, liefen jetzt junge Leute in T-Shirts umher, auf denen Jeannots Porträt prangte, und schlugen mit Stöcken volkstümliche Rhythmen, tanzten durch die Gänge und walteten ihres Amtes als selbsternannte Ordnungshüter in dem Gedränge. Da sie mich vom Waisenhaus kannten, winkten sie mich durch.

In einem großen, vom übrigen Palast abgetrennten Bürotrakt saßen Leute bei der Arbeit, manche an Computern, andere redeten mit wichtiger Miene am Telefon, wieder andere diskutierten in Konferenzräumen. Sie waren Jeannots neue Mannschaft, ein gemischter Haufen aus echten Profis und versponnenen Idealisten: Finanzexperten, Umweltschützer, Beamte und eine Handvoll Wirtschaftsfachleute und Juristen, die aus ihren New Yorker und Pariser Exilen zurückgekehrt waren, um beim Aufbau des neuen Ganae zu helfen. Alle diese Leute legten ein Gemeinschaftsgefühl und ein Sendungsbewußtsein an den Tag, das wohl noch ein Überbleibsel aus dem Wahlkampf war, an dem ich keinen Anteil gehabt hatte.

Pelardy kam, winkte mich zu sich und führte mich unverzüglich zu einer Tür, hinter der Jeannot gerade eine Audienz hielt.

Zwei Sergeanten der Garde Présidentielle, große, stämmige Kerle, die früher wahrscheinlich zur Leibwache des Diktators gehört hatten, saßen auf Korbstühlen vor der verschlossenen Tür. Pelardy nickte ihnen zu, und sogleich sprang einer auf und ließ mich ein. Hinter der Tür befand sich ein großes Zimmer mit einem prunkvollen Schreibtisch gegenüber einer doppelten Terrassentür, vor der eine Hecke von rosa und weißen Hibiskusblüten prangte. Jeannot saß aber nicht an diesem Schreibtisch, sondern auf einem schlichten Schemel in einer Zimmerecke, um ihn herum ein Kreis leerer Stühle, und hörte einer alten Frau zu, einer Straßenhändlerin vielleicht, die ihm gegenübersaß. Er saß mit vorgebeugtem Oberkörper, den Kopf gesenkt und die rechte Hand vor den Augen, als nähme er ihr die Beichte ab. Die alte Frau sprach mit hoher, zornig erregter Stimme und so schnell, daß ich ihr Kreolisch nicht verstand. Denunzierte sie jemanden? Jeannot beugte sich zu ihr vor und flüsterte ihr etwas zu, worauf ihr Wortschwall verstummte. Dann stand er auf und legte ihr segnend die Hand auf den Kopf. Sie erhob sich steif und verabschiedete sich gehorsam. Auf dem Weg zur Tür sah sie mich an, blieb stehen und flüsterte: *»C'e mesiah, c'e mesiah. Deu même, t'entends?«*

Jeannot kam mir lächelnd entgegen. Er sah der alten Frau nach, die gerade zur Tür hinausging. »Was hat sie zu dir gesagt?«

»Daß du Gott selbst wärst. Was ist los, *Petit*? Genügt es dir nicht mehr, Präsident zu sein?«

Er lachte und führte mich durchs Zimmer, wo ich auf einem der Stühle gegenüber seinem Schemel Platz nahm. »Ich vermute, du bist wegen des Nuntius hier?«

»Nuntius?«

»Soll das heißen, du hast noch gar nichts gehört?«

»Nein, was denn?«

»Er ist am Samstag nach Rom abgereist. Ich dachte, er wolle nur Urlaub machen, aber jetzt höre ich, daß er für immer zurückgerufen wurde. Und das bedeutet, daß der Vatikan meine Regierung nicht anerkennen will.«

»Das ist doch unglaublich!«

»Keineswegs. Man hat nach Rom berichtet, wenn ich an der Macht bliebe, würde sich hier eine Ketzerkirche abspalten. Jetzt rechne ich täglich damit, daß der Vatikan mich aus dem Priesterstand entläßt. Und was mache ich dann? Ich kann mich gegen die Armee wehren, ich kann mich gegen die Elite wehren, aber ich kann mich nicht gegen Rom wehren. Der Papst mag mein Feind sein, aber – er ist das Oberhaupt der Kirche.«

Er stand auf und ging ans Fenster. Draußen in der Morgensonne schwebte eine kleine grüne Hummel mit unsichtbar schwirrenden Flügeln über einer Hibiskusblüte. Als Jeannot am Fenster erschien, bemerkte die Hummel ihn und schwirrte in die gleißende Sonne davon.

Er stand mit dem Rücken zu mir und blickte nach draußen. »Das ist für mich der denkbar ungünstigste Augenblick für einen Krach mit Rom«, sagte er. »Wir haben hier gerade erst angefangen. Als erstes müssen wir versuchen, die Arbeitsbedingungen für die Menschen zu verbessern. Und dazu müssen wir den Unternehmern Angst einjagen. Sonst ändern sie gar nichts.«

»Hast du deswegen letzte Woche den Pöbel auf die Straßen geschickt?«

Er drehte sich wieder zu mir um und fragte zornig: »*Was* für Pöbel auf den Straßen? Erzählt man sich das? Ich habe keinen Pöbel auf die Straßen geschickt. Das Volk ist von sich aus auf die Straße gegangen. Es sieht, daß diejenigen, die den Diktator unterstützt haben, nach wie vor an der Macht sind. Es verlangt, daß diese Leute bestraft werden. Ich bin von den Armen gewählt worden. Ich muß auf ihre Forderungen eingehen.«

»Und was heißt das?«

»Verhaftungen. Und Prozesse.«

»Hör zu, Jeannot. Verhaftungen und Prozesse machen das Volk nicht satt. Was machst du, wenn die ausländischen Geldgeber sich aus Ganae zurückziehen? Du brauchst Handel, du brauchst Tourismus, du brauchst neue Investitionen, neue Arbeitsplätze.«

»Aha«, sagte er bitter. »Jetzt kommt das Lied von der amerikanischen Hilfe. Ihr müßt stillhalten. Ruhig zusehen, wie die Armen ausgebeutet werden. Dann bekommt ihr Hilfe. Ich will solche Hilfe nicht.«

»Ich auch nicht. Aber mit Denunziationen und Rache veränderst du hier nichts. Dazu ist mehr nötig.«

»Paul«, sagte er. »Ich dachte, du wärst mein geistlicher Ratgeber, nicht mein Wahlkampfmanager. Was verstehst du von Politik?«

»Nicht viel. Aber vielleicht ein bißchen mehr als manche von diesen Träumern, die ich draußen in deinen Vorzimmern sitzen sehe. Dir wurde Macht verliehen, Jeannot. Mach um Gottes willen weisen Gebrauch davon.«

»Um Gottes willen?« Seine Augen, diese ungewöhnlichen Augen, weiteten sich im Zorn. »Bin ich gewählt worden, damit ich dem Willen Gottes folge oder den Armen von Ganae diene? Ist denn nicht beides dasselbe?«

»So einfach ist das nicht.«

»Mag sein.« Er schwieg eine Weile, dann senkte er den Kopf und hielt sich die Hand vor die Augen, wobei er auf seinem Schemel vor- und rückwärts schaukelte. Ich wußte, was das zu bedeuten hatte. Ich ging zur Tür und öffnete sie. Die Leibwachen sprangen von ihren Stühlen auf. Hinter ihnen sah ich Pelardy am Telefon. Ich sagte ihm, was los war, und schon gab es ein großes Gerenne. Schwester Maria, eine als Ärztin ausgebildete Nonne, gab ihm Tabletten und ein Glas Wasser und ließ die Jalousien schließen. Ich wartete solange mit den anderen draußen. Telefone klingelten. Pelardy verschob Jeannots Termine. Nach ein paar Minuten kam Schwester Maria wieder heraus. »Er verlangt nach Ihnen.«

Als ich wieder ins Zimmer ging, lag Jeannot auf einer Couch, weitab von den hellen Fenstern. »Komm, setz dich zu mir«, sagte er. »Und mach dir nichts daraus.«

»War ich der Auslöser?«

»Für die Migräne? Nein. Die lauert mir schon den ganzen Morgen auf. Verzeih mir, Paul, daß ich vorhin so mit dir gesprochen habe. Aber es *gibt* ein Komplott, mich zu stürzen. Kannst du dir überhaupt vorstellen, wer alles unsere Feinde sind? Erzbischof Pellerat, King Coke, die Elite, Macandal. Welch ein Bündnis! Und jetzt versuchen sie den Vatikan für sich einzuspannen. Wenn der Vatikan mich meines Priesteramtes enthebt, kann mir das mehr schaden als alles andere. Ob du wohl herausfinden könntest, was sich in Rom tut?«

»Versuchen kann ich es.«
»Willst du das tun?«
»Natürlich.«
Als hätte er an der Tür gelauscht, kam in diesem Moment Pelardy herein und meldete, daß der ganaesische Botschafter in Washington am Telefon sei. Ich verabschiedete mich.

Abends im Wohnheim bestätigte Père Bourque die Rückberufung des Nuntius nach Rom. »Ich habe es erst gestern erfahren«, sagte er. »Da ist irgendwas im Gange. Ich habe gehört, daß auch der Erzbischof letztes Wochenende nach Rom geflogen ist.«
»Schließen Sie daraus, daß der Vatikan etwas gegen Jeannot unternehmen will?«
»Der Erzbischof wird ganz bestimmt empfehlen, ihn zu laisieren.«
Als ich an diesem Abend auf mein Zimmer ging, nahm ich mir vor, am nächsten Morgen sofort Jeannot anzurufen und ihm von der Abreise des Erzbischofs zu berichten. Ich hatte mich gerade ausgezogen und wollte zu Bett gehen, als Hyppolite an meine Tür klopfte. »Monsieur am Telefon. Sagt, er ist Ihr Bruder.«
Ich dachte schon, das sei Jeannot inkognito, aber als ich nach unten kam, hörte ich am Telefon Henris Stimme aus Ville de la Baie im fernen Quebec.
»Paul, *Maman* hat einen schweren Herzinfarkt. Die Ärzte sagen, es gibt keine Hoffnung mehr. Sie fragt dauernd nach dir. Ich soll dich bitten, sofort herzukommen. Geht das?«
»Ja. Wo ist sie? In welchem Krankenhaus?«
»Sie liegt zu Hause. Sie wünschte es so, und der Spezia-

list meinte, in diesem Stadium käme es nicht mehr darauf an. Sie ist aber bei Bewußtsein und völlig klar im Kopf. Und wie gesagt, sie fragt dauernd nach dir.«

Ich sagte, ich würde mich gleich morgen früh auf den Weg machen. Dann ging ich in mein Zimmer zurück und zog unter dem Bett den flachen Blechkoffer hervor, in dem sich meine Wintersachen befanden. Der schwarze Anzug und der dicke Wintermantel sahen aus, als hätten sie einmal einem viel größeren, selbstbewußteren Mann gehört. Während ich meine Sachen zurechtlegte, fiel mir ein, daß die Maschine nach Miami schon um sieben Uhr startete. Ich mußte Jeannot noch heute nacht erreichen, um ihn über die Sache mit dem Erzbischof und über meine Abreise zu unterrichten.

Ich ging also wieder nach unten und rief im Präsidentenpalast an. Nach längerem Warten meldete sich Schwester Maria: »Er schläft, Hochwürden. Ist es sehr dringend?«

»Leider ja.«

»Gut, dann wecke ich ihn.«

Nach einigen Minuten Stille meldete sich eine Flüsterstimme: »Ja, Paul, was gibt es?«

»Ich fliege morgen in aller Frühe nach Quebec. Meine Mutter liegt im Sterben.«

»Das tut mir leid, Paul.«

»Ich wollte dich nur noch wissen lassen, daß Erzbischof Pellerat letztes Wochenende nach Rom geflogen ist. Warum, weiß ich nicht.«

»Von wem hast du das erfahren?«

»Von Père Bourque. Er meint auch, daß Pellerat dem Vatikan empfehlen wird, dich zu laisieren.«

Er schwieg. Dann fragte er: »Besteht für deine Mutter noch Hoffnung?«

»Leider nein. Aber sie verlangt nach mir. Ich habe das Gefühl, ich muß hin.«

»Natürlich. Komm bald wieder, Paul. Ich brauche dich.«

Dann wurde aufgelegt.

Am Morgen ließ ich mich in meinen dicken Wintersachen, die mir gar nicht mehr passen wollten, von Hyppolite zum Flughafen fahren. Dort löste ich ein Rückflugticket nach Miami mit Weiterflug nach Montreal. Als ich am Schalter der *Police de Sécurité* meinen Paß zeigte, sah der Beamte auf einer Liste nach und forderte mich zu meiner Überraschung auf zu warten. Ich sah ihn nach hinten in ein Zimmer gehen und mit einem Sergeanten reden. Der Sergeant kam an den Schalter.

»Darf ich Ihre Tickets sehen?«

Ich gab sie ihm.

»Sind das alle Tickets, die Sie haben? Kein weiteres Reiseziel?«

»Nein.«

Er ging wieder in sein Büro und nahm den Hörer vom Telefon. Ich sah ihn sprechen, konnte aber nicht hören, was er sagte. Dann kam er an den Schalter zurück, drückte einen Ausreisestempel in meinen Paß und gab ihn mir mitsamt den Tickets zurück. *»Bon voyage, Mon Père.«*

Als ich an der Tür zur Abflughalle noch einmal zu Hyppolite zurückwinkte, sagte ich mir, daß Doumergue tot und die Junta nicht mehr an der Macht war. Wir waren in Jeannots Ganae. Aber wieso stand dann mein Name auf einer Liste? Warum wurde ich nach meinem endgültigen Reiseziel gefragt? Glaubte Jeannot mir nicht, daß ich nur meine Mutter besuchen wollte? Änderte sich selbst unter Jeannot hier nie etwas?

Mein Flugzeug beschrieb einen Bogen über dem verlassenen Ausstellungsgelände der Zweihundertjahrfeier, diesem Symbol für die Bemühungen Ganaes, es anderen, glücklicheren Ländern gleichzutun. Aber die Menschen Ganaes kennen keine anderen Länder. Sie leben in einer Welt für sich. Selbst mir kamen jetzt, da ich von hier wegflog, die endlosen Kämpfe in diesem Land, die Grausamkeiten und Nöte so entsetzlich vor, daß mir wohl niemand, wenn ich ihm davon erzählte, die Existenz eines solchen Landes abnehmen würde. Als wollte das Flugzeug dies bestätigen, überflog es soeben die weißschäumende Brandung vor dem verdreckten Strand und ließ die Insel hinter sich, weggewischt wie ein Kreidepunkt auf der großen grünen Tafel des Meeres.

Am Abend wurde ich in Montreal von einem jungen Seminaristen des Collège St. Luc, an dem auch ich in seinem Alter studiert hatte, vom Flughafen abgeholt. Wir fuhren durch wohlbeleuchtete, vom Schnee geräumte Straßen, vorbei an hohen, strahlend erhellten Gebäuden und Reichtum aller Art, zum Priesterseminar, wo meine Ordensbrüder mich mit einem Abendessen erwarteten. Am nächsten Morgen flog ich, bibbernd in der Eiseskälte, weiter nach Chicoutimi, das dreihundert Kilometer nördlich von Montreal liegt. Der vertraute französische Akzent meiner Quebecer Landsleute im Flugzeug rief mir meine Lebensentscheidung in Erinnerung, und ich kam von dem Gedanken nicht mehr los. Wenn ich nun in Ville de la Baie geblieben und Arzt geworden wäre wie mein Vater und mein Bruder? Ich dachte über dieses Leben nach, das ich nie kennenlernen würde, ein Leben an der Seite einer Frau, ein Leben mit eigenen Kindern. Und wie um mir dieses andere in mir angelegte Ich vor Augen zu führen, erwartete mich in der Ankunftshalle Henri. Wir zauderten beide. In unserer Familie waren Gefühle nie überschwenglich gezeigt worden, aber war nach sechzehn Jahren ein Händedruck genug? Verlegen umarmten wir uns.

»Wie geht es *Maman*?«

»Sie ist noch bei Bewußtsein und wartet auf dich. Offen gestanden glauben wir, das ist es, was sie am Leben hält.« Plötzlich unterbrach er sich und zeigte auf meine Schuhe. »Hast du keine Schneestiefel, oder wenigstens Gummiüberschuhe? Du wirst patschnasse Füße bekommen.«

Und mit dieser Bemerkung stellte er unsere traditionellen Rollen wieder her: Er, der verantwortungsvolle große Bruder, der für Mutter, Frau und Kinder sorgte; ich, der unpraktische kleine Bruder, der sein Leben unter dem Schutzdach eines religiösen Ordens verbrachte. Ich wußte, daß er jetzt gleich mit mir ins nächste Einkaufszentrum fahren und dicke Socken und ein Paar feste Stiefel für mich aussuchen würde, und die würde er dann auch bezahlen wollen.

»Wieviel macht das?« fragte er, indem er dem Verkäufer seine Kreditkarte reichte.

»Halt. Das bezahle ich.«

»Was ist denn aus deinem Armutsgelübde geworden?«

»Die Zeiten haben sich geändert.«

»Heißt das, der Orden zahlt dir neuerdings ein Gehalt?«

Er wollte mich nicht etwa kränken. Für Henri ist Religion ein Bestandteil des Gesellschaftsvertrags. Ich denke mir, daß er seit Jahren keinen Gedanken mehr an Gott verschwendet hatte. Ich lächelte und entnahm meiner Brieftasche einen Schein über hundert US-Dollar, worauf er mich sofort warnte: »Paß auf, daß sie dir auch den richtigen Wechselkurs geben.«

Zwanzig Minuten später kamen wir auf dem Weg nach Ville de la Baie in die herrlichen verschneiten Fjorde an der Mündung des Saguenay. Es ist eine Straße, an die ich mich sehr gut erinnere, denn an ihrem Ende befand sich das Sägewerk, das mein Großvater einst gegründet hatte. Im Vorbeifahren suchte ich nach dem alten Firmenschild: BOIS DE CHARPENTE – MICHEL, aber statt dessen sah ich eine häßliche neue Anschlagtafel: QUINCAILLERIE DE LA BAIE.

»Eisenwaren?« fragte ich Henri. »Was ist aus dem Holz geworden?«

»Das ist jetzt von untergeordneter Bedeutung. Du weißt ja, die Zeiten haben sich geändert.«

Aber hatten sie das wirklich? Als wir ins Städtchen einfuhren, sah es dort so aus, als wäre ich nie fortgewesen. Ich sah die vertrauten, weißgestrichenen Holzhäuser, die breiten Veranden, die hohen Schrägdächer. Wir fuhren durch die Geschäftsstraßen mit ihren altmodischen Ladenfronten, den kleinen Eckläden und der Filiale der Quebec Liquor Commission, wo sich die Bierkästen vom Boden bis unter die Decke stapelten. Wir kamen an den stillen Platz, ein weißes Rechteck von unberührtem Schnee, auf dem die steinerne graue Kirche mit ihrer hohen silbernen Kirchturmspitze stand, in der ich als Achtjähriger zum erstenmal ministriert hatte. War hier etwas anders geworden? Ich erinnerte mich, daß *Maman* mir einmal von der großen Wirtschaftskrise erzählt hatte, als hungrige Familien nach einem Schälchen warmer Suppe anstanden und Männer von Tür zu Tür gingen und Arbeit für einen Tag suchten. Aber was ahnten diese Leute von Verzweiflung?

Niemand mußte Hungers sterben, kein Kind in fauligem Wasser spielen, niemandes zwölfjährige Tochter sich verkaufen. Wenn ich nun Meßdiener in La Rotonde gewesen wäre?

Wir kamen in die Rue du Fort. Etwa in der Mitte stand das Haus, in dem ich geboren war. Mehrere Autos parkten davor, und als wir den schmalen, schneegeräumten Weg zur Haustür hinaufgingen, sah ich schon die Ansammlung von Überschuhen in der Diele, die anzeigten, daß viele Leute im Haus waren. Im Wohnzimmer saßen meine Schwester Justine, ihr Mann Robert, Tante Marie, Tante Isabelle und etliche Leute, die ich nicht kannte. Ich wurde umarmt und vorgestellt, bekam Kaffee und ließ mir sagen, daß ich *Maman* im Moment noch nicht sehen könne, da der Arzt gerade bei ihr sei. Ich hörte nur mit halbem Ohr, was man zu mir sagte, denn mein Blick war unverwandt auf den vertrauten Öldruck eines dornengekrönten Christus gerichtet. Ich erinnerte mich, wie ich mich als Kind immer in verschiedene Ecken dieses Zimmers gesetzt und versucht hatte, dem starren Blick dieses Bildes auszuweichen. Aber egal wohin ich ging, die Augen folgten mir.

Eine Krankenschwester kam und sagte, ich könne jetzt hinaufgehen. Als ich in die Diele trat, kam gerade ein junger Mann die Treppe herunter. Er lächelte mich an, legte mir die Hand auf die Schulter und sagte: »Ich bin Dr. Pouliot. Wie schön, daß Sie noch rechtzeitig herkommen konnten. Es dauert jetzt nicht mehr lange, fürchte ich.« Er drückte meinen Arm und ging zu dem überladenen Kleiderständer in der Diele, während die Schwester mir bedeutete, ihr nach oben zu folgen.

Das Schlafzimmer meiner Mutter sah noch genauso aus, wie ich es aus meiner Kindheit in Erinnerung hatte. Auf dem Kaminsims standen noch die beiden bemalten Statuetten, eine von Jesus, eine von Maria. Zwischen ihnen brannte ein rotes Votivlämpchen, und im Zimmer hing ein schwacher Krankengeruch, der an abgestandene Blumen erinnerte. In dem hohen, altmodischen Bett, in dem ich zur Welt gekommen war, lag meine Mutter, umgeben von Polstern und Kissen. Sie war sehr klein geworden im Alter, ihre Haut durchsichtig, wie von einer Flamme im Innern erhellt. Als ich sie küßte, sah ich, daß ihr weißes Haar die rosa Kopfhaut nur noch spärlich bedeckte. Ich setzte mich neben sie und nahm ihre Hand.

»*Maman*, ich bin es, Paul.«

Als ich sprach, hob sie den Blick, als sähe sie mich zum erstenmal. Sie entzog mir ihre Hand und lehnte sich in die Kissen zurück, und plötzlich ging ihr Atem ganz harsch. Ich warf der Schwester, die sich hinter uns zu schaffen machte, einen Blick zu, aber die lächelte nur beruhigend. »Schon gut, Hochwürden. Ich lasse Sie jetzt allein.«

Meine Mutter sah ihr nach, bis die Tür zu war, dann setzte sie sich mühsam auf.

»Paul, ich konnte nicht...« Sie brach mitten im Satz ab. »Paul, ich möchte dich fragen...«

»Was, *Maman*?«

»Es geht mit mir zu Ende.«

»Aber nein«, versetzte ich hilflos.

»Père Demarais hat mir schon die Sterbesakramente gespendet, daher weiß ich, daß es zu Ende geht. Paul, ich habe Angst.« Sie begann zu weinen.

»Hab keine Angst«, sagte ich. »Niemand möchte gern sterben, aber niemand ist besser auf den Tod vorbereitet als du. Du wirst bald im Himmel sein.«

Als ich das sagte, hob sie den Kopf und sah mich mit

starrem Blick an. Ihr Gesicht war das einer Fremden, angstvoll, verzweifelt. »Nein, Paul, nein!«

War da eine Sünde in ihrem Leben, eine wirkliche oder eingebildete, die ihr das eingab? »Warum nicht, *Maman*?«

»Erinnerst du dich noch, Paul, wenn du als kleiner Junge etwas angestellt hattest? Wie ich dann zu dir gesagt habe: ›Vergiß nicht, Paul, der Mann da oben sieht dich.‹ Weißt du das noch?«

»Ja, natürlich.«

»Es war unrecht von mir, dir das zu sagen«, fuhr meine Mutter fort. »Es gibt niemanden, der über uns wacht. Letzte Woche, als ich wußte, daß ich sterben würde, habe ich die Wahrheit gesehen. Paul, ich habe mein ganzes Leben lang gebetet. Ich habe an Gott geglaubt, die Kirche, ich habe an meine unsterbliche Seele geglaubt. Aber ich habe keine Seele. Wenn wir sterben, bleibt nichts übrig. Darum habe ich dich rufen lassen. Ich mußte mit dir sprechen – mit dir von allen meinen Kindern. Hör zu, Paul. Du mußt den Priesterrock ablegen. Wenn ich daran denke, wie ich dich zu diesem Beruf hingeführt habe, wenn ich daran denke, wie oft ich zu dir gesagt habe, es würde mich so glücklich machen, wenn du Priester würdest! Ohne mich wärst du jetzt vielleicht Arzt und würdest etwas Nützliches tun, wie dein Vater und Henri. Du wärst verheiratet, hättest Kinder. Du hättest dein Leben nicht damit vertan, den Menschen etwas zu erzählen, was nicht wahr ist. Bitte, Paul. Du bist jetzt siebenundvierzig. Es ist noch nicht zu spät. Versprich es mir. Gib den Priesterberuf auf, sofort.«

»Du irrst, *Maman*. Du hast mich nicht zum Priester gemacht. Das war ganz allein mein eigener Entschluß. Und du kommst in den Himmel. *Bestimmt*.«

»Nein.« Sie ließ den Kopf wieder ins Kissen sinken, und

ihr Blick ruhte nicht mehr auf mir, sondern auf dem roten Votivlämpchen, das zwischen den bemalten Gipsfiguren auf dem Kaminsims flackerte. »Es gibt kein anderes Leben, kein Leben danach«, sagte meine Mutter.

Ich nahm wieder ihre Hand und hielt sie fest. Die Haut umhüllte ihre dünnen alten Knochen wie ein loser Handschuh. Gewohnte Worte frommen Trostes gingen mir durch den Kopf, wie das Versprechen eines Arztes, es werde nicht weh tun. Es gibt bestimmte Trostworte für die, die den Tod fürchten, deren Glaube schwach ist, die der Mut verlassen hat. Aber meiner Mutter würden sie nicht helfen. Was sie gesagt hatte, entzog sich aller frommen Anmaßung. Ich nahm ihre Hand und küßte sie, die Hand, die mich gefüttert und gewaschen, mich aus der Wiege genommen hatte. Sie wollte etwas sagen, aber es wurde ein Keuchen und Husten daraus, ihr Atem ging hart und flach. Sie sah mich an, stumm, mit verzweifeltem Flehen. Ich sprang zur Tür und rief die Schwester. Sekunden später war das Zimmer voller Leute. Als man sie neu bettete, verrutschte das Nachthemd um ihre Schultern und entblößte ihre welken Brüste. Ich wandte den Blick ab, und da ich nun mit dem Gesicht zum Kaminsims stand, sah ich den bemalten Jesus, der wie zur Verhöhnung ihres Todeskampfes den Zeigefinger auf dem blutenden Herzen liegen hatte, das auf seine Brust gemalt war. Unter der Figur flackerte die Flamme des roten Votivlämpchens hinter blutrotem Glas. Bald würde dieses Zimmer leer sein. Jemand würde die Flamme ausblasen.

Am späteren Nachmittag knieten wir, die nächsten Angehörigen, um ihr Bett herum und beteten den Rosenkranz. Ich betete vor. Mir gegenüber kniete Justine, den Kopf gesenkt. Sie war vierzig Jahre alt und hatte einen

Sohn und zwei Töchter. Henri, der am Fußende des Bettes brav seine Ave-Marias herunterleierte, hatte auch Kinder. Waren es wirklich nur ihre Kinder und Enkel, in denen meine Mutter weiterlebte? Ich sah in ihr sterbendes Gesicht. Sie hatte die Augen fest geschlossen und atmete schwer im Kampf gegen das Nichtsein, das schon ins Krankenzimmer vorgedrungen war. *Es gibt kein anderes Leben, kein Leben danach.* Meine Stimme sprach die gewohnten Gebete. Als der Rosenkranz zu Ende war, standen wir auf und verließen das Zimmer. Als ich *Maman* das nächstemal wiedersah, war es schon sechs Uhr abends, und die Schwester hatte uns dringend nach oben gerufen. Wir drängten uns in ihr Zimmer. Alle blickten zu mir und warteten, daß ich segnend die Hand hob und für die ewige Ruhe ihrer Seele betete. Ich machte das Kreuzzeichen, aber sprechen konnte ich nicht.

Auf der Insel Ganae ist die Nacht nie still. Durch die Slums, die gleich bei unserem Wohnheim beginnen, fahren keine Autos, und die Geräusche der Nacht haben daher etwas Mittelalterliches. Man hört Streiten, Schreien, trunkenes Grölen. Hunde bellen. Hähne krähen in der Dunkelheit, zur Unzeit geweckt. Schritte hallen laut in den engen, schmutzigen Straßen vor meinem Schlafzimmerfenster.

Aber hier in Ville de la Baie, in der Dachstube von Henris Haus, hörte ich in dieser Nacht nur einmal ein leises Platschen, als ein schmelzendes Schneebrett über mir von dem hohen Schrägdach rutschte und im Garten darunter in einer tiefen Schneewehe landete. In einem Beerdigungsinstitut zwei Straßen weiter lag der Leichnam meiner Mutter aufgebahrt bis zum Begräbnis, für immer verstummt ihre

Stimme, die in siebenundsechzig Jahren täglichen Gebets einen Gott gepriesen hatte, der ihr in ihren letzten Stunden jenen letzten Trost des Glaubens versagt hatte, das Vertrauen auf ein Leben nach dem Tod. Nie zuvor hatte meine Mutter etwas gesagt oder getan, was mich ihre Zweifel hätte ahnen lassen. Ihre Sterbeworte waren aber auch nicht Ausdruck jener Panik gewesen, die den ergreift, der sich dem Mysterium des Todes gegenübersieht. Sie war sich ihres Unglaubens so sicher gewesen wie zu Lebzeiten ihres Glaubens. In der Dunkelheit und Stille jener Nacht vor ihrem Begräbnis drängte sich mir eine traurige und furchtbare Frage auf. Warum hatte Gott sie am Ende im Stich gelassen?

Am nächsten Morgen las ich für sie die Totenmesse. Hinterher fuhren wir aus dem Städtchen hinaus und an den vereisten Ufern des Saguenay entlang zum Cimetière St. Martin. Die Grabsteine standen wie Vogelscheuchen in einer weißen Schneewüste. Man hatte hartgefrorene Erde aus dem Grab meines Vaters geschaufelt, um Platz zu schaffen für den Sarg meiner Mutter. Während wir dort standen, eine kleine Abordnung der Lebenden auf dem weißen Totenacker, mußte ich an ein anderes Begräbnis vor vier Jahren denken, das Begräbnis des fünfzehnjährigen Daniel Lalonde, erschossen von einem Oberst der Garde Présidentielle. Und wieder hörte ich Jeannots trotzige Stimme an diesem Grab: »Gott ist mit uns!« War das eine Warnung an die Unterdrücker der Armen gewesen? Oder ein Schrei der Verzweiflung, die Anrufung eines Gottes, den es am Ende gar nicht gab?

Harte Erdklumpen polterten wie Steine auf meiner Mutter Sarg. Père Demarais sprenkelte Weihwasser auf ihr Grab und sprach die letzten Worte: »Bedenke, Mensch,

daß du Staub bist, und zu Staub sollst du wieder werden.«
Ob das ihr wahrer Nachruf war?

»Aber du willst doch nicht so bald schon wieder fort?« fragte Justine. »Du wirst doch noch eine Nacht bleiben können?«

Wir waren bei ihr zu Hause. Die meisten der Trauergäste waren dorthin zum Kaffee eingeladen worden. Ihre Kinder, mein Neffe und zwei Nichten, reichten Sandwichs und Rosinenkuchen. Sie lächelten mich vertraulich an, diese jungen Fremden, und das taten auch viele andere, die mich begrüßten und von mir erwarteten, daß ich sie wiedererkannte. Doch ich erkannte keinen. Manchmal fiel mir ein Name wieder ein, und dann sah ich mit erschrockener Neugier in ein Gesicht und versuchte die Züge eines Jungen oder Mädchens wiederzuerkennen, mit dem ich einmal befreundet gewesen war. Ich lächelte und plauderte, ein Schauspieler in einer Rolle, die ich nicht länger spielen konnte. Jetzt, da meine Mutter tot war, würde ich nie mehr hierherkommen.

»Tut mir leid«, sagte ich zu Justine. »Aber wir sind mitten im Schuljahr. Ich muß wieder zurück.«

Ich gab Henri, der mich zum Flughafen fahren wollte, ein Zeichen. Als wir in der Diele unsere Überschuhe anzogen, kam eine meiner Nichten herausgerannt, um mir zu sagen, daß jemand für mich am Telefon sei. »Ein Père Monceau. Er ruft aus Jamaika an.«

Père Monceau war unser Provinzial für die Karibik. »Ich habe Ihnen nachtelefoniert«, sagte er. »Wie geht es Ihrer Mutter?«

Ich sagte ihm, daß ich gerade von ihrer Beerdigung zurück war.

»Mein aufrichtiges Beileid«, sagte er. »Möge sie in Frieden ruhen. Aber ich rufe Sie leider aus einem anderen Grund an. Ich wollte Sie noch erreichen, bevor Sie wieder in Ganae sind. Man hat mich gebeten, Sie sofort nach Rom zu schicken. Ich glaube, es ist einfacher für Sie, direkt von Montreal aus zu fliegen.«

»Nach Rom, Hochwürden?«

»Kardinal Innocenti, der Präfekt der Kongregation für den Klerus, ist mit einer Untersuchung im Fall Père Cantave befaßt. Erzbischof Pellerat ist bereits in Rom. Ist es Ihnen möglich, heute abend schon in Montreal zu sein?«

»Genaugenommen bin ich gerade auf dem Weg dorthin.«

»Gut. Dann könnten Sie also morgen abend in Rom sein. Wenn ja, wären Sie am Samstag zu einem Gespräch mit dem Kardinal bereit.«

»Ja, *Mon Père*.«

»Noch etwas. Es handelt sich um eine inoffizielle und vertrauliche Anhörung. Es ist besser, wenn Père Cantave zu diesem Zeitpunkt noch nichts davon erfährt. Haben Sie mich verstanden?«

»Ja, *Mon Père*.«

»Schön. Dann wünsche ich Ihnen eine gute Reise. Und, äh – ich werde Ihre Mutter in mein Gebet einschließen.«

5

»Der Kardinal spricht fließend Französisch«, sagte Monsignore Giobbi zu mir. »Wir werden die Verhandlung also in dieser Sprache führen. Zumal auch Erzbischof Pellerat dabei ist. Da mein Französisch ein wenig eingerostet ist, werde ich vielleicht auf Ihre Hilfe angewiesen sein.«

Monsignore Giobbi war der Leiter unseres Hauses in Rom und Professor an der Gregoriana, wo er manchmal auch Vorträge über lateinamerikanische Befreiungstheologie hielt. Seine Meinung zu dem vorliegenden Fall ließ Monsignore Giobbi, ein Sizilianer, nicht durchblicken. So wußte ich nicht, ob er mich als Leiter unseres Hauses oder als Zeuge für oder gegen Jeannot begleitete.

Es war neun Uhr morgens. In ganz Rom begannen mit dem Stundenschlag überall die Glocken zu läuten und riefen die Gläubigen zum Gebet. Die Tür des vatikanischen Vorzimmers ging auf, und Father Sykes, ein englischer Priester und Sekretär des Kardinals, bedeutete uns, ihm zu folgen. Er führte uns über einen langen Korridor, an dessen Wänden die Porträts von Kardinälen früherer Zeiten hingen, und öffnete die Tür zu einem großen, hohen Zimmer. Es war Winter in Rom. In einem prunkvollen Kamin brannte ein Feuer auf einem großen Rost. Um den Kamin herum standen Sessel und ein Sofa, alle mit blauem Brokat bezogen. Darauf saßen vier Kleriker, die bei unserem Eintreten alle aufsahen. Kardinal Innocenti erhob sich und musterte mich über seine goldgeränderte Halbbrille hinweg. Er war klein und gebeugt, ein Mann in den Siebzigern, und das fast schulterlange Silberhaar unter dem roten Käppchen gab ihm eine gewisse Ähnlichkeit mit diesen mittelalterlichen Kardinälen, deren Porträts wir auf dem Korridor gesehen hatten. Die anderen Kleriker folgten seinem Beispiel und erhoben sich ebenfalls. Der eine war schwarz und von großer Gestalt, ein Raubvogel, der mich anstierte und kein Wort der Begrüßung für mich hatte. Dabei war er mein Erzbischof, Etienne Pellerat, Oberhaupt der ganaesischen Hierarchie. Monsignore Rinaldi, der päpstliche Nuntius in Ganae, nickte mir zu, sagte aber auch nichts. Der Kardinal und der vierte Kleriker, ein mir unbekannter Monsignore, begrüßten mich auf italienisch.

Ich war nervös. Ich war noch nie im Vatikan gewesen, außer als Tourist. Ein weißbehandschuhter Diener kam mit einem Tablett und brachte Espresso. Der Kardinal bat mich, jetzt auf französisch, mich neben ihn auf das Sofa zu setzen, dankte mir für mein Kommen und meinte, ich müsse müde sein von der langen Reise. Dann wandte er sich mit einem Kopfnicken an Father Sykes. Dieser schlug eine ledergebundene Akte auf und sagte, unmittelbar an mich und Monsignore Giobbi gewandt: »Kardinal Innocenti hat für heute eine Anhörung im Fall Père Jean-Paul Cantave angesetzt. Wie den meisten von Ihnen bekannt ist, wurde Monsignore Rinaldi vom vatikanischen Staatssekretär hierher zurückberufen. Zur Zeit ist der Posten des päpstlichen Nuntius in Ganae vakant, und der Heilige Vater hat entschieden, daß er nicht wieder besetzt werden soll, ehe wir die Lage dort geklärt haben. Seine Heiligkeit stützt diese Entscheidung auf einen Bericht, den Monsignore Rinaldi ihm geschickt hat. Erzbischof Pellerat hat diesen Bericht vor kurzem gelesen. Deshalb meine ich, wir sollten als erstes die Erläuterungen des Erzbischofs zur Situation hören.«

Er wandte sich an Pellerat. »Wenn Euer Gnaden beginnen möchten?«

Pellerat erhob sich und stellte sich mit dem Rücken zum Kamin. Er machte eine leichte Verbeugung vor dem Kardinal. »Eminenz, wir stehen in Ganae vor einer Krise, die nicht nur politischer, sondern auch religiöser Natur ist. Befassen wir uns zuerst mit dem religiösen Aspekt. Seit Cantave zum Präsidenten gewählt ist, schart er eine Anzahl junger Priester und Nonnen um sich, die sich nicht so sehr als Mitglieder der katholischen Kirche begreifen, sondern sich vielmehr der Kirche Cantaves zugehörig fühlen, die er ›Kirche des Volkes‹ nennt. Diese jungen Leute haben sich, von seinen Reden inspiriert, den Lehren der ›Befreiungstheologie‹ verschrieben, die bekanntlich oft nach revolutionärem Handeln und dem Sturz bestehender Regierungen ruft. Diese jungen Kleriker vertrauen weder auf parlamentarische Prozesse noch überhaupt auf Demokratie. Vielmehr wiegeln sie die Armen sogar gegen ihre Seelenhirten auf, wenn diese Hirten sich weigern, Cantaves Lehren zu übernehmen. Wir haben es also in Ganae mit einer schismatischen Kirche zu tun, die einen Bruch mit Rom anstrebt.«

Der Kardinal blickte wie ratsuchend zu Monsignore Rinaldi, dem Nuntius. »Aber nach *Ihrem* Bericht, Monsignore, hatte ich den Eindruck, daß Père Cantave nicht den Bruch mit Rom betreibt, sondern einen Bruch mit der lokalen Hierarchie.«

»Das ist richtig, Eminenz«, sagte der Nuntius. »Die Hierarchie wurde, wie Sie wissen, nicht vom Vatikan eingesetzt, sondern von dem Diktator Doumergue, und nun werden Ganaes Bischöfe, in Reaktion auf das Regime Doumergue, unseligerweise und natürlich zu Unrecht von den Armen als Stützen des alten Regimes begriffen.«

Ich sah zu Erzbischof Pellerat, der ganz starr geworden war vor schlecht verhohlener Wut. »Ich erlaube mir, anderer Meinung zu sein als Monsignore Rinaldi. Und ich glaube unser Volk besser zu kennen als er. Das Volk respektiert unsere Ansichten, und nicht nur das, es verehrt den Episkopat. Gewiß wurden wir auf Vorschlag Präsident Doumergues ernannt. Aber ich möchte daran erinnern, daß diese Ernennungen alle vom Vatikan ratifiziert wurden.«

»Ja, ja«, sagte der Kardinal. »Unser letzter Heiliger Vater hat, ganz wie Sie sagen, diesen Ernennungen zugestimmt. Aber – Sie sprachen von politischen Aspekten?«

»Die politische Situation sieht wie folgt aus«, sagte der Erzbischof. »Cantave ist seit vier Monaten Präsident. Seit dieser Zeit ist er auf Gegenkurs zum Parlament und blockiert durch sein Veto nicht nur dessen Gesetzesvorschläge, sondern auch die Einsetzung von Ministern, Botschaftern und so weiter. Er selbst hat sich mit linken Exilanten umgeben, die sich offen gegen die Wirtschaftsinteressen des Landes stellen. Er hetzt das Volk zu Gewalttaten auf und droht damit, Angehörige der Oberschicht des Landes wegen ›Verbrechen gegen die Armen‹, wie er das nennt, vor Gericht zu stellen. Ganae steht am Rande des Chaos.«

»Wie wahrscheinlich ist es, daß er gestürzt wird?« fragte der Kardinal.

Der Erzbischof zuckte mit den Schultern. »Umstürze sind in Ganae gang und gäbe. Zur Zeit wird Cantave von

General Hemon geschützt, dem von ihm ernannten Stabschef der Armee. Sollten einige Offiziere es mit Hemon aufnehmen wollen...« Er zuckte wieder mit den Schultern.

»Ein anderer wichtiger Faktor ist der«, sagte der Nuntius. »Für die große Mehrheit der Armen ist Cantave ein Held. Sie nennen ihn ihren ›kleinen Priester‹. Wenn ich es richtig sehe, würde man ihn in eine schwierige Lage bringen, wenn man ihn vor die Wahl stellte, entweder ihr Priester oder ihr Präsident zu sein.«

Der vierte Kleriker, den ich für einen vatikanischen Diplomaten hielt, meldete sich jetzt zu Wort. »Eminenz, nach unseren Informationen würde er sich, wenn er vor diese Wahl gestellt würde, selbstverständlich für die Präsidentschaft entscheiden.«

»Verzeihung«, sagte der Kardinal, »entschuldigen Sie, Monsignore Pecci. Ich habe Sie noch gar nicht vorgestellt. Meine Herren, Monsignore Pecci von Abteilung zwei des Staatssekretariats.«

Ich musterte den Fremden. Das Staatssekretariat des Vatikans ist genaugenommen dessen diplomatischer Dienst. Sein Einfluß ist enorm. Es mußten Pecci oder seine Vorgesetzten gewesen sein, die beschlossen hatten, mit der diplomatischen Anerkennung noch zu warten.

Der Kardinal, der neben mir auf dem Sofa saß, sah mich jetzt durch seine Goldrandbrille an. »Vielleicht sollten wir uns an dieser Stelle einmal Père Michels Meinung anhören. Wie ich höre, hat Père Michel großen Einfluß auf Père Cantave, größeren vielleicht als jeder andere. Ist das richtig, Père Michel?«

Mir war vor Nervosität richtig übel. Als ich zu sprechen anfing, klang meine Stimme so verzagt und wütend, daß der Eindruck entstehen mußte, ich hätte mich nicht ganz in der Gewalt. Ich erklärte als erstes, daß ich mir nicht einbildete, einen besonderen Einfluß auf Jeannot zu haben. »Ich bin sein Freund«, sagte ich. »Nach meiner Überzeugung ist er einer der rechtschaffensten jungen Männer, die ich kenne. Er ist tiefreligiös, und als er aus unserem Orden ausgeschlossen wurde, war das wohl eines der schmerzlichsten Ereignisse in seinem Leben. Monsignore Rinaldi hat recht mit seiner Ansicht, daß es ihn in ein schweres Dilemma stürzen würde, wenn er sich zwischen Priesteramt und Präsidentschaft entscheiden müßte. Père Cantave wollte nicht um jeden Preis Präsident von Ganae werden. Er hat nur widerstrebend kandidiert und sich überhaupt erst dazu bereit gefunden, nachdem andere ihm klarmachten, daß die Wahl zur Farce werde, wenn er nicht kandidiere. Schon vor seiner Wahl hat er, wie er es auch seither tut, unablässig für die Rechte der Armen gekämpft. Er hat viele Feinde, und einmal hat er sogar schon einen Mordanschlag überlebt. Dabei wurden seine Kirche niedergebrannt und Gemeindemitglieder ermordet. Das ist der Grund, warum das Volk ihm uneingeschränkt vertraut. Sein überwältigender Wahlsieg ist der Beweis dafür, daß die Armen Ganaes jeden Glauben an ihre vormalige Führung verloren haben, und dazu gehört leider auch die Geistlichkeit, die in den Jahren der Diktatur geschwiegen hat. Père Cantave ist die Stimme der Armen, und deren Stimme sollte auf jeden Fall gehört werden. Ich fände es jetzt an der Zeit, daß der Episkopat und der Nuntius ihre früheren Bedenken gegen ihn zurückstellen und statt dessen versuchen, sich mit der neu entstandenen Situation zu arrangieren. Die Kirche des Volkes ist *keine* schismatische Kirche, sondern Teil der katholischen Kirche. Man sollte sie nicht ignorieren oder geringschätzen. Vielmehr sollten wir versuchen, die Kirche und das Volk Ganaes hinter dieser neuen demokratischen Regierung zu vereinen. Hat sich je eindeutiger die Gelegenheit ergeben, zu tun, wozu der Heilige Vater selbst uns aufgefordert hat: uns für die Armen dieser Welt zu entscheiden?«

Als ich mich wieder hinsetzte, wandte der Kardinal sich an Monsignore Giobbi. »Monsignore, möchten Sie dem bisher Gesagten etwas hinzufügen?«

»Ich bin geneigt, Père Michel zuzustimmen«, sagte Giobbi. »Ich meine, wir sollten versuchen, mit Père Cantave auf irgendeine Weise Frieden zu schließen.«

Der Kardinal wandte sich an den Erzbischof. »Haben Sie dazu jetzt schon etwas zu bemerken?«

»Ja. Ich bin völlig anderer Meinung als Père Michel. Cantave versucht sehr wohl, eine schismatische Kirche zu gründen, und wenn er nicht laisiert wird, tritt in Ganae das Glaubenschaos ein. In meinen Augen gehört er sogar exkommuniziert.«

»Danke, Euer Gnaden«, sagte der Kardinal. Er verließ das Sofa und ging zum Kamin, um sich die Hände über dem Feuer zu wärmen. Ich sah seinen gebeugten Rücken an, das lange Silberhaar mit dem roten Käppchen, die breite rote Schärpe um die Taille seiner schwarzen Soutane. Was dachte er jetzt? Er bückte sich tiefer in den Kamin hinein und rieb seine Hände aneinander, dann streckte er die langen Finger den Flammen entgegen. Monsignore Pecci, der vatikanische Diplomat, sah zu Father Sykes hinüber und hob fragend die Augenbrauen. Father Sykes lächelte unverbindlich, klappte die ledergebundene Akte zu und wartete gelassen.

Der Kardinal neigte den Kopf den Flammen zu, als

lauschte er einer Debatte, die nur er hören konnte. Endlich drehte er sich, immer noch seine Hände reibend, wieder zu uns um. »Lassen Sie mich zunächst sagen, daß ich vorerst keinen Grund sehe, Père Cantave zu exkommunizieren.«

»Aber hören Sie, Eminenz...« Erzbischof Pellerat war so wütend, daß er seine Stimme kaum noch in der Gewalt hatte. »Stimmt es denn nicht, daß er wissentlich gegen einen Befehl des Heiligen Vaters verstoßen hat, der es allen Priestern verbietet, politische Ämter zu übernehmen?«

Der Kardinal lächelte. »Das Kirchenrecht besagt in Kanon 287, daß Kleriker nicht in politischen Parteien aktiv werden dürfen, sofern nicht die Notwendigkeit, die Rechte der Kirche zu schützen oder das Gemeinwohl zu fördern, dies gebietet.« Er lächelte wieder. »Ich habe natürlich aus dem Gedächtnis zitiert. Aber lassen Sie mich darauf hinweisen, daß eine solche Entscheidung nur von der zuständigen kirchlichen Autorität getroffen werden kann. Diese Autorität bin zur Zeit ich. Ich habe Ihre Meinungen gehört und danke Ihnen allen, auch für die Umstände, die Sie sich gemacht haben. Ich werde mich mit Kardinal Ludovici vom Sekretariat beraten, aber jetzt schon kann ich Ihnen sagen, daß wir die endgültige Entscheidung vertagen und von der weiteren Entwicklung abhängig machen werden.« Er wandte sich an den Erzbischof. »Euer Gnaden dürfen versichert sein, daß ich mich mit Ihnen persönlich in Verbindung setzen werde, sobald wir beschlossen haben, wie wir vorgehen wollen.« Er nickte den anderen freundlich zu. »Wenn Sie mich jetzt entschuldigen wollen, ich möchte mich gern noch mit Père Michel unter vier Augen unterhalten.«

Father Sykes öffnete die Tür und geleitete die anderen hinaus. Monsignore Giobbi flüsterte mir im Vorbeigehen zu, daß er draußen auf mich warten werde. Als letzter verließ auch Father Sykes das Zimmer und machte die Tür hinter sich zu. Jetzt war ich allein mit dem Kardinal, der wieder auf dem Sofa Platz nahm. »Setzen Sie sich neben mich, Père Michel«, sagte er. »Hierher, das ist meine gute Seite.«

Er rieb wieder seine Hände aneinander und streckte sie zum Feuer aus. »Jeannot«, sagte er. »So nennen Sie ihn doch? Er ist klein, wie ich. Und nicht sehr robust, wie ich höre.«

»Er ist nicht bei bester Gesundheit, Eminenz.«

»Und das Volk liebt ihn. Sagen Sie, wird er es Ihrer Meinung nach schaffen?«

»Das weiß ich nicht. Er steht vor ungeheuren Problemen. Wie Sie wissen, ist das Land bitterarm.«

»Allerdings. Aber meine Frage ist: Wird er es schaffen, das aufzubauen, was der Erzbischof eine ›schismatische‹ Kirche nennt?«

»Bei allem Respekt, Eminenz, aber der Erzbischof ist mit der wirklichen Situation nicht vertraut. Wie ich schon sagte, hat Père Cantave keinerlei Absicht, eine schismatische Kirche zu gründen.«

»Als Martin Luther gegen gewisse Dekrete des Papstes protestierte, wußte er auch nicht, daß er damit eine Kirchenspaltung betrieb. Ihr Freund Cantave mag sich der Gefährlichkeit seines Tuns nicht bewußt sein. Wir *sind* es aber. Monsignore Pecci, den Sie heute morgen kennengelernt haben, sagt mir, daß die Menschen Ganaes – die Armen – in ›Jeannot‹ nicht nur ihren Priester sehen, sondern eine Art Heiland. Das Volk glaubt, daß Gott ihn auf wundersame Weise vor Mörderkugeln und anderen Gefahren schützt. Können Sie mir dazu etwas sagen?«

»Das ist richtig«, antwortete ich. »Aber Père Cantave hat mit solchem Gerede nichts zu tun. Er würde sich das bestimmt verbitten.«

»Sind Sie sicher? Wir hören anderes.«

Ich war wütend, und meine Antwort verriet es. »Es ist eben einfach nicht wahr, Eminenz.«

»Gut.« Er schwieg ein paar Sekunden, dann ergriff er überraschend meine Hand und hielt sie zwischen den seinen, als wollte er etwas von mir erbitten. »Lassen Sie mich es Ihnen erklären. Ich weiß, daß Père Cantave und andere seiner Art aufrichtig glauben, sie täten Gottes Werk, wenn sie das Los der Armen verbessern. Sie glauben auch, Rom sei jedem Wandel abgeneigt, und wir hier im Vatikan hätten keine Ahnung von der heutigen Welt. Das ist ein Irrtum. Wir verstehen die Welt, wie sie war, wie sie ist, und wie sie vielleicht sein wird. Wir wissen, daß sich die Kirche verändert und weiter verändern wird. Wenn aber das Volk von Ganae, indem es Cantaves Predigten folgt, über der Verbesserung seines irdischen Loses das Reich Gottes aus den Augen verliert, müssen Sie und ich uns auf unsere Pflicht besinnen. Unsere und Père Cantaves Pflicht ist es, dessen eingedenk zu sein, daß es noch so tugendhaft und nützlich sein mag, das irdische Los der Armen verbessern zu wollen, es aber die oberste Aufgabe der Kirche ist und immer war, die unsterbliche Seele zu retten. In unseren Zeiten mag dieser Auftrag in den Köpfen von Klerikern wie Cantave nicht immer an oberster Stelle stehen. Mag er es noch so ehrlich meinen, er ist trotz allem sterblich, schwach und imstande, der Häresie zu verfallen und sein Volk vom wahren Glauben wegzuführen.

So, und nachdem ich gehört habe, was Sie mir heute morgen zu sagen hatten, Père Michel, möchte ich Ihre Hilfe in Anspruch nehmen. Ich bitte Sie, Père Cantave zu versichern, daß wir ihm zu dem, was er sich vorgenommen hat, Erfolg wünschen. Unter bestimmten Voraussetzungen wäre es uns eine Freude, seine Regierung aus vollem Herzen zu unterstützen. Nach dem kanonischen Recht, das ich vorhin erwähnte, könnten wir sogar zu dem Schluß kommen, daß es ihm durchaus möglich ist, Priester zu bleiben und seinem Land zugleich als dessen Präsident zu dienen. Im Gegenzug stellen wir dafür gewisse Bedingungen. Er darf zu keiner Art von Revolution mehr aufrufen. Er muß mit dem Erzbischof und denjenigen Klerikern, die nicht zu seiner Gefolgschaft gehören, Frieden schließen. Er ist gewählt worden, damit er Ganae die Demokratie bringt. Soll er daran arbeiten, diesen Wandel auf demokratische Weise herbeizuführen.«

Er schwieg und starrte stumm ins Feuer. »Und zu guter Letzt soll er auf der Hut sein, daß die Menschen in ihm nicht einen sogenannten Heiland sehen. Mich erschreckt das. Sie nicht?«

»Doch, Eminenz.«

»Ich war ursprünglich der Meinung, daß Père Cantave von diesem Treffen nichts erfahren sollte. Nachdem ich nun Sie kennengelernt habe, sehe ich das anders. Richten Sie Père Cantave bitte aus, daß ich Ihnen das alles streng vertraulich gesagt habe ... und in dem Glauben, daß Sie und ich – und er – gemeinsam die Probleme lösen können.«

»Ja, Eminenz.«

»Gut. Rufen Sie mich an, wenn Sie wieder in Ganae sind, und sagen Sie mir, wie er auf meine Mitteilung reagiert hat. Die Wahrheit, wohlgemerkt.«

»Ja, Eminenz.«

Er stand auf und ließ meine Hand los. »Ich danke Ihnen, Père Michel. Und denken Sie daran, ich zähle auf Sie.«

Monsignore Giobbi wartete auf dem Korridor. Ich wußte jetzt, daß er mein Freund war. Er fragte nicht, worum es in meinem Gespräch mit dem Kardinal gegangen war, sondern nur, ob ich jetzt mit ihm ins Ordensstift zurückgehen könne. Ich dankte ihm für seine Worte der Unterstützung. Während wir den Korridor hinuntergingen, sah er auf die Kardinalsporträts, die an den Wänden hingen. »Manche von diesen Männern waren Heilige«, sagte er. »Manche waren Wüstlinge. An ihren Gesichtern kann man es kaum erkennen, nicht wahr?« Er lächelte. »Was haben Sie jetzt vor, Père Michel?«

»Ich muß auf der Stelle zurück nach Ganae.«

6

»Père Michel?«

Als ich in New York über die Rollbahn ging, um in das Flugzeug umzusteigen, das mich zuletzt wieder nach Ganae zurückbringen sollte, hatte ich plötzlich Elie Audran an meiner Seite, schlank und elegant im beigen Seidenanzug. »Ich bin Ihnen nachgelaufen«, sagte er. »Sie kommen aus Rom. Das weiß ich, weil ich bei der Zwischenlandung in Paris in Ihr Flugzeug zugestiegen bin. Ich habe nur in der ersten Klasse gesessen, deswegen haben wir uns nicht getroffen. Wie war's in Rom? Kalt?«

»Nicht sehr.«

»In Paris war es schrecklich. Aber im Grand Palais gab es eine wunderbare Ausstellung der *Fauves* zu sehen. Dafür hat sich die Reise gelohnt.«

Mir war klar, daß Elie bestimmt nicht nur zum Bilderansehen in Paris gewesen war. Paris war General Macandals momentane Heimat. Elies Frau war Macandals Nichte. Ich tröstete mich damit, daß diese Unterhaltung enden würde, sobald wir im Flugzeug wären, denn wie er schon gesagt hatte, reisten wir in verschiedenen Klassen.

Als ich vor Jahren zum erstenmal Elie Audrans Bekanntschaft gemacht hatte, war er als Vater zu mir gekommen, um zu fragen, ob ich in unserem Gymnasium Platz für seinen zehnjährigen Sohn hätte, der bisher ein mäßiger Schüler sei. Nachdem wir ein Jahr später die schulischen Leistungen des Jungen sehr gesteigert hatten, schickte Elie ihn urplötzlich auf eine exklusive Privatschule in Paris. Wir waren nur ein Sprungbrett zu dem Ideal, das sein Sohn erreichen sollte: dem Aufstieg in die Elite der Mulatten.

Das würde nicht so leicht sein. Elies Mutter war zwar Mulattin, aber er hatte einen schlichten schwarzen Polizisten zum Vater. Er selbst bezeichnete sich als »Geschäftsmann«. Eines seiner mir bekannten Geschäfte bestand darin, bei Wohltätigkeitsorganisationen in den USA um Altkleider zu betteln und sie dann an die Armen in Port Riche zu verkaufen. Sein besser bekanntes Gewerbe war das eines Kunsthändlers, spezialisiert auf einheimische Primitive. Seine wichtigste Geschäftsbeziehung war natürlich die Verwandtschaft mit Macandal.

Als wir die Gangway zum Flugzeug hinaufgingen, legte Elie mir lächelnd die Hand auf die Schulter. »Was macht Jeannot, Hochwürden. Wie ich höre, ist er in Rom jetzt in Ungnade. Stimmt das?«

»Ich glaube nicht.«

Er lachte. »Nun, Sie müssen es ja wissen.«

Die Stewardess nahm unsere Tickets und führte ihn in die erste Klasse. »Wir sehen uns am anderen Ende wieder, Hochwürden. Kann ich Sie in die Stadt mitnehmen?«

»Danke, nein. Ich werde abgeholt.«

Ich nahm hinten im Flugzeug Platz. Obwohl wir gerade erst in New York abhoben, war ich schon wieder daheim in Ganae. Ich erinnerte mich, wie die Police de Sécurité beim Abflug meine Tickets kontrolliert hatte. Da hatte ich als endgültiges Ziel Montreal angegeben. Aber ich war weiter nach Rom geflogen. Ob Jeannot, der inmitten von Intrigen lebte, jetzt vielleicht annahm, ich hätte ihn belogen? Und nun saß ich im selben Flugzeug mit einem Verwandten Macandals, der mir eben angeboten hatte, mich vom Flughafen in die Stadt mitzunehmen. Ich sagte mir, das sei albern. Jeannot würde nie an meinem Wort zweifeln. Aber nachdem wir in Port Riche gelandet waren, ertappte ich mich dabei, daß ich absichtlich trödelte, um Elie aus dem Weg zu gehen, bis er sein Gepäck abgeholt hatte und durch den Zoll war.

Als ich dann an der Paßkontrolle stand, erschien Elie jedoch plötzlich wieder vor mir. »Entschuldigen Sie, Hochwürden, aber ist Ihnen vielleicht etwas aufgefallen? Hatte ich eine Kamera bei mir, als wir ins Flugzeug stiegen?«

»Meines Wissens nicht.«

»Verdammt! Dann muß ich sie in New York im Hotel gelassen haben. Die ist futsch!«

Ich war jetzt der nächste am Schalter. »Gehören Sie zusammen?« fragte der Polizist.

»Nein«, antwortete ich.

Elie ging. Der Polizist kontrollierte meinen Paß, stempelte ihn ab und gab ihn mir zurück. In dem Moment kam Ti-Louis, ein Junge aus Jeannots Waisenhaus, der sich am Flughafen herumtrieb, auf mich zu. »Möchten Sie ein Taxi, *Mon Pe*?«

Ich schüttelte den Kopf. Normalerweise hätte Ti-Louis mich das nicht gefragt. Ich gehörte nicht zu denen, die seiner Dienste bedurften. Sofort dachte ich: Er hat mich mit Elie reden sehen. Jeannot wird es erfahren.

Als ich mit meinem Gepäck aus dem Flughafengebäude trat, sah ich Elie fünfzig Meter weiter am Randstein stehen. Zwei Soldaten waren bei ihm. Plötzlich packte ihn der eine am Arm und stieß ihn zu einem geparkten Militärlastwagen. Auf dem Wagen saßen sechs bewaffnete Soldaten. Sie ließen die Heckklappe herunter und zwangen Elie, auf die Ladefläche zu steigen. Dabei schaute er zurück, sah mich und hob mit resignierter Geste die Arme. Der Wagen fuhr davon.

Ich drehte mich um und ging zum Flughafenparkplatz, wo Hyppolite mich erwarten sollte. Er stand neben unserem kleinen weißen Peugeot, eine hochgewachsene, melancholische Gestalt in einem meiner abgelegten Hemden und einer Khakihose, die einmal Père Joliette gehört hatte. Er kam mir entgegengerannt, um mir den Koffer abzunehmen, und riß ihn mir in seinem Eifer fast aus der Hand.

»Mère ben?« fragte er, als er den Koffer in den Wagen lud.

Ich sagte ihm, daß meine Mutter gestorben sei. Er nahm die Mitteilung mit einem Kopfnicken entgegen. Mir sein Beileid auszusprechen hielt er nicht für nötig. Das verstand sich von selbst. Wir fuhren auf die Avenue des Présidents hinaus, wo dichter Verkehr herrschte: alte Lastwagen, überladen mit Industriecontainern, die amerikanische Aufschriften trugen; grell angemalte Taxibusse, überfüllt mit Fahrgästen; am Rand der staubigen Straße gingen Frauen, die schwere Lasten auf den Köpfen balancierten und den weiten Weg vom Land zu den Märkten der Stadt zu Fuß zurücklegten. Plötzlich schoß ein großer Mercedes ständig hupend vorbei, als gäbe es vor ihm keinen Verkehr. Hyppolite sah ihm nach, als fühlte er sich an etwas erinnert, und sagte dann: *»Madame Lambert arrêtée.«*

Ich sah die Limousine zwischen den bescheidenen Fahrzeugen verschwinden. Caroline Lambert war in Mercedes-Limousinen gefahren, hatte in einer Villa mit dreißig Dienstboten gewohnt und war in einer Achtzehnmeterjacht in der Baie des Saints umhergesegelt. Caroline Lamberts Autos, Kleider und Schmuck waren Symbole der Macht ihres Mannes. In Ganae verdient ein Oberst der

Armee weniger als ein Sergeant in den USA. Wenn der Oberst aber zum King Coke wird, ist das etwas anderes.

Elie Audran, Caroline Lambert. Man blies zum Angriff auf die Elite. Ich sah zu Hyppolite. »Was sagen die Leute?«

»Leute sagen, es ist Zeit, daß Gerechtigkeit anfängt. Mit ihr anfangen, gut. Alle kennen Caroline. King Coke weggelaufen, Angst vor Jeannot. Aber Caroline nicht Angst. Denkt immer noch, sie unser Boss. Jetzt wir es ihr zeigen.«

Ich sah ihn überrascht an. Wenn Menschen wie Hyppolite, die Stillen, Demütigen, Unterwürfigen, von deren stummem Fatalismus Diktatoren lebten, wenn *sie* erst wütend wurden, dann würden die von Jeannot versprochenen Prozesse zu Orgien der Rache ausarten.

Alle kennen Caroline, hatte Hyppolite gesagt. In der Woche nach der Flucht ihres Mannes war Caroline Lamberts Bild durch die Zeitungen und Illustrierten gegangen, in Ganae und anderswo. Ich stellte fest, daß sie den Menschen in Ganae so bekannt war wie in anderen Ländern ein Filmstar. Sogar Leute, die noch nie ihr Foto gesehen hatten, und die vielen Hundert und Tausend, die keine Zeitung lesen konnten, kannten ihre Geschichte. Sie war von Mund zu Mund gegangen, von Port Riche bis in die entlegensten Weiler, ungefähr so, wie solche Dinge im Mittelalter verbreitet wurden. Sie war zum sichtbaren Symbol für die Verbrechen ihres Mannes geworden, eine schöne, böse *mulâtre*, die Hexe, die das Märchen vorlebte, das die Leute für ihr Leben hielten.

Wir bogen von der Avenue des Présidents ab und kamen ins Herz der Stadt. Es war wie ein gigantischer Marktplatz, ein Labyrinth von engen, vollgestopften Gassen, in denen billige Läden und Verkaufsbuden dicht an dicht standen und Bauern auf verschlissenen Decken saßen, ihr bißchen

Trödel zu ihren Füßen ausgebreitet. Im Lärm der Autohupen, Straßenmusikanten und Marktschreier konnte unser Wagen nur noch im Schrittempo fahren, um die unbesonnenen Fußgänger nicht zu gefährden, die über die Fahrbahn tanzten, als wäre sie ein Ballsaal. Und wohin ich blickte, sah ich jetzt die Plakate und Spruchbänder, die vor kurzer Zeit erst in Jeannots Wahlkampf benutzt worden waren. Früher hatte man das Bild des Diktators auf Befehl der Regierung ausgehängt. Jetzt präsentierten die Armen Jeannots Bilder und Proklamationen. An bröckelnden Fassaden verkündeten Wandsprüche, daß Ganae jetzt frei sei, daß PE JEANNOT FÜR GERECHTIGKEIT sorgen werde. *Pe* Jeannot. Er war doch immer noch ihr Priester.

Wir fuhren weiter und kamen in die Hügel, die einen Ring um die Hauptstadt bilden. In den Vororten von Bellevue standen die Villen der Elite auf baumbeschatteten Anwesen, umgeben von hohen Mauern und elektronischen Alarmanlagen. An diesen Mauern hingen keine Porträts von Jeannot. Ich spürte eine Spannung in der Luft liegen, während wir weiterfuhren. In der Avenue Delisle stießen wir auf eine kleine Ansammlung von Menschen, die um eine Art Scheiterhaufen herumstanden. Zwei Polizisten tauchten vor unserem Wagen auf und winkten uns weiter, vorbei an den verkohlten, stinkenden Überresten eines brennenden Müllhaufens. Im Vorbeifahren sah ich ein handgemaltes Spruchband im Rinnstein liegen. BAS LE PAPE stand darauf.

BAS LE PAPE. Nieder mit dem Papst. Wir fuhren weiter. Als wir zum Wohnheim kamen, stand dort Père Denis Joliette auf der unteren Veranda und sah heraus. Er winkte mir und kam mir entgegen. Ich erzählte ihm von dem Spruchband und dem Feuer. »Was geht hier vor, Denis?«

»War das auf der Avenue Delisle?«

»Ja.«

»Dann war das noch von den Anti-Rom-Krawallen.«

»Was für Krawallen?«

Er seufzte. »Gestern hat Jeannot im staatlichen Rundfunk gesprochen und gesagt, daß der Vatikan es abgelehnt hat, seine Regierung anzuerkennen.«

»Aber das stimmt nicht. Ich komme gerade aus Rom.«

Er sah mich überrascht an, dann sagte er: »Jedenfalls ist heute morgen ein Pöbelhaufen nach Bellevue hinaufgezogen und in das Haus des Nuntius eingedrungen. Der Nuntius ist in Rom, aber das wußte der Pöbel nicht. Sie haben ein paar Dienstboten zusammengeschlagen, weil sie nicht sagen wollten, wo der Nuntius sich versteck hielt. Dann haben sie die Wohnung verwüstet, die Fenster eingeschlagen und das Mobiliar zertrümmert. Anschließend haben sie auf der Straße einen Scheiterhaufen angezündet. Das muß der gewesen sein, den Sie gesehen haben.«

»Und die Polizei?«

»Hat nur untätig dabeigestanden.«

»Und was hat Jeannot dazu gesagt?«

Père Joliette zuckte die Achseln. »Funkstille. Möchte wetten, daß er sie dazu aufgehetzt hat.«

»So etwas täte er nie.«

»Und ob. Worum geht es denn immer wieder in seinen Rundfunkreden? Das sind doch alles Aufrufe zur Gewalt.«

»Ich weiß, was Sie meinen«, sagte ich, »aber er sieht das wahrscheinlich nicht so.«

»Paul, es ist klar, daß er für Sie eine Art Heiliger ist. Ist er aber nicht. Er ist zum Aufwiegler geworden, zum Fanatiker.«

»Fanatiker? Was hat das mit Fanatismus zu tun, wenn einer den Armen helfen will?«

»Er will seinen eigenen Kopf durchsetzen. Wie Diderot einmal gesagt hat: ›Vom Fanatismus zur Barbarei ist es nur ein kleiner Schritt.‹ Der heutige Vormittag beweist das.« Er sah mich an. »Was hatten Sie übrigens in Rom zu tun?«

»Das ist eine lange Geschichte, Denis. Ich muß mich mit Jeannot in Verbindung setzen.«

Während unseres Gesprächs war Noël Destouts ins Zimmer gekommen und hatte sich in den Schaukelstuhl am Fenster gesetzt. Er hatte dabei seine Soutane gelüpft und die Beine übereinandergeschlagen. Seine großen schwarzen Füße steckten in billigen roten Kubasandalen. Noël war der Quästor unserer Schule, ein Ganaeser, Romanist und mein Freund. Früher war er auch Jeannots Freund gewesen, aber inzwischen fragte ich mich, ob er nicht zu Denis Joliettes Ansichten übergelaufen war. Als ich sagte, ich müsse mich mit Jeannot in Verbindung setzen, erhob Noël sich von seinem Schaukelstuhl.

»Ich fahre dich hin«, sagte er. »Jeannot ist in Lavallie, da findet wieder irgend so ein Rummel statt. Ich habe vor einer Stunde mit ihm gesprochen. Da hat er hier angerufen und nach dir gefragt.«

Lavallie ist der Markt im Hafenviertel. Ihn sehen die Touristen immer als erstes, wenn sie von den amerikanischen Kreuzfahrtschiffen kommen, um einen Tag in Port Riche zu verbringen. Es war schon immer ein unerfreuliches, lautes Labyrinth von Blechhütten und baufälligen Buden gewesen, die Straßen übersät mit faulendem Obst und Gemüseabfällen, die Häuserwände dreckverschmiert, die Wellblechdächer rot von Rost. Als wir an diesem Vormittag dorthin fuhren, mußten wir den Wagen ein paar

Straßen weiter stehenlassen. Eine unübersehbare Menschenmenge füllte den Markt, die meisten mit Reisigbesen, Plastikeimern, Schrubbern und Holzkörben bewaffnet. Ein Dutzend leere Militärfahrzeuge stand an der Hauptdurchgangsstraße. Soldaten, Bettler, Bauern, Marktschreier, Nonnen und Schuljungen, alle damit beschäftigt, die Straßen zu reinigen, die Häuserwände abzuwaschen und den Unrat von Jahrzehnten wegzukarren. Sie sangen bei der Arbeit. Vom eigentlichen Marktplatz her dröhnte die Musik zweier Java-Bands. Ich sah Jeannot, dessen weißes Bauernhemd schon völlig verschmutzt war, mit seinem Mitarbeiterstab große Holzkörbe voller Unrat auf einen Militärlastwagen laden. Die Kameras des staatlichen Fernsehens, die Sprecher von Radio Libre und ein Rudel ausländischer Fotografen sprangen um ihn herum und rangelten um die besten Positionen für einen Schnappschuß vom Priester-Präsidenten bei der Müllbeseitigung.

»Was soll das?« fragte ich Noël.

»Eine symbolische Handlung«, sagte Noël. »Die Straßen säubern. Damit fängt man an, und am Ende jagt man die Geldwechsler aus dem Tempel.«

»Es sieht aber echt aus«, meinte ich. »Hast du etwas gegen saubere Straßen?«

»Trotzdem ist es nur ein symbolischer Akt«, versetzte Noël. »Werden die Straßen in einem Monat auch noch sauber sein? Wird sich irgend etwas geändert haben, außer an Jeannots Bild in der Öffentlichkeit?«

»Moment mal. Wann hätten die Leute von Lavallie jemals für Doumergue oder irgendeinen anderen Präsidenten die Straßen gereinigt?«

Aber Noël war nicht zum Streiten aufgelegt. Er legte mir

den Arm um die Schultern. »Schon gut«, meinte er. »Soll ich uns zwei Besen besorgen?«

»Warum nicht?«

Aber als wir uns der Gruppe der Straßenfeger näherten, sah mich Pelardy, der in der Nähe der Fotografen stand, und rief: »Père Paul! Jeannot möchte Sie sprechen.«

Jeannot unterbrach das Körbeschleppen, als er mich kommen sah. Er stellte seinen Korb ab und kam zu mir. »Wie ist das Wetter in Rom?« fragte er.

»Jeannot, ich muß dir davon berichten. Wann können wir uns unterhalten?«

Er griff in die Tasche seiner schmutzigen Hose und zog die goldene Uhr heraus, die ich ihm zu seiner Ordination geschenkt hatte. »Um zwölf wird Mittagessen gebracht. Hast du so lange Zeit?«

»Natürlich.«

Er ging wieder zu den Fotografen und Kamerateams. »Nein, nein, das ist landesweit«, hörte ich ihn sagen. »Ich habe im Rundfunk zu einem Großreinemachen in Doumergueville, Mele und Papanos aufgerufen.«

Ich ging zurück zu Noël, der mir einen Besen in die Hand drückte. »Was spricht unser Meister?«

»Das sage ich dir in der Mittagspause.«

Eine halbe Stunde später kamen Militärlastwagen und brachten weitere Helfer für Jeannot, diesmal Nonnen und Schulmädchen, die Tische aufbauten und Schüsseln mit Reis und Bohnen darauf stellten. Die Arbeit wurde unterbrochen. Die Fotografen stiegen in ihre Autos. Die Fernsehteams begannen ihre Gerätschaften einzupacken. Ich sah Jeannot lächelnd umhergehen und Leute umarmen. Wie immer drängten sich die Armen der Stadt um ihn, um ihn anzufassen, sein Lob zu singen, etwas für sich zu erbitten, ihm Ratschläge zu erteilen. Ich dachte an das große Zimmer im Vatikan, das Feuer im Kamin und den alten Kardinal mit schulterlangem Silberhaar, der meine Hände hielt. *Wenn aber das Volk von Ganae, indem es Cantaves Predigten folgt, das Reich Gottes aus den Augen verliert, müssen Sie und ich uns auf unsere Pflicht besinnen.*

Aber was war meine Pflicht an diesem Morgen, als Jeannots Großreinemachen begann? Ich sah ihn mir an, seine schmutzige Kleidung, seine wie immer schlichte, direkte Art, und die Menschen um ihn herum, die sich auf ihn verließen, an ihn glaubten, dankbar waren für das, was er für sie getan hatte und noch zu tun versuchte. Er war doch mehr vom Reiche Gottes, als ich es jemals hätte sein können. Was *war* meine Pflicht? Die unsterbliche Seele dieser Menschen zu retten, wie der Kardinal gesagt hatte, oder Jeannot dabei zu helfen, ihr irdisches Elend zu lindern? Und während ich hier neben Noël stand und die glücklichen Gesichter dieser Menschen sah, die sich um die Tische drängten und das schlichte Mahl einnahmen, das für sie zubereitet worden war, kam mir wieder dieser leise, aber vernichtende Satz in den Sinn: *Es gibt kein anderes Leben, kein Leben danach.*

Auf einmal stand Jeannot vor mir. Er war allein. Pelardy und andere von seinem Mitarbeiterstab hielten die Leute zurück, die alle noch mit ihm sprechen wollten. Jeannot zeigte auf einen großen Mercedes zwischen den Militärlastwagen. »Setzen wir uns in das Auto«, sagte er. »Ich sorge dafür, daß wir ungestört bleiben.«

Ich setzte mich also mit ihm in den Fond des Mercedes, der einmal die Staatskarosse des Diktators gewesen war. Sechs Soldaten umstellten den Wagen, um die Leute zurückzuhalten, die sich herandrängten, um einen Blick auf ihren Priester-Präsidenten zu erhaschen und ihm zuzuwinken.

»Wie geht es deiner Mutter?«

Ich sagte es ihm. Er senkte den Kopf. »Dann stimmte das also.«

»Wie meinst du das?«

»Als ich hörte, daß du in Rom warst, dachte ich zuerst, du hättest mich belogen.«

»Ich habe dich doch nicht belogen. Daß ich nach Rom fliegen würde, wußte ich bis zum Begräbnis meiner Mutter selbst nicht.«

»Warum hast du mich nicht angerufen?«

»Weil unser Provinzial mich darum gebeten hat.«

»Und du hast ihm gehorcht.«

»Ja.«

Er sah mich an. »Auf wessen Seite stehst du, Paul?«

»Auf deiner.«

»Wirklich? Du bist im selben Flugzeug wie Elie Audran zurückgekommen. Er war in Paris, um Macandal und Lambert Bericht zu erstatten. Man hat dich gesehen, wie du heute morgen auf dem Flughafen mit ihm gesprochen hast. Sehr freundlich. Woher kennst du Audran?«

»Mein Gott«, sagte ich. »Sein Sohn war ein Schüler von mir.«

Er ließ sich gegen die Rückenlehne sinken. Es war erstickend heiß in der Limousine. Ich sah, daß er zitterte und schwitzte. Ich griff über ihn hinweg und öffnete die Fenster.

»Was war in Rom?«

Ich sagte es ihm. Ich sagte ihm alles. Während ich redete, spielten auf dem Platz die Java-Bands. Es wurde gesungen. Die Soldaten, die unsere Limousine umstanden, lachten und scherzten und sahen sich hin und wieder schüchtern nach Jeannot um. Als ich fertig war, sagte Jeannot: »Das heißt, ich soll mich anpassen, ja? Tu, was wir sagen, oder wir setzen dich vor die Tür.«

»Halt, halt. Innocenti verlangt nicht, daß du deine Prinzipien über Bord wirfst. Er bittet dich, den Wandel auf demokratische Weise herbeizuführen. Die Verhaftung von Leuten wie Caroline Lambert, der Überfall auf das Haus des Nuntius, so etwas läßt dich als ein Risiko erscheinen.«

»Ich hatte mit der Demonstration gegen den Nuntius nichts zu tun.«

»Unsinn. Du hast im Rundfunk gesprochen und behauptet, der Vatikan habe die Anerkennung deiner Regierung abgelehnt.«

»Aber das stimmt doch, oder?«

»Wie ich schon sagte, es stimmt nicht. Diese Rede war nur Wasser auf Pellerats Mühlen. Verstehst du nicht? Du hast deinen Feinden in die Hände gearbeitet.«

Er sah mich mit großen Augen an.

»Pellerat möchte, daß Rom sich gegen dich wendet, dich exkommuniziert. Hör zu, *Petit.* Die Elite hofft, daß du dich früher oder später blamierst. Warum hat die Polizei diesem Pöbel nicht Einhalt geboten? Warum hat sie dabeigestanden und tatenlos zugesehen, wie das Haus des Nuntius verwüstet wurde?«

Er schwieg, dann sagte er: »Mein Gott, warum habe ich das nicht begriffen?«

»Dann begreif es jetzt. Tu etwas. Sprich im Rundfunk. Laß das denen nicht durchgehen.«

Er faßte mich am Arm. »Du hast recht. Das muß ich.«

Ich sah auf. Pelardy kam. Jeannot sah ihn auch. »Was wirst du nach Rom melden, Paul?«

»Was schlägst du vor?«

»Verschaff mir Zeit. Ich brauche sie.«
»Gut, das will ich versuchen.«

Am Nachmittag entschuldigte sich Erzbischof Pellerat als Oberhaupt des ganaesischen Klerus in einer landesweit übertragenen Rundfunkansprache beim abwesenden päpstlichen Nuntius für die, um es mit seinen Worten zu sagen, »schändlichen Übergriffe auf die Nuntiatur durch Anhänger Père Jean-Paul Cantaves, eine Untat, geschürt durch Präsident Cantaves feindselige Einstellung gegenüber Rom und dem Heiligen Vater«. Es sei eine Beleidigung des Heiligen Vaters, sagte er, daß der gegenwärtige Präsident Ganaes sich nicht dazu habe durchringen können, sich für diese Taten zu entschuldigen, und es sei die Pflicht eines jeden Katholiken, solches Benehmen und den dafür verantwortlichen Mann zu ächten.

Ich hörte diese Rede und versuchte Jeannot sofort im Präsidentenpalast anzurufen. Man sagte mir, er sei bei Radio Libre und werde in Kürze auf Sendung gehen. Ich rief Noël Destouts in mein Arbeitszimmer, und wir schalteten das Radio ein. Java-Musik ertönte. Dann ging mitten im Stück der Ton weg. Es blieb eine kleine Weile still, dann sagte eine Stimme: »Der Präsident Ganaes, Père Jean-Paul Cantave, wird in wenigen Augenblicken sprechen. Bleiben Sie bitte an Ihren Empfängern.« Die Musik spielte weiter und wurde erneut unterbrochen. »Der Präsident, Père Jean-Paul Cantave, wird gleich sprechen. Bleiben Sie bitte an Ihren Empfängern.«

Man hörte Geräusche im Hintergrund, als unterhielten sich Leute außer Reichweite des Mikrofons. Dann Stille. Plötzlich hörten wir Jeannots Stimme.

Brüder und Schwestern.
Alle meine Brüder und Schwestern im Herrn.
Allein sind wir schwach.
Gemeinsam sind wir stark.
Etienne Pellerat, Erzbischof von Port Riche,
ich möchte Ihnen in die Augen sehen.
Ich bin hier, um Ihnen zu sagen, daß ich Sie liebe.
Und weil ich Sie liebe, muß ich die Wahrheit sagen.
Wahrheit und Liebe sind eins.

Gestern sind einige unserer jungen Leute
zum Haus des Abgesandten unseres Papstes
in Ganae gezogen.
Ihr Zorn war gerecht.
Aber ihr Tun war unrecht.
Der Abgesandte des Papstes in Ganae
ist nicht unser Feind.
Wir müssen ihn respektieren.
Ich sage ihm jetzt, daß wir ihn lieben.
Wenn er wieder nach Ganae kommt,
werden wir ihn ehren und schützen.
Denn er ist der Mann des Papstes,
und wir sind das Volk des Papstes.
Aber, meine Brüder und Schwestern,
wir dürfen nicht vergessen,
daß es in Ganae solche gibt,
die nicht die Priester des Papstes sind.
Sie sind die Priester der Reichen.
Sie sind die Freunde unserer Feinde.
Unsere Feinde sind Vampire.
Sie liegen in ihren Särgen und warten darauf,
wieder aufzustehen

und von neuem das Blut des Volkes zu trinken.
So war es früher, meine Brüder und Schwestern,
aber sie werden es wieder tun.
Manche sind mit geraubten Gütern geflohen,
aber sie möchten wiederkommen.
Sie hatten Macht.
Für diese Vampire ist Macht wie Blut.
Sie töten, um es zu bekommen.
Wir müssen unsere Macht behalten.
Wir müssen jetzt handeln.
Caroline Lambert war reich, dank der Armen.
In einem Land, das arm ist dank der Reichen.
Ihr, meine Brüder und Schwestern,
habt nach Gerechtigkeit gerufen.
Ich verspreche euch diese Gerechtigkeit.
Im Namen Jesu, der uns die Macht gegeben hat.
Amen.

Stille im Äther. Dann hörte man plötzlich Rufe. »Jean-not! Jean-not!«

Die Nationalhymne ertönte. Noël schaltete das Gerät aus. »Warum muß er am Ende immer so gewalttätige Töne anschlagen, sogar wenn er sich eigentlich entschuldigt?«

»*Er* hat Feinde«, sagte ich, »nicht wir. Auf uns wurde nicht geschossen, wir mußten uns nicht verstecken, uns hat man nicht die Kirche angezündet und keine Gemeindemitglieder ermordet.«

»Ich sage ja nicht, daß es ihm nicht ernst war. Das Gefährlichste an Jeannot ist, daß er immer alles ernst meint. Und die Leute in seiner Umgebung meinen es auch ernst. Aber ihre Ideen, wie man etwas ändern könnte, sind so tot wie die Sowjetunion. Befreiungstheologie ist veraltet. Die

Welt ist kapitalistisch, und wir müssen in ihr leben.« Noël sah auf die Uhr. »Ich muß jetzt gehen. Ich habe um halb sieben noch eine Arbeitsgruppe.«

Als Noël gegangen war, setzte ich mich ans Fenster, während der Sonnenuntergang die Dächer der nahen Slums verdüsterte. Es ging hier nicht um »Befreiungstheologie«. Es ging um einen Glauben, der sich um einen einzelnen Menschen rankte. Während ich Jeannot reden hörte, war mir durch den Kopf gegangen, daß die Menschen einmal ebenso der Stimme Jesu gelauscht haben mußten, der Stimme eines unbekannten Agitators in einer entlegenen Provinz des Römischen Reiches, welcher die Sünden der Reichen anprangerte und das Reich Gottes predigte. Die Armen Ganaes sahen Jeannot als ihren Messias, als einen Jesus in ihrer Mitte. Das Reich Gottes gründet auf Glauben. Glauben ist das Gegenteil von Denken. Jeannot glaubte sich von Gott erwählt. Nun würde er diesen Glauben dazu benutzen, das Leben anderer zu verändern. In diesem Augenblick war ich von Zweifeln geplagt. Aber ich glaubte an ihn. Und so vertraute ich darauf, die Dinge zu verändern.

Nach unserem Gespräch meldete Jeannot sich zwei Wochen lang nicht mehr bei mir. Ich hatte Hemmungen, ihn anzurufen. Ich hatte ihm nichts zu berichten. Ich hatte getan, worum er mich gebeten hatte, und nach Rom gemeldet, daß unser Gespräch gut verlaufen sei. Als ich dann eines Morgens gerade beim Unterricht war, klopfte ein Diener an die Tür und sagte, ich würde dringend im Sprechzimmer verlangt.

Etwas in seinem Ton ließ mich aufhorchen. »Von wem?«

»Ein Mann. Er mir nicht sagen, Monsieur.«

Das Sprechzimmer ist ein stickiger, verstaubter Raum, dessen Fensterläden wegen der Sonne immer geschlossen sind, und seine Rattanmöbel sind abgenutzt vom jahrelangen Gebrauch. Hier werden Eltern hineingeführt, die während der Unterrichtszeit mit ihren Söhnen sprechen wollen. Als ich an diesem Morgen hinunterging, schien das Zimmer leer zu sein. Dann aber trat ein Mann, als hätte er sich dort versteckt gehalten, hinter der offenen Tür hervor in das streifenweise durch die Läden einfallende Licht. Er trug eine Hose und ein offenes Sporthemd, und ich erkannte ihn zuerst nicht. Erst als er den Mund aufmachte, erinnerte ich mich. Oberst Maurras von der Garde Présidentielle, der den kleinen Daniel am Palasttor erschossen hatte. Seit ich ihn zuletzt gesehen hatte, war sein Haar grau geworden, sein Gesicht faltig, seine Figur feister. Er sog an einer Zigarette, hustete und drückte sie aus.

»Kennen Sie mich noch, *Mon Père*?«

»Ja, Herr Oberst.«

Nachdem ich das gesagt hatte, ging er zur Tür und drückte sie zu, damit wir ungestört waren.

»Zunächst einmal, falls jemand Sie auf meinen Besuch anspricht, sagen Sie bitte, ich hätte fragen wollen, ob Sie meinen Neffen in die Schule aufnehmen können.«

»Sind Sie noch in der Armee?«

Er nickte. »Nach diesem Schuß von damals habe ich um Versetzung nach Doumergueville gebeten. Ich habe versucht, das Geschehene zu vergessen. Aber das ging natürlich nicht. Deswegen bin ich heute hier. Ich bin nicht mutig, *Mon Père.* Aber ich höre noch, was Père Cantave seinerzeit zu mir gesagt hat. Ich fühle mich einfach verpflichtet, Sie zu warnen, daß er in großer Gefahr ist.«

Er sah wieder zu der geschlossenen Tür. »Sind wir hier auch ungestört?«

»Ich denke schon.«

Ich zeigte auf einen Stuhl, aber er schüttelte den Kopf, ging ans Fenster und spähte durch die Läden nach draußen. Von fern hörte ich den Schulchor ein Kirchenlied einüben. Der Oberst drehte sich wieder um und begann mit leiser Stimme zu sprechen, doch seine Worte überstürzten sich.

»Ich kenne keine Details, also fragen Sie mich nicht, und sagen Sie Père Cantave, wenn er mich zur Vernehmung vorlädt, unterschreibt er mein Todesurteil, vielleicht auch seines. Gewisse Leute planen einen Putsch. Ich kann Ihnen nicht sagen, wann er stattfinden soll, aber jedenfalls nicht vor den Parlamentswahlen im April. Was bei dieser Wahl passiert, soll der Vorwand sein. Die Armee will nicht, daß es wie ein Militärputsch aussieht. Wenn die Armee Père Cantave absetzt und eine Junta bildet, gibt es internationale Proteste. Man plant deshalb, einen anderen Politiker an die Macht zu bringen. Fragen Sie nicht, wen, denn ich kenne den Namen nicht. Ich kann Ihnen nur dies sagen: Der Putsch wird in Paris geplant. Lambert ist der Anführer. Wenn es soweit ist, kommt General Macandal wieder nach Ganae und übernimmt die Armee. General Hemon, der hinter Cantave steht, wird man anbieten, ins Exil zu gehen. Lambert glaubt, daß Hemon mitmachen wird, wenn er die Lage begreift.«

Er unterbrach seine Rede kurz und nahm ein Päckchen Zigaretten aus der Tasche. »Mir hat man die Aufgabe zugedacht, am Morgen des Putsches mit einer kleinen Gruppe Soldaten in den Palast einzudringen. Ich weiß, wie man dort hineinkommt. Wir werden Père Cantave verhaften und festhalten. Unterdessen fährt der erwähnte Politiker zu Radio Libre und spricht im Rundfunk. Er wird bekanntgegeben, daß Père Cantave als Präsident abgesetzt wurde, weil er sich geweigert hat, mit dem Parlament zusammenzuarbeiten und nach demokratischen Regeln zu regieren. Sobald wir hören, daß diese Sendung begonnen hat, sollen wir im Palast Père Cantave erschießen.« Er unterbrach sich wieder und zündete sich nervös eine neue Zigarette an. »Als sie mich aufforderten, an dem Putsch teilzunehmen, hielten sie mich für einen Mann Doumergues. Sie sind nicht auf die Idee gekommen, daß ich es nicht fertigbringen könnte, Père Cantave zu erschießen. Ich kann keinen Heiligen töten, auch wenn dieser das Land nicht zu regieren versteht und seine Herrschaft nicht von Dauer sein kann. Ich weiß nicht, was Sie jetzt tun werden oder wie Sie ihm raten können. Er muß jedenfalls die Palastwache auswechseln. Sie soll aus Soldaten bestehen, die seine Gefolgsleute sind. Aber das Wichtigste, *Mon Père*, was Sie ihm sagen müssen, ist dies: Er muß so tun, als wüßte er nichts von diesem Plan. Wenn er sich daran hält, verspreche ich Ihnen, daß ich Ihnen Tag und Uhrzeit nennen werde, sobald ich sie selbst erfahre. Dann kann er, wenn wir in den Palast kommen, längst in einem Versteck sein. Werden Sie ihm das sagen?«

»Ja.«

»Vielleicht ist man mir heute hierher gefolgt. Die Leute sind sehr vorsichtig. Wir müssen einen Kode vereinbaren, Sie und ich. Am einfachsten wäre es für mich, hierherzukommen und Ihnen eine Nachricht zu hinterlassen, wenn ich Sie nicht antreffe. Die Nachricht wird lauten, daß ich Ihnen meinen Neffen vorstellen möchte, und dafür werde ich ein Datum vorschlagen. Das ist dann das Datum des Putsches.«

Jetzt kam dieser seltsame Mann zu mir, packte mich bei den Schultern und sah mir starr ins Gesicht. »Tun Sie, was ich sage, *Mon Père*, dann ist er sicher. Aber Sie müssen ihn warnen. Wenn er versucht, mich verhaften zu lassen oder sonstwie mit mir in Verbindung zu treten, bringt man mich um. Ich lege mein Leben in seine Hände. Und in Ihre.«

Ohne meine Schultern loszulassen, drückte er seine schwitzende Wange an meine. Dann ließ er mich los, öffnete die Tür und ging ohne ein Abschiedswort den Korridor hinunter zum Ausgang. Vor der Tür parkte ein Militärjeep. Ich sah ihn einsteigen und wegfahren.

Am Abend um sechs, als meine Pflicht in der Schule getan war und meine Abwesenheit niemandem auffallen würde, verließ ich das Wohnheim und fuhr zum Präsidentenpalast. Ich rief nicht vorher an. Als man mich in die Vorhalle einließ, verlangte ich nach Pelardy, aber statt seiner kam Schwester Maria mich begrüßen. »Père Cantave ist krank«, sagte sie. »Ist es wichtig?«

Als ich bejahte, bat sie mich zu warten. Ich sah ein paar junge Soldaten am Eingang stehen. Sie waren mit Pistolen bewaffnet und trugen Schulterstücke, die ich noch nie gesehen hatte. Am Palasttor hatte noch die Garde Présidentielle ihren Dienst versehen, doch als Schwester Maria jetzt wiederkam und mich die Marmortreppe hinaufführte, durch getäfelte Korridore und dann eine weitere Treppe hinauf, sah ich an jeder Ecke kleine Grüppchen von diesen jungen Soldaten. Auf der obersten Etage des Palastes gingen wir in einen Flügel, der in den Platz hineinragte. Dort war von den gewohnten Leibwächtern, diesen stämmigen Sergeanten, nichts zu sehen. Statt ihrer öffneten zwei junge Soldaten eine Doppeltür und ließen uns in ein großes Schlafzimmer mit einem hohen Himmelbett, das den ganzen Raum dominierte, einen Raum, der ohne weiteres das königliche Schlafgemach in irgendeinem europäischen Schloß hätte sein können. Um das Bett herum standen viele Stühle, alle leer.

Es war heiß in diesem Zimmer. Die hohen Fenster mit Blick über den großen Platz und die Dächer der Parlamentsgebäude waren geschlossen und mit Wandschirmen zugestellt. Es roch nach Medikamenten und Franzbranntwein. Um das Bett selbst hing ein Moskitonetz. Als ich näherkam, sah ich Jeannot in einem langen weißen Nachthemd zwischen vielen Kissen halb liegen, halb sitzen. Über ihm war ein schlichtes Holzkreuz ans obere Bettende genagelt. Neben ihm sah ich zwei Telefone und sein Brevier. Das ganze Bett war übersät mit amtlich aussehenden Akten. Er schien zu schlafen, aber als Schwester Maria das Zimmer verließ, schlug er die Augen auf und lächelte mich an.

»Ist dieses Bett nicht zum Lachen? Aber es ist ein geschichtsträchtiges Zimmer. Wußtest du, daß in diesem Bett Doumergue gestorben ist? Tobend und brüllend, wie man sich erzählt. Seydoux, der in den zwanziger Jahren Präsident war, wurde an diesem Fenster erschossen. Zu Präsident Mouton sind sie mitten in der Nacht gekommen? Er hat sich unter diesem Bett versteckt, und sie haben ihn hervorgezerrt und ihm die Kehle durchgeschnitten. Das war im neunzehnten Jahrhundert. Er war ein *noir*, wie ich. Dann Präsident Beauvais, kurz vor der Jahrhundertwende – das war der, dessen Kutsche allgemein die Jungfernschaukel hieß. In dieses Bett hat er sie gebracht. Meist dreizehnjährige Mädchen.«

»Und jetzt liegt auf diesem Bett ein Brevier.«

»Wie wahr!« Er lachte. »Wie geht es dir, Paul? Wo hast du gesteckt?«

»Bist du krank, Jeannot?«

»Nichts weiter. Nur ein bißchen Fieber. Mich friert immerzu. Was gibt's? Diese sorgenvolle Miene kenne ich doch.«

Ich schob das Moskitonetz beiseite und setzte mich auf die Bettkante. Während ich ihm zu erzählen begann, was sich am Morgen zugetragen hatte, setzte er sich auf und deckte eine Hand über die Augen, eine Geste, die mir zeigte, daß er gegen einen Migräneanfall kämpfte. Als ich fertig war, nickte er und sagte: »Komisch, daß gerade du es bist, der das erfahren hat. Aber ich habe damit gerechnet. Von Raymond hast du schon gehört?«

Alphonse Raymond war Vorsitzender der Progressiven Partei, die Jeannot bei der Wahl mit weitem Abstand unterlegen war.

»Was ist mit ihm?«

»Das Parlament will ihn zum Premierminister machen. Ich habe das abgelehnt. Ich will einen meiner eigenen Leute als Premier haben. Deshalb nennen sie mich jetzt einen Diktator. Es muß Raymond sein, den sie zu meinem Nachfolger als Präsidenten ausersehen haben.«

»Aber das sind Dinge, die sich im Parlament abspielen«, sagte ich. »Dieser Oberst spricht dagegen von einem Militärputsch.«

»Es ist dasselbe«, sagte Jeannot. »Die stecken da alle miteinander drin, die Parteien, die Generäle, die Wirtschaft, die Elite. Ich habe nur eine Stärke, und die muß ich nutzen. Das Volk. Wir müssen unsere Faust zeigen.«

»Wie meinst du das?«

»Das wirst du sehen. Was die eigenen Wachen angeht, daran habe ich schon selbst gedacht. Hast du meine Soldaten gesehen? Alle handverlesen.«

»Gesehen habe ich sie. Wo kommen sie her?«

»Es sind gar keine richtigen Soldaten. Das sind meine *bleus*, junge Männer, die einmal im Waisenhaus Ste. Marie waren. Denn genau wie dein Oberst gesagt hat, in der Armee können wir keinem mehr trauen. Die Frage ist, können wir deinem Oberst trauen?«

»Warum nicht?«

»Kann sein, daß wir uns nur beruhigt zurücklehnen sollen, bis er uns sagt, daß der Putsch losgeht. Wenn er ein Strohmann ist, wiegt man uns in falscher Sicherheit.«

Er streckte den Arm aus und ergriff meine Hand. »Danke, daß du gekommen bist, Paul. Bleib nicht wieder so lange fort. Komm jeden Tag, wenn du kannst. Es ist die Stunde der Wahrheit.«

7

In Ganae versteht man das Fernsehen als ein Instrument der Regierung. Was sich eine Woche nach meinem Gespräch mit Jeannot ereignete, könnte also von seinen Mitarbeitern geplant und in Szene gesetzt worden sein. Am Morgen des darauffolgenden Montags wurde nämlich das tägliche Einerlei von Musikkonserven durch eine scheinbar außerplanmäßige Reportage unterbrochen: Bilder von Port Riche im ersten Stadium einer Revolution, wie es aussah.

Im Speisesaal unserer Schule stand ein großer Fernsehapparat. Ich weiß nicht, wer ihn eingeschaltet hatte. Aber kurz vor dem Mittagessen horchte das Personal, das gerade die Tische deckte, plötzlich auf. Minuten später wurde der Unterricht unterbrochen. Priester, Schüler und alle anderen drängten in den großen Saal und machten große Augen.

Wir sahen die Avenue Beaucaire, eine Hauptverkehrsstraße, die auf die Parlamentsgebäude zuführt. Durch diese Straße zog eine Menschenmenge und hielt selbstgemalte Transparente und das inzwischen überall bekannte Bild von Jeannot in die Höhe. Singend wälzte sich dieser Strom zwischen den Häusern hindurch. Die Fernsehleute, ungeübt im Improvisieren, rannten planlos vor den Demonstranten her und schwenkten die Kameras auf die Spruchbänder, um die darauf gemalten Texte einzufangen:

JEANNOT SIND WIR – RAYMOND DIE ANDEREN
ALLE MACHT DEN ARMEN
JEANNOT
UNSERE STIMME – UNTERDRÜCKT SIE NICHT

Wir sahen den Zug immer näher zu den Toren der Parlamentsgebäude vorrücken. Auf dem Hof standen die Wagen der Abgeordneten aufgereiht, ein Zeichen dafür, daß das Parlament tagte. Vor den Toren sprangen soeben Soldaten von Militärlastwagen und bildeten hastig eine Doppelkette, um den Demonstranten den Weg zu versperren. An der Spitze des Zuges sah ich vier junge Priester in weißen Soutanen, zwei mit großen Prozessionskreuzen, die beiden anderen trugen aufgeschlagene Bibeln, als wollten sie Zeugnis ablegen. Hinter ihnen sah man die wohlbekannten Gesichter aus der Unterstadt, Frauen in häßlichen geblümten Kleidern und weißen Kopftüchern, grauhaarige, triefäugige alte Männer, magere kleine Mädchen in kurzen weißen Hemdchen, verlegene, spindeldürre kleine Jungen. Die Fernsehkameras schwenkten jetzt höher und zeigten die dichtgedrängten Massen hinter diesen sinnbildlichen Vertretern der Slums. Plötzlich vernahm man die Stimme des Kommentators.

»Wir befinden uns auf der Place du Parlement, wo ein Demonstrationszug, angeführt von Anhängern Präsident Cantaves, soeben eintrifft, um gegen das Vorhaben des Parlaments zu protestieren, den Führer der Progressiven Partei, Alphonse Raymond, zum Premierminister Ganaes zu machen. Yves Gabin, Père Cantaves Favorit, wurde vom Parlament mit der Begründung abgelehnt, daß er zu enge Beziehungen zum Präsidenten unterhalte, was einer Einparteienregierung Vorschub leiste. Wie Sie sehen können, handelt es sich bei den Demonstranten um gewöhnliche Menschen, größtenteils aus der Klasse der Armen. Die Menge fordert von den Abgeordneten, sich ihr zu zeigen und zu der Forderung Stellung zu nehmen, aber es sieht zur Zeit nicht so aus, als sollte sie einer Antwort gewürdigt werden.«

An dieser Stelle schienen dem Kommentator die Worte auszugehen. Die Kameras schwenkten planlos über die Köpfe der Demonstranten. Als sie sich zuletzt auf die Soldaten richteten, die vor den Parlamentstoren aufgezogen waren, fand der Kommentator seine Stimme wieder. »Es ist offensichtlich, daß die Armee unter General Hemon den Präsidenten unterstützt und diese Soldaten nur hier sind, um die Ordnung zu wahren. Gewalt wird vermieden.«

Und Gewalttätigkeiten blieben tatsächlich aus. Nach ein paar Minuten zog die Menge wie auf Befehl wieder von den Parlamentsgebäuden ab und ging in ungeordneten Haufen, wie nach einer aufgelösten Demonstration, die Avenue Beaucaire hinauf. Die Kameras wurden abgeschaltet, und auf dem Bildschirm erschien das Innere eines Studios. Ein Ansager teilte uns mit, daß jetzt das normale Programm fortgesetzt werde.

»Ein wahrhaft historisches Ereignis«, meinte Père Duchamp, als wir zum Essen Platz nahmen. »Diktatoren verhindern Demonstrationen. Jeannot provoziert sie. Die Massen sind seine Armee.«

Duchamp liebte sarkastische Kommentare dieser Art, und normalerweise hätte ich seine Bemerkung einfach ignoriert. Aber am Nachmittag dieses Tages bekam ich einen Anruf von Monsignore Taburly, dem amtierenden Geschäftsträger des Vatikans in Ganae, der mich bat, ihn in einer wichtigen Angelegenheit aufzusuchen, über die er am Telefon nicht sprechen könne.

Ich fuhr sofort hin.

Als ich auf dem Weg nach Bellevue durch die Stadt fuhr, sah ich, daß die Marktstände von den Gehsteigen der Rue Royále verschwunden waren, die Geschäfte geschlossen und vergittert wie an einem Sonntag. Auf der Rue Desmoulins wurde mein Wagen von einer Horde junger Burschen angehalten, die neben einem bedrohlich wirkenden Haufen Pflastersteine standen. Drei kamen auf mich zu, jeder mit einem Pflasterstein wurfbereit in der Hand.

»Haben Sie Zigaretten?« fragte einer.

»Laßt mich durch.«

Zuerst starrten sie mich wütend an. Dann erkannte mich einer. *»Pe Paul, Pe Paul. Ami.«*

Das waren also Jeannots Jungen. Sie grinsten verlegen wie Kinder, die man bei einem Streich erwischt hatte, und winkten mich weiter. Aber als ich zurückschaute, hielten sie gerade den nächsten Wagen an.

Auf dem Rasen vor der Nuntiatur wehte noch die päpstliche Fahne, aber das Haus stand ruhig und verriegelt da, als wären seine Bewohner nicht anwesend. Als ich auf dem leeren Hof parkte und läutete, öffnete Taburly mir persönlich die Tür. Er war in einem sonderbaren Aufzug: weiße Hose, offenes Sporthemd und Samtpantoffeln, auf die in Gold seine Initialen gestickt waren. Taburly war Franzose. Ich wußte, daß er über seine Stationierung in Ganae nicht glücklich war. »Kommen Sie herein«, sagte er. »Sehr freundlich von Ihnen, daß Sie so schnell hergefahren sind.«

Er führte mich eine Treppe hinauf in ein großes Zimmer, eine Art Büro mit Faxgeräten, Telefonen und einem Computer. »Ich habe eine Anfrage aus Rom bekommen. Kardinal Innocenti ist besorgt über die Lage, und ich fürchte, ich kann ihn nicht beruhigen. Sie haben die Sendung heute morgen gesehen?«

»Ja.«

Er ging zu einem Schreibtisch und reichte mir ein Fax. Es war auf italienisch. »Entschuldigung«, sagte ich, »aber ich verstehe kein...«

»Natürlich.« Er nahm es wieder an sich. »Es ist vom Kardinal. Ich soll mich mit Ihnen in Verbindung setzen und in Erfahrung bringen, was Sie wissen. Rom sei darüber informiert worden, daß Père Cantave dabei sei, eine Diktatur zu errichten. In diesem Fall müsse er die Garantien, die er Ihnen gegeben habe, noch einmal überdenken, schreibt er. Er bittet um unverzügliche Antwort.«

»Von mir?«

»Von uns beiden. Ich werde Ihren Bericht gern an ihn übermitteln. Wann können Sie ihn mir geben?«

»Ich muß zuerst mit Père Cantave sprechen.«

»Wie Sie meinen. Ich schicke meinen Bericht noch heute abend. Darin werde ich den Kardinal über den heutigen Marsch auf das Parlament informieren. Angesichts der Ereignisse muß ich Rom empfehlen, sich jetzt von Cantave zu distanzieren.«

Während er das sagte, erschien ein Diener in der Tür. Taburly wandte sich an mich. »Ich habe eben Tee bestellt. Möchten Sie mir Gesellschaft leisten?«

»Danke, nein.«

Es war später Nachmittag, als ich zur Schule zurückfuhr. Der Unterricht war vorbei, aber ich sah, daß die Aufgabenräume leer waren, ebenso der Lesesaal, in dem die

Schüler sich in ihren Freistunden gern versammelten. »Wo sind die Jungen denn alle?« fragte ich Noël Destouts.

»Auf den Straßen. Große Aufregung.«

»Was heißt das?«

»Unser Freund Jeannot. Rundfunkansprachen und Demonstrationen. Ziemlich beunruhigend.«

Ich ging ins Lehrerzimmer und drehte den Fernseher und das Radio an. Aus dem Radio kam Trauermusik, im Fernsehen lief eine amerikanische Seifenoper, französisch synchronisiert. Ich ging zum Telefon und rief im Palast an. Alle Leitungen besetzt. Ich wählte und wählte, und etliche Minuten später bekam ich Pelardy an den Apparat.

»Wie kann ich Jeannot erreichen? Ist er im Palast?«

»Darf ich fragen, worum es geht, Hochwürden?«

»Ich habe Nachricht aus Rom.«

»Augenblick. Ich sage es ihm.«

Ich wartete. Dann meldete sich eine andere Stimme. »Der Präsident fährt in zehn Minuten zu Radio Libre. Wo sind Sie?«

»Im Wohnheim.«

»Bleiben Sie bitte am Apparat.«

Wieder Warten, dann sagte dieselbe Stimme: »Wenn Sie vor dem Wohnheim warten wollen, werden Sie in etwa fünfzehn Minuten von einem Wagen abgeholt.«

Ich ging auf den Hof hinunter. Es wurde dunkel. In der Garage hörte ich ein Radio laufen. Jetzt wurde es ausgeschaltet, und Hyppolite kam heraus und fragte, ob ich den Wagen brauchte.

»Nein, ich warte auf jemanden.«

»Schlimm in der Stadt«, sagte Hyppolite. »Gerechtigkeit fängt an. Fängt jetzt an.«

»Was soll das heißen?«

In diesem Moment wurde draußen auf der Straße ungeduldig gehupt. Ein schwarzer Mercedes war vorgefahren. Ti-Tomas, einer von Jeannots selbsternannten Leibwächtern, stieg aus und winkte mir. Vorn neben dem Fahrer saß Mathieu Clément, Jeannots neuer Pressesekretär. Als Ti-Tomas mir die Tür aufhielt, sah ich im Fond Jeannot zusammengekauert über einem Funkgerät sitzen. Er sah nicht zu mir auf, sondern lauschte gebannt einem unverständlichen Genuschel, das aus dem Gerät kam. Dann beugte er sich vor und tippte Clément auf die Schulter. »Nein, nein, wir müssen hin.«

»Was ist denn los?« fragte ich.

»Es gibt Ärger. Wir haben es eben über Funk gehört.«

Der Wagen fuhr los, und ich sah Jeannot an. Er hatte die Augen geschlossen und die Stirn in tiefe Falten gelegt, als versuchte er, sich an etwas zu erinnern oder sich etwas einzuprägen. Wir schlängelten uns durch die engen Sträßchen und gelangten zu La Canabière, dem Boulevard, der zur Küste führt.

»Wo fahren wir hin?« fragte ich, denn es war offensichtlich, daß es hier nicht zu Radio Libre ging.

Keiner antwortete. Wir fuhren unter den zerbröckelnden Torbögen des alten Ausstellungsgeländes hindurch. Vor uns erhob sich auf einer Landspitze über dem Meer der graue Klotz des Forts Noël, des großen Gefängnisses von Port Riche. Wie alle berüchtigten Gefängnisse war es ein Ort der Legende, sein Name ein anderes Wort für Terror. Wir fuhren jetzt auf der schmalen Straße, die zum Gefängnistor führte. Vor uns eine Schlange sich nur langsam vorwärts bewegender Autos. Als Jeannot sie sah, rutschte er von seinem Sitz herunter und duckte sich auf den Wagenboden, damit man ihn nicht bemerkte. Gerade wollten wir uns geduldig der Schlange anschließen, als hinter uns eine Sirene losheulte. Ein Polizeiwagen setzte sich mit blinkenden Warnlichtern neben uns. Der Fahrer gab Mathieu Clément ein Zeichen, dann setzte der Polizeiwagen sich vor uns und führte uns an der Schlange vorbei bis unmittelbar vor die dräuenden Gefängnismauern. Dort hatte sich eine große Menschenmenge versammelt. Sie hielten Transparente in die Höhe, skandierten Sprüche und schlugen lange Stöcke aneinander, um Lärm zu machen. Gesichter drückten sich an unsere Scheiben. Ich beugte mich über Jeannot, um ihn den Blicken zu entziehen. Das Gefängnistor öffnete sich, um uns einzulassen, und wir fuhren an einer Doppelreihe von Militärlastwagen vorbei, auf denen Soldaten mit Schnellfeuergewehren saßen. Suchscheinwerfer huschten über die hohen Mauern und schwenkten dann auf die Demonstranten. Als ich mich einmal umsah, konnte ich eines der Spruchbänder über den Köpfen der Menge lesen:

OU EST CAROLINE?

Vier Offiziere des Generalstabs salutierten, als Jeannot auf dem Gefängnishof aus dem Wagen stieg. Ein Sergeant machte auf dem Absatz kehrt und rannte ins Gefängnisgebäude. Augenblicke später erschien General Hemon, ein großer, korpulenter Mann mit kurzgeschorenem grauem Haar und Schnurrbart, begleitet von einem untersetzten Mulatten, der einen grünen Arbeitsanzug und Turnschuhe trug.

Jeannot sah zu Mathieu Clément. »Wer ist das?« fragte er leise.

»Der Gefängnisdirektor.«

Hemon, der Direktor und Jeannot entfernten sich ein paar Schritte von uns. Jeannot sagte etwas, und der General schüttelte den Kopf. Jeannot sprach mit dem Gefängnisdirektor, der nickte und einem Untergebenen ein Zeichen gab. Hemon ließ Jeannot brüsk stehen und begann unter den Augen seiner Offiziere allein auf dem Gefängnishof auf und ab zu gehen.

Vor den Gefängnismauern ging der Lärm weiter. Ich sah zum Tor zurück, wo soeben zwei Übertragungswagen des staatlichen Fernsehens hereingelassen wurden. Das Fernsehteam baute seine Geräte auf. Aus dem Gebäude kamen zwei Wärterinnen. Zwischen ihnen, die Hände mit Handschellen und einer Kette um die Taille gefesselt, ging Caroline Lambert. Sie trug ein kurzes graues Gefängniskleid mit einer auf die Schulter gedruckten Häftlingsnummer. Ihre langen blonden Haare, jetzt nicht mehr coiffiert oder gefärbt, hatten Strähnen in ihrer natürlichen braunen Farbe. Sie war blaß und sah krank aus, ganz anders als die mondäne Frau, die ich von Fotos kannte. Aber ihre Schönheit schlug mich in ihren Bann. Ich sah sie sich umdrehen und Jeannot anstarren, als hätte sie ihren Henker vor sich. Jeannot sah das auch, ging auf sie zu und nahm ihre Hände in die seinen, als wäre sie eine liebe alte Freundin. Es war ein sonderbares Tableau: der häßliche Gefängnishof, erhellt von Suchscheinwerfern; ein kleiner, jugendlich wirkender Schwarzer, der die gefesselten Hände einer hochgewachsenen schönen Mulattin hielt.

»Es tut mir leid, Madame«, sagte Jeannot. »Glauben Sie mir, ich belästige Sie heute abend nur, weil es sein muß. Einige ausländische Rundfunkstationen haben die Meldung verbreitet, Sie wären aus dem Gefängnis geflohen. Das geschah natürlich in böser Absicht, um unser Volk in

Wut zu bringen und Unruhen zu schüren. Ich muß Sie deshalb um Ihre Hilfe bitten.«

Er drehte sich um, ging zum Gefängnisdirektor und sprach mit ihm. Der Direktor gab ein Zeichen, und augenblicklich flogen die Gefängnistore auf. Als die Menge das sah, stürzte sie brüllend und stöckeschlagend zum Eingang. Jeannot nahm Caroline Lamberts Arm und führte sie nach vorn, wie bei einem Staatsakt. Da es dunkel war, konnte die Menge Jeannot und Caroline erst sehen, als die Scheinwerfer auf das Innere des Hofs schwenkten.

Jeannot ließ Caroline los und trat in das gleißende Licht. Sofort brauste Jubel auf. Er wandte sich wieder zurück in den Schatten, um Caroline in den blendenden Lichtschein zu führen. Schon verwandelte sich die Masse in eine rasende Bestie. Man brüllte ihren Namen, schrie ihr Obszönitäten entgegen, schüttelte die Fäuste und lärmte mit den langen Stöcken. Die Soldaten auf den Lastwagen draußen vor dem Gefängnis standen auf und richteten ihre Gewehre auf die brüllende Menge. Ich sah Caroline zusammenzucken und in den Schatten flüchten. Jeannot ließ sie gehen. Er trat in die Mitte des Lichtkegels und hob die Hände, um Ruhe zu gebieten. Jetzt verstummte das Gebrüll.

Brüder und Schwestern.
Ihr kennt diese Frau.
Ihr seht sie heute abend vor euch.
Es ist nicht wahr, daß sie geflohen sei.
Sie ist in unserem Gewahrsam.
Sie ist die Frau von King Coke.
Er hat ihr Pelze und Juwelen geschenkt,

er hat sie mit Schätzen überhäuft.
Schätzen, die er aus dem Elend der Armen gewann.
Und sie hat ihm geholfen, ja, geholfen.
Darum ist sie jetzt hier.
Wir haben Gerichte,
und das sind Gerichte des Volkes.
Sollen diese Gerichte ihre Strafe bestimmen.
Wir müssen gerecht sein.
Ich bin heute abend hier, um das Recht durchzusetzen.
Warum?
Weil einer, der größer ist als ich,
mir diese Aufgabe zugewiesen hat.
Jesus liebte die Armen.
Er hat sein Leben für sie geopfert.
Wie ich mein Leben für euch opfern würde.
Wir müssen bereit sein, so zu handeln wie er.
Füreinander unser Leben hinzugeben.
Brüder und Schwestern.
Fürchtet euch nicht.
Wir werden unser Paradies erlangen,
das verspreche ich euch.
Seht diese Frau an.
Sie ist in unserem Gefängnis.
Es war das Gefängnis des Diktators Doumergue.
Die Armen Ganaes sind darin gestorben.
Hier wurden sie gefoltert.
Hier wurden sie erschossen und erwürgt.
Gerichtsverfahren gab es nicht zu dieser Zeit.
Es gab keine Gerechtigkeit.
Sind wir Doumerguisten?

»Nein!« schrie die Menge.

Dann geht jetzt nach Hause in Zuversicht.
Diese Frau
wird unserer Gerechtigkeit nicht entgehen.
Sie wird eine von vielen sein.
Ihr sollt Gerechtigkeit bekommen,
das verspreche ich euch.
Und nun bitte ich euch, jeden einzelnen von euch.
Euch alle bitte ich,
wo immer ihr zuseht,
wo immer ihr zuhört.
Ich bitte euch, es euren Freunden zu sagen.
Keine Unruhen heute nacht auf unseren Straßen.
Niemand stehle des anderen Besitz.
Wir sind eins!
Wir sind das Volk und gehören zusammen.
Ich segne euch, meine Brüder und Schwestern.
Geht jetzt hin in Frieden.

Er verließ den Lichtkegel, und die Scheinwerfer richteten sich auf die Menge vor dem offenen Tor. Das Tor schloß sich. Die Scheinwerfer verloschen und überließen die Demonstranten der Dunkelheit. Hier und da wurde wieder mit Stöcken geschlagen und »Jeannot! Jeannot!« gerufen, aber die Begeisterung hinter den Rufen ließ nach.

Auf dem verdunkelten Hof wandte Jeannot sich an General Hemon. »Liegen Meldungen über weitere Demonstrationen vor?«

»Die Lage beruhigt sich. Hier in Port Riche zumindest.«

»Ich bin heute abend im Palast, falls Sie mich brauchen«, sagte Jeannot. Hemon nickte und ging zu seinem Dienstwagen. Ich stand in diesem Moment in Jeannots unmittelbarer Nähe. Caroline Lambert, flankiert von ihren Wärterinnen, drehte sich um und näherte sich uns. Zu meiner Verwunderung sprach sie aber nicht Jeannot an, sondern mich.

»Sie sind Père Paul Michel?«

»Ja.«

»Ich kenne Sie nicht, Hochwürden, aber ich habe schon viel von Ihnen reden hören. Kann ich Sie unter vier Augen sprechen? Das heißt, mit Erlaubnis des Präsidenten.«

Ich sah zu Jeannot, der sofort sagte: »Aber natürlich, Madame. Paul, ich muß wieder in den Palast, aber ich schicke dir einen Wagen, damit du hinterher zu mir kommen kannst.«

Er wandte sich an Caroline Lambert. »Gute Nacht, Madame. Und nochmals vielen Dank.«

Hemons Dienstwagen war schon zum Tor hinaus. Jeannots Gehilfen standen wartend neben dem schwarzen Mercedes, während Jeannot sich mit Händedruck von dem Gefängnisdirektor verabschiedete. Der Mercedes fuhr in die Nacht hinaus. Das Tor fiel ins Schloß, und auf ein Zeichen des Direktors führten die Wärterinnen uns in das Gefängnis. Wir hatten das Gebäude kaum betreten, als mir ein durchdringender Gestank in die Nase stieg, eine Mischung aus Exkrementen und starken Desinfektionsmitteln. Ich folgte Caroline Lambert über schlecht beleuchtete Korridore, vorbei an stinkenden Zellen voller Häftlinge, die bei ihrem Anblick außer Rand und Band gerieten und ihr Beleidigungen und Drohungen nachschrien, noch schlimmer als der Pöbel vor dem Gefängnistor. Einige machten anzügliche Gebärden oder mimten, daß sie ihr die Kehle durchschneiden wollten, andere brüllten wie Tiere. Wenn die Gitter nicht gewesen wären, hätten sie uns sicher beide massakriert. Caroline Lambert ignorierte den Tumult und ging unbeirrten Schrittes weiter, den Blick geradeaus. Eine der Wärterinnen schloß eine schwere Eisentür auf, und wir kamen in einen großen Eßsaal, in dem vor kurzem die schmutzigen Tische abgespritzt worden waren, dann weiter in einen schmalen Korridor mit Zellen, in die man von außen nicht hineinsehen konnte. Ein alter Schließer mit einer verblichenen schwarzroten Mütze auf dem Kopf, die ich als die Uniformmütze des Strafvollzugspersonals aus Doumergues Tagen erkannte, schloß eine kleine Eisentür auf, die schaurig quietschte, als er uns einschloß. Ich war jetzt allein mit Caroline Lambert, nicht in einer Zelle, sondern in einer Art Verhörzimmer mit Deckenlampe, einem zerkratzten Holztisch und zwei Stühlen. In einer Ecke standen ein Eimer Wasser und eine Bank, auf der etliche nur undeutlich zu erkennende Gegenstände lagen, unter anderem ein Gummiknüppel. Hier war von dem Gefängnislärm nichts mehr zu hören. Es war ein Raum der Stille.

Ich rückte ihr einen Stuhl zurecht, und wir setzten uns einander gegenüber. Sie war schön. Wenn ich sie so ansah, fühlte ich einen sonderbaren Groll in mir hochsteigen, einen Zorn, den ich in jungen Jahren oft empfunden hatte, wenn ich merkte, daß ich für junge Frauen nur ein Priester war, eben nicht dasselbe wie ein Mann. Ich schämte mich dieser anmaßenden Eitelkeit und wunderte mich, daß ich ihr nun, in meinem siebenundvierzigsten Lebensjahr, wieder erlag.

»Worüber möchten Sie mit mir sprechen, Madame?«

Sie warf einen Blick zur Tür, als sorgte sie sich, daß man uns belauschen könnte. Als sie dann sprach, erinnerte ihr Tonfall an die besseren Pariser Kreise, denn wie so viele aus Ganaes Oberschicht war sie in Frankreich erzogen worden. »Man hat mir von Ihnen erzählt«, sagte sie. »Simon Lamballe sagt, Sie wären ein guter Mensch, kein Politiker wie Père Cantave. Und Artemis Brun. Ich weiß, daß er ein schlechter Mensch war, aber als er ins Gefängnis kam, haben Sie aus eigener Tasche seine Frau unterstützt und seinen Sohn in der Schule behalten. Es sind viele Geschichten über Sie im Umlauf, aber die kennen Sie besser als ich. Man sagt, daß Sie es sind, der Cantave davon abhält, furchtbare Dinge zu tun.«

»Das stimmt nicht. Was wünschen Sie von mir?«

»Es gibt keinen Grund, warum Sie mir helfen sollten.« Während sie sprach, fuhr sie sich abwesend mit den Fingern durch das lange, dunkel gesträhnte und, wie ich jetzt sah, schmutzige Haar. »Ich weiß, wie sehr ich gehaßt werde. Überall in unserem Land hat man den Leuten von meinen Partys erzählt, dem Kaviar, den ich meinen Gästen vorsetze, den Kisten Champagner, die in meinem Haus getrunken werden, während draußen auf den Straßen Verzweiflung, Aids und schreckliche Armut herrschen. Ich weiß, daß hier täglich Kinder verhungern. Ja, ja, das ist wahr, aber Armut gab es in Ganae schon immer. Aber wissen Sie, Hochwürden, ich habe mir meine Eltern nicht ausgesucht. Ich gehöre zu der Klasse, die Ihr Freund Cantave die Elite nennt. Es war für mich ganz normal, über gute Kleidung, Luxus und all das zu verfügen. Schließlich war mein Großvater Präsident dieses Landes. Ich habe Alain Lambert geheiratet, einen Mann meiner Klasse und Offizier der Armee. Von diesen Drogengeschichten hat mir vor der Heirat niemand etwas erzählt. Nach so etwas habe ich ihn auch nicht gefragt. Nie. Das tat man einfach nicht. Natürlich wußte ich, daß er Geld hatte, viel Geld. Aber in meinen Kreisen gilt es als selbstverständlich, daß hohe Offiziere Zugang zu guten Geschäften und allerlei Privilegien haben. Man bestraft mich jetzt nicht für etwas, was ich getan habe, sondern für das, was ich bin. Ich bin Alain Lamberts Frau. Das ist mein Verbrechen. Und dafür werde ich sterben.«

»Nicht sterben«, sagte ich. »Ein Gericht würde vielleicht Ihren Mann zum Tode verurteilen, obwohl ich auch das bezweifle. Aber jedenfalls nicht Sie.«

»Woher wissen Sie das? Wenn Sie so etwas sagen, kennen Sie Ihren Freund Cantave nicht. Er begreift sich als Instrument der Rache. Jetzt hat er den Pöbel dazu aufgehetzt, das Gesetz in die Hand zu nehmen.«

»Das ist nicht wahr.«

»Und ob es wahr ist. Sind Sie denn blind, Hochwürden? Ich bin es jedenfalls nicht. Zwei Monate bin ich jetzt hier. Der Anwalt, den Ihre Regierung mir gestellt hat, versichert mir, ich würde nicht zum Tode verurteilt. Aber das bin ich schon. Man hat mich schon zweimal zu ermorden versucht.«

»Wie soll ich das verstehen?«

»Sie haben doch draußen die Leute gesehen. Sie hassen mich. Sehen Sie mal her.« Sie zog ihr Gefängniskleid am Kragen auseinander und entblößte ihre Schulter und den oberen Teil ihrer Brust. Eine lange, häßliche Narbe, rot und noch ganz frisch, war tief in ihr Fleisch gegraben. »Das ist vorige Woche passiert, als ich auf der Toilette war. Die Gefängnisleute haben sich nicht einmal die Mühe gemacht, die Wunde zu verbinden. Ausgelacht haben sie mich. Dann hat mir vor vier Tagen jemand ein Bein gestellt, als ich ganz oben im Treppenhaus stand. Wenn ein *mulâtre* mich nicht aufgefangen hätte, wäre ich dreißig Meter tief in den Tod gestürzt. Hinterher haben andere

Gefangene den Mann verprügelt, der mich gerettet hat. Und die Wärter haben dabeigestanden und gelacht. Dasselbe kann morgen wieder passieren, oder nächste Woche. Die wollen erst gar keinen Prozeß abwarten. Verstehen Sie jetzt, Hochwürden? Die wollen mich umbringen. Ich habe mich beim Direktor beschwert, aber der ignoriert das einfach. Ich habe an Cantave geschrieben. Vielleicht hat mein Brief ihn ja nie erreicht. Will er nun einen Prozeß, oder will er, daß ich totgeschlagen werde wie ein Hund? Fragen Sie ihn das mal.«

Sie griff über den Tisch und legte ihre gefesselten Hände auf meine. Es war eine intime Berührung. Ich kann es nicht erklären, aber sie war auf eine Weise erotisch, die ich mir insgeheim wünschte. Ich glaubte ihr. Schließlich war ich eben erst an diesen Zellen vorbeigekommen, an diesen schreienden, kreischenden Gesichtern. Ich sah sie an, und in diesem Moment erfüllte mich ein unwiderstehliches, hoffnungsloses Verlangen.

»Ich will Ihnen helfen«, sagte ich. »Ich werde sofort mit ihm sprechen.«

Sie drückte meine Hand ganz fest. Tränen stiegen ihr in die Augen. Wir sahen einander lange an, dann zog sie ihre Hand zurück und stand auf. Man hatte uns anscheinend beobachtet, denn kaum war sie aufgestanden, hörte ich die Tür mit diesem schaurigen Rattenquietschen aufgehen. Der alte Schließer stand im Türrahmen und legte die Hand an die Mütze. »Fertig, *Mon Pe*?«

»Ja.«

»Folgen Sie mir, *Mon Pe*.«

Wir gingen auf den Korridor. Die beiden Wärterinnen, die dort gestanden hatten, gingen zu Caroline, und ich sah, daß man sie in eine andere Richtung abführen würde. Caroline Lambert sah die Wärterinnen an, zögerte, drehte sich noch einmal zu mir um und lächelte in einer Parodie der Wohlerzogenheit, die sie ihr ganzes Leben lang gepflegt hatte.

»Danke für Ihren Besuch, Hochwürden. Entschuldigen Sie, daß ich Sie so lange aufgehalten habe.«

Die Wärterinnen nahmen sie in die Mitte. Mit einer unbezähmbaren Sehnsucht im Herzen sah ich ihr nach, bis sie außer Sicht war.

8

Ein schwarzer Mercedes mit dem Präsidentenstander an der vorderen Stoßstange erwartete mich auf dem Gefängnishof. Der livrierte Chauffeur hielt mir die Tür auf und legte respektvoll die Hand an die Mütze, bevor er sich hinters Steuer setze. Wir fuhren durch die verdunkelten Straßen einer Stadt, die im Schlaf zu liegen schien. Es herrschte kaum Verkehr, und von Polizei oder Militär war nichts zu sehen. Aber irgendwo in der Ferne hörte ich laute Stimmen, und als wir durchs Marktviertel fuhren, war dort der Himmel rot von brennenden Scheiterhaufen, die von grölenden und offenbar betrunkenen Jugendlichen geschürt wurden. Das Schreien und Johlen wurde wieder leiser, als wir uns der mitternächtlichen Grabesstille um die Parlamentsgebäude näherten und schließlich auf den großen, leeren Platz vor dem stillen Palast kamen.

Ich wurde erwartet. Mathieu Clément, Jeannots Pressesekretär, stand am Haupteingang, und wieder wurde ich die vielen Marmortreppen hinauf in den Ostflügel geführt, wo Jeannot seine Privatgemächer hatte. Heute nacht war er nicht in seinem Schlafzimmer, sondern in einer großen Bibliothek, einem dieser Repräsentationsräume, in denen sich Regierende mit wichtigen ausländischen Staatsgästen lächelnd vor die Kameras zu stellen und Konversation zu mimen pflegen.

Jeannot stand am Fenster und sah in die Nacht hinaus. Als er sich umdrehte, spürte ich seine Gereiztheit.

»Nun, was gibt es also Neues aus Rom?«

»Kardinal Innocenti erhält Berichte, nach denen du eine Diktatur zu errichten versuchst.«

»Berichte von wem? Taburly? Dem Erzbischof?«

»Von beiden wahrscheinlich«, sagte ich. »Aber ich nehme an, daß Rom irritiert ist, weil die Auslandspresse jetzt gefährliche Dinge über dich zu verbreiten beginnt. Du hast sicher die Artikel in der *New York Times* und *Le Monde* gelesen. Daß du es ablehnst, mit dem Parlament zu verhandeln; daß du deinen eigenen Premierminister ernennen willst – für die Außenwelt sieht das so aus, als ob sich hier seit Doumergue nichts geändert hätte. Und diese Demonstrationen jetzt – nenn sie, wie du willst, aber sie werden als Aufrufe zur Gewalt verstanden.«

»Das sind sie doch gar nicht. Sie sind nichts weiter als eine Warnung, daß jetzt das Volk die Macht hat und von ihr Gebrauch machen wird, um seine Ziele zu erreichen.«

»*Seine* Ziele?« fragte ich. »Was heißt das?«

»Gerechtigkeit.«

»Gerechtigkeit? Was ist das für eine Gerechtigkeit, eine Frau wie Caroline Lambert vor Gericht zu stellen, während die eigentlichen Verbrecher in Paris frei herumlaufen? Oder einen Mann wie Elie Audran zu verhaften, dessen größtes Verbrechen offenbar darin besteht, daß er mit Macandal verschwägert ist? Wie viele andere kleine Sünder hast du in letzter Zeit noch einsperren lassen?«

»Du verstehst gar nichts. Das ist eine Botschaft an unsere Feinde.«

»Wem schickst du was für eine Botschaft, indem du seine Frau in den Kerker wirfst?«

»Aha«, sagte er. »Caroline Lambert. Das ist dir also auf den Magen geschlagen, ja?«

Mein Gesicht fühlte sich ganz heiß an. »Was willst du damit sagen?«

»Ich hätte es mir denken können. Sie ist wirklich raffiniert. Hat sich genau den Richtigen ausgesucht. Der gute, liebe Père Michel, dessen großes Herz doch jeder kennt. Was hat sie dir denn erzählt? Daß sie ein Opfer meiner Paranoia ist? Hat sie sich dir zu Füßen geworfen? Sag schon, Paul.«

»Irgendwann wird man sie demnächst ermorden.«

»Wer?«

»Leute, die du gelehrt hast, sie zu hassen. Ihre Mitgefangenen in Fort Noël.«

»Sagt sie das? So ein Unsinn.«

»*Ist* es Unsinn?«

Er sah mich groß an. »Wieso glaubst du ihr?«

»Wieso nicht? Weil sie keine Verbrecherin ist. Sie ist nichts weiter als Lamberts Frau. Merkst du nicht, was du da tust? Du machst sie zum Sündenbock für alles, was hier im argen liegt. Du hast heute abend den Pöbel vor dem Gefängnis gesehen. Du hast aber nicht gesehen, was ich gesehen habe, nämlich den Pöbel drinnen, die Häftlinge, wie sie ihr nachgebrüllt haben. Die haben schon versucht, sie umzubringen. Zweimal. Hast du ihren Brief bekommen?«

»Was für einen Brief?«

»*Hast* du ihn bekommen?«

Ich war laut geworden. In all den Jahren, die wir zusammen waren, hatten Jeannot und ich noch nie in diesem Ton miteinander gesprochen.

Er blieb eine Weile stumm. Dann sagte er: »Sogar du. Ich hab's ja schon gehört, aber nicht geglaubt. Sie wickelt jeden Mann um den Finger. Jeden.«

Mein Zorn war so groß, daß ich ihm nicht antworten konnte. Da kam Jeannot zu mir, faßte mich mit dieser

Anmut, die ihm schon immer zu eigen gewesen war, bei den Schultern und sagte: »Entschuldige, Paul. Das hätte ich nicht sagen dürfen. Vielleicht hast du ja recht. Ich werde den Gefängnisdirektor bitten, sie unter besonderen Schutz zu stellen.«

»Das genügt nicht.«

»Was schlägst du denn vor?«

»Wir müssen sie fortbringen.«

»Und wohin?«

»Da habe ich mir schon etwas ausgedacht. Ein sicherer Ort. Ich muß mich noch erkundigen, ob es möglich ist, sie dort unterzubringen.«

»Gut. Dann tu das.« Er wandte sich zum Fenster und sah in die Nacht hinaus. Mondlicht überflutete den großen Platz. »Sprechen wir über Rom«, sagte er. »Wenn Rom mich zwingt, zwischen Priesteramt und Präsidentschaft zu wählen, was mache ich dann? Ich habe gar keine Wahl, denn ich sehe mich, wo ich gehe und stehe, als Priester. Kannst du ihnen das nicht begreiflich machen? Kannst du Kardinal Innocenti nicht irgendwie beruhigen?«

»Ich kann es versuchen.«

»Bitte, Paul. Es bedeutet mir – aber du weißt ja selbst, was das für mich bedeutet.«

Tags darauf faxte ich einen Bericht an Kardinal Innocenti. Ich wählte nicht den Weg über die Nuntiatur, weil ich nicht wollte, daß Taburly gleich eine Gegendarstellung mitschickte. Ich teilte dem Kardinal mit, daß Jeannot die Demonstrationen sehr bedaure und versprochen habe, friedlich mit seinen politischen Gegnern zu verhandeln, wenn in sechs Wochen die Senatswahlen anstünden. Indem ich meinen Bericht so abfaßte, verhielt ich mich, wie immer, loyal gegenüber Jeannot und arbeitete in seinem Sinne, aber zum erstenmal hatten wir miteinander einen Kuhhandel getrieben. Half ich ihm, dann half er mir. Denn ich war – es gibt kein anderes Wort dafür – von Caroline Lambert inzwischen regelrecht behext. In den letzten paar Tagen spukte sie mir andauernd im Kopf herum: wie sie mir in diesem düsteren Raum gegenübersaß, Tränen in den Augen, ihre Hand auf meiner.

Ich hatte einen Plan. Ich erinnerte mich, einmal ein Karmeliterinnenkloster in einem entlegenen Teil von Cap Nord besucht zu haben. Ich konnte die Mutter Oberin telefonisch erreichen. Als ich ihr mein Dilemma erklärte, willigte sie ein, Caroline Lambert bis zum Prozeß bei sich aufzunehmen.

Noch am selben Abend fuhr ich zum Präsidentenpalast. Jeannot empfing mich beim Abendessen. Er saß mit seinen Mitarbeitern an einem langen Tisch, wo sie alle miteinander aßen und diskutierten. Zuerst berichtete ich ihm von meinem Schreiben an Kardinal Innocenti. Er war sehr angetan. Dann erzählte ich ihm von dem Karmeliterinnenkloster. Er sah sich nach links und rechts um, ob einer seiner Mitarbeiter zuhörte. Aber es wurde gerade laut darüber debattiert, wie man Reis zu einem hungernden Dorf in Mele bringen könne.

Jeannot lehnte sich zu mir herüber. »Wie kommt sie dahin? Es muß auf jeden Fall heimlich geschehen. Jemand muß sie begleiten. Wem können wir trauen?«

»Ich bringe sie selbst hin.«

Schweigen. Dann sagte er: »Du weißt, daß ich das nicht gern tue. Du weißt aber auch, daß ich dir nichts abschlagen kann. Nun etwas anderes: Dieses Kloster ist ja kein Gefängnis. Was hindert sie an der Flucht?«

»Das Kloster ist so gut wie ein Gefängnis. Ganz abgelegen, hoch oben auf einem Berg, und der einzige Zugang ist ein unbefestigter Weg, auf dem man nur zu Fuß oder per Maultier weiterkommt. Kein Dorf in sechzig Kilometern Umkreis. Ich habe mit der Oberin gesprochen, die mir zugesichert hat, sie nicht aus den Augen zu lassen. Wenn es dann wirklich zum Prozeß kommt, muß sie wieder nach Port Riche zurück, das ist mir klar.«

Er sah mich an. »Und die andere, wichtigere Angelegenheit?« fragte er. »Wenn du nicht in der Schule bist, wie soll ich gewarnt werden?«

»Man hat uns gesagt, daß vor den Wahlen Ende April nichts passiert. Morgen ist der 15. März. Ich bin höchstens drei Tage fort.«

»Trotzdem ...«

»Hör zu. Wenn der Oberst kommt, nimmt Noël Destouts die Nachricht an. Noël Destouts springt für mich ein. Er ist dein Freund. Wir können ihm vertrauen. Ich werde ihn bitten, dich anzurufen.«

»Er ist mein Freund«, sagte Jeannot. »Aber ich möchte nicht, daß du ihm sagst, worum es geht. Darin waren wir uns doch einig, ja? Niemandem etwas zu sagen.«

Ich tat also, worum Jeannot mich gebeten hatte. Ich sagte Noël nur, daß die Nachricht des Obersten, wenn sie käme, eine verschlüsselte politische Mitteilung sei, die er nach dem Empfang sofort an Jeannot weitergeben müsse.

»Und wo willst *du* hin?« wollte Noël wissen.

Ich log. Ich erzählte allen im Gymnasium, daß ich nach Cap Nord führe, weil Jacques Letellier, einer unserer ehemaligen Stipendiaten, jetzt Richter, schwer erkrankt sei. Am Tag nach meinem zweiten Zusammentreffen mit Jeannot fuhr ich nach Laramie zu dem Waisenhaus, das von den Marienschwestern geleitet wurde. Dort bekam ich eine Nonnentracht und Sandalen, die ich in einer Segeltuchtasche verstaute. Schwester Dolores, eine große, stattliche Ganaeserin, der diese Tracht gehörte, hätte zu gern gewußt, wozu ich sie brauchte. Ich weiß nicht mehr, was ich ihr vorgelogen habe, aber Ausflüchte gingen mir inzwischen schon leicht über die Lippen.

Am nächsten Morgen fuhr ich kurz vor Morgengrauen zu den furchterregenden Mauern von Fort Noël. Jeannot hatte mich telefonisch angemeldet. Ich wurde sofort eingelassen und ins Büro des Direktors geführt, wo Caroline Lambert schon auf einer Bank saß. Der Direktor, der früh aus dem Bett geholt worden war, trank an seinem Schreibtisch Kaffee. Ich reichte ihm den Brief, den Jeannot mir mitgegeben hatte. Er las ihn mißtrauisch und fragte dann: »Wohin wird sie gebracht?«

»Bedaure, das darf ich nicht sagen.«

Ich öffnete die Reisetasche und entnahm ihr die Nonnentracht nebst Sandalen. »Ziehen Sie das an«, sagte ich.

Der Gefängnisdirektor sah zu, wie sie sich in die altmodische und für sie viel zu große Tracht hüllte.

»Die Kopfbedeckung weiter nach vorn ziehen«, sagte ich. »Damit sie Ihr Gesicht verdeckt.«

»Keine Entlassungsurkunde, kein Überstellungsbefehl«, sagte der Direktor. »Es ist, als ob ich sie einfach laufenließe.«

Er stand auf und sah auf den Gefängnishof hinaus.

»Ist das Ihr Wagen da unten?«

»Ja.«

»Die Sechsuhrschicht tritt in etwa zehn Minuten ihren Wachdienst an. Wenn Sie sich beeilen, glaube ich nicht, daß jemand sie bemerkt.«

So fuhren denn im Morgengrauen ein Priester und eine Nonne zum Gefängnistor hinaus und zum Busbahnhof in der Rue Desmoulins, wo die klapprigen öffentlichen Busse in die ländlichen Provinzen abfuhren.

»Wohin bringen Sie mich?«

»In ein Kloster, ziemlich weit von hier.«

»Kein Gefängnis?«

»Nein. Aber Sie müssen dort eine Zeitlang bleiben. Ich habe mich dafür verbürgt, daß Sie nicht fliehen werden. Ich muß Ihnen vertrauen. Und ich bitte Sie, mir zu vertrauen.«

Sie drehte sich um und sah mir voll ins Gesicht. »Natürlich vertraue ich Ihnen.«

Als wir zum Busbahnhof kamen, wartete draußen Hyppolite. Er sah die »Nonne« in meiner Begleitung nicht an. Als ich ihm die Autoschlüssel gab, lächelte er und sagte: *»Bon voyage, Pe Paul.«*

Wir sahen ihn mit dem Wagen davonfahren. Ich führte Caroline in den Bahnhof und zeigte auf eine Bank in der Nähe der Fahrkartenschalter. »Warten Sie dort auf mich?«

Sie nickte und setzte sich, den Kopf tief gesenkt, das Gesicht unter der großen Haube verborgen. Ich ging an den Schalter und löste zwei Fahrkarten nach Damienville, der letzten Station auf der Strecke nach Norden. Während ich bezahlte, sah ich mich nach ihr um. Was täte ich, wenn sie jetzt zu fliehen versuchte?

Als ich mit den Fahrkarten und zwei Beignets, die ich an einem Kiosk erstanden hatte, wiederkam, nahm sie diese dankend an und begann zu essen, aber immer so, daß ihr Gesicht vor den anderen Reisenden, die hier herumrannten, einander etwas zuriefen, Fragen stellten und ihre jeweiligen Busse suchten, verborgen blieb. Ich mußte sie noch einmal allein lassen, um mich selbst auf die Suche zu begeben. Nachdem ich den Bus nach Damienville endlich gefunden hatte, belegte ich für uns zwei Plätze in der hintersten Reihe, hinter einer Mutter mit drei lauten kleinen Kindern.

Der halbvolle Bus setzte sich in Bewegung. Sein uralter Motor knatterte und knallte, als wir aus dem Busbahnhof rollten und auf die Rue Desmoulins einbogen. Eines der Kinder, ein Mädchen von höchstens fünf Jahren, streckte den Kopf über die Rückenlehne und starrte uns an. Nach ein paar Sekunden steckte es sich die Zeigefinger in die Ohren und wackelte mit den Händen, damit wir lachen sollten. Caroline Lambert lachte, und vergnügt verzog das Kind sich wieder. Caroline Lambert wandte sich jetzt zu mir und griff nach meiner Hand.

»Danke, daß Sie mir das Leben gerettet haben.«

Ihre Hand auf meiner. Meine Hand um ihre, ganz fest, eine verstohlene Umarmung, etwas Intimeres, als ich es je gekannt hatte. Ich sagte nichts, sie sagte nichts. Das altersschwache Gefährt rumpelte durch die Stadt, anonym und unbemerkt, eine Busladung voll armer Leute – Fabrikarbeiter, Landarbeiter, Kunsthandwerker, die in die Stadt gekommen waren, um ihre Waren feilzubieten. Ich war allein mit ihr, und ihr Körper war mir nah. Ich zitterte in sonderbarer Erregung.

Wenn man in Ganae die Slums der Hauptstadt verläßt, kommt man wie in keinem anderen Land der Welt nur in eine andere Szene des Elends, eine kahlgeschlagene Landschaft, die Felder ausgelaugt durch rücksichtslosen Raubbau, die heruntergekommenen Hütten der Landarbeiter kaum geeignet, Schutz vor sengender Sonne und strömendem Regen zu bieten. Der Bus fuhr den ganzen Tag über staubige Straßen hinauf ins unwirtliche Gebirge, hielt in kleinen Dörfern, meist am Ufer irgendeines Flüßchens, wo Kinder mit großen Augen und unterernährten Körpern sich teilnahmslos um die ein- oder aussteigenden Fahrgäste drängten und um Münzen bettelten. Am Spätnachmittag, noch etwa dreißig Kilometer vor Damienville, stieg dann ein Mann zu, der eine junge Ziege auf dem Arm trug. Er setzte sich auf einen Platz unmittelbar vor uns, und für einen bangen Augenblick schien es, als hätte er Caroline erkannt, so unverwandt starrte er sie mit seinem erregten, halbverrückten Lächeln an. Sie drehte das Gesicht zum Fenster, um diesem Blick auszuweichen, und da sah ich, daß der Mann mongoloid war. Ich lehnte mich zu ihr hinüber und flüsterte auf französisch mit ihr, denn der Mann sprach gewiß nur Kreolisch. Caroline entspannte sich daraufhin ein wenig, behielt aber das Gesicht von ihm abgewandt. Und dann fiel mein Blick auf die Ziege mit ihrem langen, sündigen Gesicht, das aussah wie eine Teufelsmaske im Karneval. Die gelben, grün schillernden Augen starrten mich furchtlos an: die Augen des Bösen. Ich glaube nicht an den Teufel und fürchte mich seit meiner Kindheit nicht mehr vor dem Höllenfeuer. Aber mir war, als ob diese Ziegenaugen auf eine für mich unbegreifliche Weise um meine verborgenen Wünsche wüßten und sie noch aufzureizen versuchten. Ich hörte die Stimme meiner sterbenden Mutter: *»Bitte, Paul. Es ist noch nicht zu spät. Gib den Priesterberuf auf, sofort.«*

Die Ziege warf ruckartig den Kopf hoch und kniff die Augen zu, als schämte sie sich. Ich sah zu Caroline Lambert, verborgen in ihrer Nonnentracht. Sie war siebzehn Jahre jünger als ich, eine schöne Fremde, ein Wesen aus einer Welt, die mir für immer verschlossen war. Mein

Verlangen nach ihr war so unwirklich wie dieser flüchtige Anblick des Teufels in der Maske einer unverständigen Ziege.

Damienville hat nur ein Hotel, eine Bruchbude, in deren Speisezimmer es nach ranzigem Öl roch. Nach dem Essen führte man uns auf unsere Zimmer, verdreckte kleine Zellen. Ich versuchte zu beten und konnte nicht. Grübelnd lag ich auf der schmutzigen Matratze, immer das Wissen im Kopf, daß sie nur ein paar Türen weiter lag, und mein Denken kreiste um die bittere Ironie, daß dieses schöne, sinnliche Gesicht umkleidet war von der Reinheit eines frommen Gewandes.

Am nächsten Morgen mietete ich zwei Maultiere, und wir ritten über einen gewundenen Bergpfad hinauf in eine Region, die Pondicher heißt. Hier im Hochland war die Luft dünn und klar. Das Land war nicht in unendlich kleine Parzellen unterteilt, auf denen arme Subsistenzbauern ihr Leben fristeten, sondern gehörte wenigen reichen Familien, Leuten aus Carolines Kaste. Aus der Höhe sahen wir unter uns Wolken, die wie große graue Luftschiffe in die Wipfel hoher Nadelbäume trieben. So mußte Ganae vor Hunderten von Jahren ausgesehen haben, in jener unbekannten Zeit der Arunda-Indianer, noch vor der Landnahme durch die Franzosen, lange vor den schwarzen Sklaven, die aus Afrika eingeführt wurden und ihre Freiheit gewannen, indem sie in den Jahren der Rebellion und Rache ihre Herren abschlachteten.

Wir waren allein. Kein Vogel sang. Nur Stille ringsum. Wir ritten durch eine Landschaft so zauberhaft wie ein Gemälde von Poussin. Ich betrachtete die Frau, die vor mir her ritt, deren Körper sich mit jedem Schritt des Maultiers im Sattel auf und ab bewegte, und wieder erfaßte mich dieses Gefühl des Betrogenseins um einen nicht eingeschlagenen Weg, ein ungelebtes anderes Leben.

Kurz vor Mittag setzten wir uns hoch über einer tiefen Talschlucht auf einen Felsen und aßen die Sandwichs, die ich uns morgens in Damienville besorgt hatte. Sie erzählte mir von ihrer Erziehung in einem Kloster der Sœurs de Charité in Paris.

»Ich war zwölf, als ich nach Paris kam. Vorher war ich nie aus Ganae herausgekommen und kannte Ihre Welt nicht. Ich mußte erleben, daß ich für die Weißen in Frankreich eine *noire* war. Ich habe viel geweint. Wie konnten sie mich für eine Schwarze halten? Sehen Sie mich an. Wenn Sie mir in Paris auf der Straße begegneten, würden Sie etwa denken, daß ich eine dreckige Schwarze bin?«

»Wieso sind Schwarze dreckig?«

»Sie haben meine Frage nicht beantwortet.«

»Und Sie die meine nicht.«

Sie sah mir ins Gesicht. »Hätten Sie das alles für mich getan, wenn ich eine Schwarze wäre?«

»Ja. Das hat damit gar nichts zu tun.«

»Sind Sie sicher?«

Ich konnte sie nicht ansehen. Ich wandte mich ab.

»Entschuldigung, Hochwürden. Verzeihen Sie mir. Aber wir sprachen von den *noirs*. Nicht einmal in Ganae möchte jemand schwarz sein.«

»Das stimmt nicht.«

»Nein? Wieso versucht dann jeder *noir*, der es in Ganae zu etwas bringt, seine Kinder in Ihre Schule zu schicken? Warum versuchen seine Kinder so zu werden wie wir? Uns zu heiraten, so zu leben wie wir?«

»Das hat nichts mit der Hautfarbe zu tun«, sagte ich. »Es hat damit zu tun, daß Sie alles haben und die Schwarzen nichts. Aber künftig wird sich das alles ändern. Das weiß ich.«

»So? Glauben Sie etwa Ihrem Freund Jeannot? Er ist ein dreckiger Schwarzer, ein kleiner *noir arriviste*, der eifersüchtig auf uns ist, der uns haßt. Er will in diesem Land so eine Art Kommunismus einführen. Aber kein Mensch will doch mehr einen kommunistischen Staat, oder? Was hat er denn für eine politische Linie? Erklären Sie mir die mal. Gar keine hat er. Seine Politik heißt Rache, nur Rache. Und dumm ist er auch. Ganae ist kein großes afrikanisches Land. Es ist eine kleine Insel vor den Küsten Mittelamerikas. Und wen interessiert schon Mittelamerika? Ganae war nicht einmal eine richtige weiße Kolonie. Es ist zweihundert Jahre her, daß wir die Franzosen davongejagt haben. Unsere *noirs* erhielten kein Bildungssystem von weißen Kolonisten wie in Afrika und anderswo. Sie taugen nur als Arbeitskräfte, billige Arbeitskräfte. Unsere Unabhängigkeit ist ein Witz. Wir leben am Rand der weißen Welt und sind abhängig von der weißen Welt. Und das wird sich nie ändern.«

Ich antwortete nicht. Ich stand auf und band die Maultiere los. »Wir müssen vor Dunkelheit das Kloster erreichen«, sagte ich. »Sind Sie soweit?«

Am späteren Nachmittag brach sie das Schweigen, das zwischen uns entstanden war. Das war in dem Augenblick, als wir in der Ferne, über eine tiefe Schlucht hinweg, die Steinmauern und Ziegeldächer des Klosters sahen. Sie zügelte ihr Maultier und zeigte hinüber. »Da soll ich wohnen?«

»Ja.«

»Wann werden Sie mich wieder holen lassen?«

»Frühestens in ein paar Wochen.«

»Sind es französische Nonnen?«

»Zum Teil. Die Oberin ist Französin.«

»Dann bin ich also jetzt wieder in einem Kloster französischer Nonnen. Wie zu meiner Schulzeit. Wer weiß, vielleicht gefällt es mir ja hier. Eine Abwechslung. Womöglich werde ich noch Nonne.« Sie lachte und spornte ihr Maultier an. Wir ritten weiter.

Es war schon dunkel, als ich einem der Klosterdiener half, unsere müden Maultiere abzuzäumen. Die Oberin hatte Caroline Lambert schon ins eigentliche Kloster geführt. Mich brachte man, wie alle durchreisenden Priester, in einem kleinen Gästehaus neben den Ställen unter. Ich nahm mein Abendessen allein im Besuchszimmer des Klosters ein, bedient von einer alten Nonne aus Boucherville, das gegenüber Montreal am anderen Ufer des St.-Lorenz-Stroms liegt. Sie erzählte wie ein Wasserfall von ihrer Schulzeit zu Zeiten Duplessis', der diese kanadische Provinz einmal fast wie ein Diktator regiert hatte.

Am nächsten Morgen las ich für die Nonnen eine Messe. Da der für sie zuständige Priester nur sonntags kam, war das ein besonderes Ereignis. Die Kirche war voll. Der Gottesdienst begann um sieben. Auf dem Weg zum Altar sah ich mich um, ob Caroline Lambert auch gekommen war. Sie war nicht da.

Später, nach meinem Frühstück im Besuchszimmer, bat ich, sie noch einmal zu sehen.

»Ich glaube, sie schläft noch, Hochwürden«, sagte die Oberin. »Soll ich sie wecken?«

»Nein. So wichtig ist es nicht. Sagen Sie ihr, daß ich so bald wie möglich anrufe.«

Es regnete, als ich an diesem Tag mit den beiden Maultieren die gewundenen Pfade hinunterritt und durch Hochnebel in die kleineren Berge oberhalb von Damienville kam. Als ich unter mir die Blechdächer der Stadt erblickte, dunkelte es bereits, und bevor ich dort war, sank die Nacht hernieder. Bald sah ich zwischen den flackernden Straßenlaternen einen helleren Schein lodern. Offenbar brannte es da irgendwo auf einer Müllkippe, kurz vor den ersten Häusern. Etliche Leute, alte und junge, tanzten singend um das Feuer. Krüge mit Schnaps wurden herumgereicht. Wie es aussah, wurde da etwas gefeiert. Soeben stimmte die tanzende, trunkene Menge einen neuen Gesang an, und ich spitzte überrascht die Ohren. Das war nicht irgendein Lied, es war eine Hymne, Jeannots Lieblingshymne: *Dieu et Patrie.*

Ich ritt an dem Feuer vorbei. Ein paar Straßen weiter kam ich auf den Marktplatz von Damienville. Auch hier brannte ein Feuer, das aber schon fast erloschen war. Ein paar Leute gingen stumm daran vorbei und starrten in die sterbenden Flammen. Als ich näherkam, bockte mein Maultier und gab ein heiseres Röhren von sich. Da sah ich, daß man die Rückbank eines Autos auf einen Stapel Steine unmittelbar neben dem Feuer gestellt hatte, und auf dieser Bank saß, mit zwei Drähten daran festgebunden, ein Mann mittleren Alters. Er war tot, sein gedrungener Körper übersät von blutigen Wunden, die aussahen wie von einem Schwert. Sein Gesicht war von Schlägen ganz zerschunden und schwarz. Jemand hatte ihm ein blauweißes Leinenkäppi auf den Kopf gesetzt, wie Doumergues *bleus* sie früher getragen hatten.

Drei alte Männer kamen gerade die Straße herauf und näherten sich dem Leichnam. Einer von ihnen grinste mit zahnlosem Mund verlegen zu mir herüber und rief: »Gerechtigkeit, *Mon Pe*!«

»Wer war dieser Mann?«

»Das wissen Sie nicht? Boulez, der war unter Onkel D. hier Chef der *bleus.* Er wollte Jeannot stürzen. Die *bleus*, sie wollen wiederkommen. Heute haben wir es ihnen gegeben. Gerechtigkeit!«

Er und die anderen Männer gingen zu dem Toten. Einer bückte sich steif und gab dem Leichnam einen Faustschlag in den Magen. »Da hast du's!« brüllte er.

Die beiden anderen drehten sich zu mir um und lächelten betreten, als hätte er einen Fauxpas begangen.

Sie gingen weiter. Das schmuddelige Hotel, in dem ich auf dem Herweg übernachtet hatte, stand auf der anderen Seite des Marktplatzes. Im Näherkommen sah ich an der Wand eine mit Holzkohle aufgemalte Schrift:

BAS LES BLEUS!
BAS LES BLANCS!
MULATRES AU MUR!
TOUCHE PAS NO' PE!

Ich gab einem Hoteldiener Geld, damit er die Maultiere dahin zurückbrachte, wo ich sie gemietet hatte. Ich war zu müde und deprimiert, um das magere Hühnchen zu essen, das im Speisezimmer des Hotels serviert wurde. Als ich die Speisekarte zurückreichte und um etwas Obst bat, hörte ich auf dem Hof ein Radio. Ich erkannte den Sprecher: General Hemon, der Chef des Generalstabs.

»...in Mele. Vier Menschen wurden getötet, etliche weitere verletzt, darunter fünfzehn Soldaten der Nationalgarde. Das sind zusammen mit den schon genannten Zahlen aus der Hauptstadt über vierzig Tote. Um weitere Gewaltakte zu verhindern, habe ich zusätzliche

Truppen in die Hauptherde der Unruhen entsandt und den Kommandeur der Nordregion angewiesen, Verstärkung nach Pondicher zu schicken. Präsident Cantave hat seinem tiefen Bedauern über die Todesfälle Ausdruck gegeben. Er wird morgen vormittag um zehn im Parlament sprechen. Bis dahin gibt die Armee folgende Warnung aus: Demonstranten, die Macheten bei sich tragen, werden verhaftet. Plünderer werden erschossen.«

Als Hemon geendet hatte, erklang die Nationalhymne, aber schon nach ein paar Takten sprach ein Ansager dazwischen: »Soeben wird uns eine frühere Meldung über Sachbeschädigungen im Stadtteil Bellevue bestätigt. Oberst Lamberts Villa ›Shalimar‹, in der seine Frau Caroline den internationalen Jet-set zu unterhalten pflegte, soll bis auf die Grundmauern niedergebrannt worden sein. Ferner haben Demonstranten am Haus des Senators Christian, des Führers der Konservativen Partei, schwere Schäden angerichtet und die Villa des Sportartikelmillionärs Hervé Souter, der zur Zeit mit seiner Familie Urlaub an der Riviera macht, völlig verwüstet. Einheiten des Bataillons Port Riche haben alle Straßen nach Bellevue abgesperrt. Nur Anwohnern und amtlichen Fahrzeugen ist die Zufahrt gestattet.«

Ich ging in die Hotelhalle und bat, telefonieren zu dürfen.

»Bedaure, *Mon Père.* Nur Notfälle«

»Es *ist* ein Notfall. Ich muß im Präsidentenpalast anrufen.«

Der Mann lächelte, als glaubte er mir nicht, schob mir aber das Telefon über den Tresen. »Bitte sehr. Viel Glück.«

Zuerst bekam ich nur das Besetztzeichen. Dann meldete sich die Vermittlung. »Alle Leitungen zum Palast sind bis auf weiteres gesperrt. Legen Sie bitte auf.«

Ich sah den Portier an. »Ich war in den Bergen«, sagte ich. »Was ist hier los?«

»Keiner weiß, wie es angefangen hat. Gerüchte vermutlich. Aber gestern früh wurde im Radio gemeldet, das Parlament habe Jeannot abgesetzt. Eine Stunde später wurde die Meldung zwar dementiert, aber zu spät. Da waren die Leute schon auf den Straßen. Haben Sie draußen die Inschrift gelesen? TOUCHE PAS NO' PE. Finger weg von unserem Priester. Jeder, der Jeannot loswerden will, handelt sich Ärger ein.«

Ich fand in dieser Nacht kaum Schlaf. Im Morgengrauen ging ich hinunter und suchte die primitiven Duschkabinen auf, die einzige Waschgelegenheit in diesem Hotel. Um diese Stunde wurde im Speisezimmer noch kein Frühstück serviert, also bezahlte ich meine Rechnung und ging durch die fast menschenleeren Straßen zum Busbahnhof. Dort nahm ich den ersten Bus nach Port Riche.

Die Fahrt dauerte den ganzen Tag, denn der Bus hielt unterwegs in jedem Dorf. Meine Mitreisenden, meist kleine Händler, Kunsthandwerker und Diener der Reichen, schienen auch nicht zu wissen, wie die Gewaltausbrüche begonnen hatten. Aber eines stand fest: Alle im Bus waren überzeugt, daß Jeannot von seinen Feinden ausgeschaltet werden sollte. »Die streiten es ab, aber wir wissen, daß es stimmt. Jeannot will Gerechtigkeit. Davor haben sie Angst. Aber sie wird kommen. Caroline Lambert und die Großkapitalisten wie Hervé Souter, alle diese Blutsauger, die uns unterdrücken. Die Stunde der Gerechtigkeit! Jetzt ist es aus für sie.«

Als der Bus am Abend endlich in den Busbahnhof einfuhr, fand ich kein Taxi. Die Straßen von Port Riche waren verlassen. Es war, als ob eine Ausgangssperre verhängt worden wäre, und auf dem Heimweg durch die halbdunklen Straßen sah ich, daß sogar die als *derniers* bezeichneten Bettler, einzelgängerische, halbverrückte Ausgestoßene, die in Hauseingängen hausten, sich zusammengetan hatten, um besser geschützt zu sein. In der Rue Saint Sacrement hatte sich ein Dutzend von ihnen zum Schlafen im Halbkreis um den St.-Josephs-Brunnen gelegt, während einer von ihnen oben auf der Heiligenfigur saß und Wache hielt.

Als ich zum Wohnheim kam, öffnete Hyppolite mir das Haupttor, das doppelt verriegelt und mit einer Kette gesichert war.

»Möchten Tee?«

»Ja, gern.«

Ich ging ins Studierzimmer. Noël Destouts lag auf dem Sofa, ein Buch auf dem mächtigen Bauch. »Ah«, sagte er, »schon wieder zurück? Wie geht es Richter Letellier?«

Ich sah ihn verdutzt an. Ich hatte meine eigene Lüge schon wieder vergessen.

»Gott sei Dank besser«, sagte ich schließlich. »Aber was geht hier eigentlich vor?«

Noël setzte sich mühsam auf. »Verfassungskrise. Morgen geht es rund im Parlament. Unser kleiner Jeannot gegen den Rest der Welt. Wir sollten hingehen und uns den Spaß ansehen.«

»Wie sollen wir das machen? Was wird aus dem Unterricht?«

»Morgen ist Samstag«, sagte er. »Weißt du denn gar nichts mehr? Komm mit. Es dürfte interessant werden.«

Hyppolite kam mit zwei Tassen Tee.

»Also gut. Wann fängt es an?«

»Gegen zehn.«

Wir konnten am nächsten Morgen erst spät aufbrechen, weil Noël verschlafen hatte. Es war schon fast elf, als wir vor den Parlamentsgebäuden ankamen. Nach einer Sicherheitskontrolle durften wir auf die Besuchergalerie oberhalb des Plenums. Es gibt Orte, an denen man noch nie gewesen ist, und dennoch glaubt man sie zu kennen: Aktienbörsen, Parlamente, Gerichtssäle. Den Anblick aber, den das ganaesische Parlament bei einer Plenarsitzung bot, hätte ich mir nie träumen lassen. Einige der Abgeordneten und Senatoren trugen Pistolen an den Hüften oder unter den Achseln. Der Parlamentspräsident machte erst gar keinen Versuch, für Ordnung zu sorgen. Als wir unsere Plätze einnahmen, schrie gerade Manès Planchon, der Oberbürgermeister von Port Riche, ein großer, schwitzender *mulâtre*, der in Cowboystiefeln und Hawaiihemd gekommen war und eine Pistole umhängen hatte, aus Leibeskräften: »Sie sind nicht der einzige, der vom Volk gewählt wurde, Père Cantave! Wir leben in einer Demokratie, haben Sie dieses Wort noch nie gehört? Auch wir wurden vom Volk gewählt! Sie glauben, aufgrund Ihres hohen Wahlsieges gehöre Ihnen alle Macht. Dem ist aber nicht so. In diesem Haus herrschen Regeln. Dies ist eine vom Volk gewählte Versammlung. Und Sie sind gewählt worden, um sich an diese Regeln zu halten.«

Ich sah zur Regierungsbank, wo Jeannot saß. Einige aus seiner Umgebung brüllten wütend zurück, aber Jeannot flüsterte Pelardy etwas zu, und die Proteste seiner Anhänger verstummten. Jetzt erhob sich von der Regierungsbank ein älterer, würdevoller Senator, in der Hand ein großes weißes Seidentaschentuch, das er wie eine Friedensfahne schwenkte, als er an Jeannot vorbei zum Rednerpult ging.

»Meine Partei ist die Partei des Präsidenten«, rief er.

»Oder sollte ich sagen, *war* die Partei des Präsidenten? Wir, die ihn gewählt haben, sind von den politischen Entscheidungsprozessen ausgeschlossen. Alles, was wir empfehlen, wird von den linken Politamateuren, mit denen Präsident Cantave sich umgeben hat, nur mit Hohn quittiert. Ich frage Sie jetzt, mein Präsident: Wurden diese Leute von Ihnen zu Ihren *einzigen* politischen Beratern ernannt? Sie ignorieren beharrlich die Partei, die Sie zu ihrem Kandidaten gemacht hat. Sie haben alle Vorschläge des Parlaments zur Einsetzung eines qualifizierten Premierministers abgelehnt und schlagen einen Niemand vor, der eben nur einer Ihrer Schranzen ist. Betrübten Herzens muß ich Ihnen jetzt den Rücken kehren.«

Von den Oppositionsbänken kam lauter Applaus. Der alte Mann blieb stehen, als wüßte er nicht recht, wo er nun Platz nehmen sollte. Auf ein Zeichen Pelardys eilte einer von Jeannots Anhängern ans Mikrofon. »Augenblick, Herr Senator! Glauben Sie etwa, der Präsident der USA oder Frankreichs würde einen Premierminister akzeptieren, den andere ihm vorsetzen? Lächerlich!«

Plötzlich schoß einer der Volksvertreter mit seinem Revolver an die Decke. Endlich erwachte der Parlamentspräsident. Er sprang auf und rief: »Das ist gefährlich! Es gefährdet Menschenleben. Saaldiener, entfernen Sie den Abgeordneten Laniel aus dem Saal. Sofort!«

Aber niemand machte Anstalten, den Schützen aus dem Saal zu entfernen. Statt dessen fielen zwei weitere Schüsse, und das Gebrüll wurde zum Inferno. In diesem Augenblick erhob Jeannot sich von der vordersten Bank, still und in Gedanken, als befände er sich allein im Saal. Langsam ging er zum Rednerpult. Das Gebrüll ging weiter. Jeannot hob die Hand wie ein Schuljunge, der auf sich aufmerksam machen möchte, und obwohl der Parlamentspräsident nicht darauf reagierte, legte sich der Lärm.

Jeannot blieb wartend stehen und blickte an die Saaldecke, bis es fast still war. Und verwandelt wie immer, wenn er ein Publikum vor sich hatte, begann er zu sprechen:

Brüder.
Freunde und Feinde.
Ja, auch meine Feinde, die meine Freunde sind.
Ich spreche zu euch, euch allen.
Meine Brüder.
Wir, die gewählt wurden, um unserem Land zu dienen,
ja, alle wurden wir in dieses Parlament gewählt.
Ich bestreite das nicht. Warum sollte ich?
Das Volk hat uns gewählt, o ja,
aber bedenkt, daß Gott durch das Volk spricht,
und also hat Gott uns erwählt,
uns alle,
auch die, die Waffen tragen und Unwahrheiten sagen.
Auch die, die den Reichen schmeicheln
und die Armen bestehlen.
Gott hat euch an diesen Platz gestellt.
Wenn ich Hercule Harsant
zum Premier gewählt haben möchte,
dann nicht, weil ich durch ihn regieren will.
Ich möchte es, weil Gott mich hierhergestellt hat,
damit ich den Armen diene.
Weil ich zu Jesus gebetet habe,
der mein Herr und Meister ist,
ihn gebeten habe, mir Worte in den Mund zu legen,
aus denen ihr ersehen könnt,

ihr alle – auch Sie,
mein Freund und Feind, Manès Planchon,
und Sie, Longvy, und Sie, Parigot,
Sie alle –
daß meine Sache gerecht ist.
Daß mein Weg der wahre Weg ist.
Und ihr sollt wissen,
daß ich nichts bin.
Ich habe keinen Ehrgeiz.
Und dennoch spreche ich im Namen Jesu.
Jesus sind die Armen.
Ich spreche für sie.
Manche von euch zürnen, weil Ganae sich verändert.
Weil das Volk nicht länger stillhalten will.
Es hält nichts mehr von parlamentarischen Regeln,
parlamentarischen Tricks.
Schon hat sie begonnen,
die Zeit der Machete.
Was meine ich damit?
Ich meine die Unruhen der letzten Tage.
Es wurden Häuser der Reichen niedergebrannt.
Es wurden Menschen getötet.
Dies ist geschehen, und wir betrauern die Toten.
Aber wir bereuen nicht.
Mein ist die Rache, spricht der Herr.
Recht muß geschehen.
Noch ist nicht Recht geschehen.
Noch können wir den Menschen nicht Nahrung geben,
ihnen kein würdiges Leben in Demut gewähren.
Solange wir nicht geeint sind,
solange wird nicht stark sind,
können die Armen nicht frei sein.

Solange sie nicht von denen befreit sind,
die sie ausbeuten.
Ihr wißt, von wem ich rede,
ich muß es nicht noch einmal aussprechen.
Was ich aber jetzt sage, habe ich noch nie gesagt.
Gerechtigkeit ist ein Schwert.
Es ist meinem Volk in die Hand gegeben.
Mein Volk sind die Armen.
Das Schwert der Armen soll Zuckerrohr schneiden.
Es ist ein Schwert der Demut.
Machete.
Ein rohes Werkzeug, aus Eisen gemacht.
Ich sage euch jetzt:
Das Schwert der Demut erwartet uns.
Es wird uns strafen.
Es ist unseres Streitens müde.
Es ist dieses Hauses müde.
Es kann nicht mehr viel länger warten.
Ich warne euch, meine Brüder.
Hütet euch vor diesem Schwert.
Machete.
Wenn es gegen euch erhoben wird,
so deshalb, weil ihr den Armen nichts gegeben habt.
Steckt eure Revolver ein.
Sie werden euch nicht helfen.
Ihr habt Soldaten und Panzer,
aber sie alle werden euch nicht helfen
gegen das Schwert.
Tut, was das Volk verlangt.
Laßt uns Gerechtigkeit üben.
Ich spreche für das Volk. Ich handle für das Volk.
Ich bin nichts.

Aber ich bin Gottes Diener.
Gott hat mir dieses Schwert gegeben.
Ich warne euch.
Tut, was das Volk verlangt.
Tut es jetzt.

Es war still geworden wie in einer Kirche. Ich sah hinunter auf die Köpfe der Abgeordneten, die sich nach dieser schmächtigen, knabenhaften Gestalt umwandten, als Jeannot vom Rednerpult wegtrat und langsam durch den Saal ging. Keiner machte Anstalten, ihn aufzuhalten oder ihm zu folgen. Die Saaldiener rissen die Türen auf. Jeannot ging hinaus. Augenblicklich schlug die Stille in Höllenlärm um. Manès Planchon zog seinen Revolver und schoß, was für momentane Ruhe sorgte, dann schrie er: »Haben Sie gehört? Haben Sie gehört? Wer sät hier Gewalt? *Er* sät Gewalt!«

Noël und ich waren schon auf den Beinen. Wir eilten zum Ausgang und ins Erdgeschoß hinunter. Als wir ins Freie kamen, sahen wir einen schwarzen Mercedes mit dem Präsidentenstander zum Haupttor hinausfahren.

»Ich fahre zum Palast«, sagte ich. »Kann ich dich unterwegs absetzen?«

Er nickte. »Was hast du vor?«

»Ich muß mit ihm reden.«

»Zu spät. Denk an Diderot. ›Vom Fanatismus ist es nur ein kleiner Schritt zur Barbarei.‹ Diesen Schritt hat Jeannot soeben getan.«

»Du verstehst gar nichts.«

»Nein, wirklich nicht«, sagte Noël. »Und du?«

9

Ich brachte Noël zum Wohnheim und fuhr gleich weiter zum Palast. Auf dem großen Platz davor war nichts Ungewöhnliches zu bemerken, aber kaum war ich durchs Tor, da sah ich eine Phalanx von Jeannots »handverlesenen Soldaten« an allen Eingängen zu den Amtsräumen stehen. Einer seiner Mitarbeiter erkannte mich und sagte mir, daß er sich nicht im Haus befinde, sondern vor ein paar Minuten zu Radio Libre gefahren sei.

»Wann fängt die Sendung an?«

Das wisse niemand, sagte er.

Ich verließ den Palast und fuhr durch das Marktviertel, um Jeannot nach Möglichkeit noch vor dem Funkhaus abzufangen. Auf der Fahrt sah ich ungewöhnlich viele Menschen auf den Straßen. Auf der Avenue Domville gab es einen Verkehrsstau, und ich kam nur noch im Schrittempo weiter. Ich hatte kein Autoradio. Während ich also im Stau steckte, hielt Jeannot im Rundfunk eine Rede an die Nation. Und so bekam ich die verhängnisvollste Rede seiner Laufbahn nicht mit. Es war die »Machete«-Rede, ungefähr dieselbe, die er morgens schon im Parlament gehalten hatte. Nur daß er jetzt zu denen sprach, die das »Schwert der Demut« in der Hand hatten, und ihnen sagte er, daß sie, das Volk, mit Hilfe dieses Schwertes herrschen könnten. Die Elite und die Politiker wollten einen Premierminister einsetzen, der ihr Günstling sei. Das Volk müsse dazu nein sagen.

Es gelang mir an diesem Tag nicht mehr, mit Jeannot zu sprechen. Als ich im Funkhaus ankam, war er schon wieder fort. Binnen einer Stunde nach seiner Rede ging es in Port Riche drunter und drüber. Was aus Rundfunkgeräten und von Armeelastwagen heruntertönte, waren die Stimmen General Hemons und seiner Leute, die zur Ruhe aufriefen, Plünderern drohten und Berichte über Gewalttaten dementierten. Aber Gewalttaten gab es. Schon am Nachmittag sah Père Duchamp in den verdreckten Straßen von La Rotonde vier Leichen liegen, erschossen von Soldaten. Sechs tote Aufrührer wurden in die Leichenhalle des Charité-Krankenhauses eingeliefert, und die dort arbeitenden Nonnen mußten etwa dreißig Verwundete behandeln. Vier Soldaten wurden in Stücke gehackt, als sie sich einem Mob entgegenstellten, der auf den Hof des Parlaments vorgedrungen war und etliche Abgeordnetenfahrzeuge umgekippt hatte.

Die Gewaltakte blieben nicht auf die Hauptstadt beschränkt. Radio Papanos meldete, daß man Senator Lutyens mitsamt seiner Frau und zwei Söhnen mit Macheten niedergemetzelt hatte, und daß die Leichen auf einen brennenden Scheiterhaufen auf dem Marktplatz der Stadt geworfen worden waren. Senator Lutyens, ein Doumerguist und der führende Geschäftsmann in Papanos, war einmal Botschafter in Washington gewesen.

Abends nach dem Essen kam ich an Père Bourques Arbeitszimmer vorbei. Die Tür stand offen, und er rief mir nach: »Sind Sie das, Paul?«

Er saß in seinem alten Rattansessel gegenüber einem Fenster, durch das man auf die nahen Dächer von La Rotonde blickte. Das Fenster stand offen, und wir hörten von ferne lautes Grölen und Singen. Rauchwolken stiegen über den Blechdächern der Slums auf. »Der Erzbischof hat mich gerade angerufen«, sagte Père Bourque. »Wie Sie wissen, sind er und ich die ganzen Jahre nie Freunde gewesen, er wäre also der letzte Mensch auf der Welt, der mich um Hilfe bitten würde. Das hat er aber. Er hat gefragt, ob ich nicht irgend etwas tun kann, um Jeannot zu stoppen. Oder vielleicht Sie? Ich habe gesagt, ich würde mit Ihnen darüber reden, aber viel Hoffnung hätte ich nicht.«

»Es wird auf beiden Seiten gemordet«, sagte ich.

»Darum geht es nicht. Sie haben von Senator Lutyens und seiner Familie gehört. Es ist furchtbar. Einfach furchtbar. Hat Jeannot denn gar kein Gewissen?«

»Jeannot hat das doch nicht befohlen. Ich kann mir vorstellen, daß er ebenso bestürzt ist wie wir.«

»So? Ich weiß nicht. Machete! Machete! Mir wird ganz übel, wenn ich nur schon daran denke.«

Während er sprach, klingelte das Telefon. Irgendein Vater oder eine Mutter wollte wissen, ob morgen Schule sei. Es werde von Angriffen auf Kinder der *mulâtres* berichtet. Ich hörte, wie Père Bourque den Anrufer zu beruhigen versuchte. Nachdem er aufgelegt hatte, fragte er mich: »Haben Sie von solchen Angriffen etwas gehört?«

Ich sagte wahrheitsgemäß, die Stadt sei randvoll mit Gerüchten, die größtenteils nicht stimmten. Und wenn ich morgen früh vom Unterricht freigestellt werden könne, würde ich in den Palast gehen und die Lage zu erkunden versuchen.

»Dafür wäre ich Ihnen dankbar«, sagte Père Bourque. »Und noch etwas, Paul. Wenn Sie noch Einfluß auf Jeannot haben, ist jetzt die Zeit, ihn zu nutzen.«

Mein Zimmer im Wohnheim, dasselbe, das ich auch jetzt noch innehabe, sieht nach La Rotonde hinüber. Nachts lasse ich wegen der Hitze immer die Fenster offen. An die Geräusche der Nacht habe ich mich längst gewöhnt, und normalerweise schlafe ich fest. Aber in dieser Nacht wurde ich kurz nach zwei Uhr von Polizeisirenen und Schüssen geweckt. Als ich aufstand und ans Fenster ging, sah ich eine Gruppe von etwa zwanzig Jugendlichen aus der Richtung von La Rotonde kommen und in die Rue Pélican einbiegen. Sie hatten Macheten bei sich und rannten, so schnell sie konnten. Das Sirenengeheul wurde lauter, und zwei Überfallwagen voll bewaffneter Polizisten kamen den Jugendlichen nachgerast, die sich jetzt aufteilten und in verschiedene Richtungen davonliefen. Die Polizeiwagen hielten, das Sirenengeheul verstummte, und der Einsatzleiter sah sich suchend um, in welcher Richtung man die Verfolgung am besten fortsetzte. Nach ein paar Minuten gab die Polizei die Jagd auf und rückte ab.

Andern Morgens sollte ich in der Schule die Achtuhrmesse lesen. Um Viertel nach sieben, als ich mich gerade rasierte, klopfte Hyppolite an und sagte: »*Pe* Destouts am Telefon. Will Sie sprechen, sofort.«

Noël Destouts war für die Siebenuhrmesse eingeteilt. War er vielleicht krank geworden? Als ich den Hörer nahm, sagte Noël so leise, als fürchtete er unbefugte Lauscher: »Paul, kannst du bitte sofort in die Kapelle kommen? Ich muß gleich mit der Messe anfangen. Warte in der Sakristei auf mich. Es ist dringend.«

Noël war niemand, der sich so leicht ins Bockshorn jagen ließ. Ich gehe normalerweise zu Fuß zur Kapelle, aber an diesem Morgen nahm ich den Dienstwagen, unseren kleinen weißen Peugeot. Die Straßen schienen ruhig. Es regnete leicht. Die Schulkapelle liegt gegenüber dem Gymnasium. Als ich die Kapelle betrat, sah ich, daß nur etwa ein Dutzend Leute der Messe beiwohnten. Noël, der die Messe immer sehr schnell las, näherte sich schon der letzten Lesung aus dem Evangelium, weshalb ich gleich in die Sakristei ging, denn ich wußte, daß ich dort nur wenige Minuten warten müßte.

In der Sakristei war niemand. Das heißt, niemand Lebendiges. Unter der Bank, auf der normalerweise die Meßgewänder ausgelegt wurden, sah ich eines dieser großen dunkelroten Tücher, mit denen in der Karwoche immer die Heiligenfiguren abgedeckt werden. Es war um eine Leiche geschlagen. An einem Ende ragten zwei polierte Stiefelabsätze darunter hervor. An dem Tuch waren Flecken, die das Dunkelrot noch dunkler färbten, offenbar von Blut. Draußen in der Kapelle hörte man Husten und Bänkerücken, als die Gemeinde sich zum Gehen anschickte. Ich ging hin und hob das Tuch an. Als Priester bekommt man öfter als andere Menschen Tote zu sehen. Aber jetzt zitterten meine Hände, die das Tuch hielten. Das Gesicht war von Messerwunden zerfleischt, der ganze Körper eine blutüberströmte Masse. Macheten hatten immer wieder auf Rumpf und Kopf eingehackt und den Stoff der Militäruniform zerfetzt, bis das tote Fleisch herausquoll. Die Augen waren geöffnet und sahen starr an mir vorbei, als hätte Oberst Maurras im Augenblick seines Todes etwas gesehen, was er nun für immer zu sehen verdammt war. Ich legte das Tuch wieder über den Leichnam. Auf einer Fensterbank lag seine Brieftasche, aufgeklappt, so daß man seinen Dienstausweis mit dem Foto sah, das seinen Namen trug.

Hinter mir ging die Sakristeitür auf, und Noël sagte zu seinem Meßdiener: »Nimm dein Gewand mit in die Schule. Ich habe mit Père Paul zu reden. Du kannst es später herbringen.«

»Ja, *Mon Père*.«

Noël kam herein und machte die Tür hinter sich zu. Er stellte Kelch und Hostienschale ab und begann seine Kasel aufzubinden. »Hast du dir das angesehen?«

»Ja.«

»Maurras«, sagte er. »Das war der, von dem du mir gesagt hast, er würde mit einer politischen Botschaft hierherkommen. Richtig?«

»Ja. Was ist passiert?«

»Der Nachtpförtner hat die Leiche heute früh gegen fünf vor dem Schultor gefunden. Jemand hatte geläutet, und als er hinunterging, um nachzusehen, sah er ein halbes Dutzend junge Männer vom Tor weggehen. Sie hatten Macheten bei sich. Er hat das Tor nicht aufgeschlossen, sondern die Leiche auf der Straße liegen lassen, weil er sich nicht traute, sie anzufassen. Als ich heute morgen kam, um die Messe zu lesen, erwartete er mich. Ich habe die Leiche durchsucht und die Brieftasche gefunden, und da wußte ich, daß es der Mann war, den du erwartetest. Danach habe ich dem Pförtner geholfen, die Leiche hier hereinzutragen. Wer war Maurras?«

»Erinnerst du dich an den Jungen, den wir vor ein paar Jahren begraben haben? Erschossen von einem Oberst der Garde Présidentielle.«

»Das hatte ich schon ganz vergessen«, sagte Noël. »Andere offenbar nicht. Meinst du, das waren Jeannots Jungen?«

Ich antwortete darauf nicht. Ich sagte, ich müsse sofort Jeannot davon berichten. »Laß die Leiche hier liegen. Und laß niemanden herein. Sag, daß die Achtuhrmesse heute ausfällt.«

Noël blickte auf die zugedeckte Leiche. »Meinst du, er war auf dem Weg hierher, um dir etwas zu sagen?«

»Das muß ich herausfinden.«

Die Straßen waren noch immer still. Auf dem großen Platz um den Präsidentenpalast standen auch keine Militärfahrzeuge. Ich stellte meinen Wagen an der üblichen Stelle ab und ging auf das schmiedeeiserne Tor zu. Jeannots Soldaten hielten hier noch Wache. Ich faßte wieder Mut. Ich wurde eingelassen und in Pelardys Zimmer geführt. Jeannot war dort am Telefon. Ich ging zu ihm. Sofort legte er die Hand auf die Sprechmuschel. »Was gibt es, Paul?«

»Der Oberst.«

Er legte sofort auf und sagte zu Pelardy und Mathieu Clément: »Ich muß mit Paul sprechen. Könntet ihr einmal kurz draußen warten? Es ist eine Privatangelegenheit.«

Nachdem sie draußen waren, sagte ich ihm, was passiert war. Er hörte zu und fragte dann: »War er auf dem Weg, uns zu warnen?«

»Du meinst, wer hat ihn umgebracht? Deine Leute oder ihre?«

»*Ihre*?«

»Kann doch sein, daß sie ihn getötet und vor dem Schultor liegen gelassen haben, um dich zu warnen, daß du nicht mehr sicher bist.«

»Warum sollten sie?«

»Ganz einfach. Wenn du einen Putsch befürchtest, schickst du deine Anhänger wieder auf die Straße, um deine Stärke zu demonstrieren. Vielleicht wollen die Verschwörer gerade das.«

Er sah mich verwundert an. »Wie meinst du das?«

»Jeannot, wenn diese Gewalttätigkeiten weitergehen, brauchen die gar nicht mehr zu putschen. Die übrige Wel- wird sich gegen deine Regierung wenden. Und sowie das geschieht, kannst du dich auch auf deinen Freund General

Hemon nicht mehr verlassen. Das Militär wird die Macht übernehmen, ›um Ruhe und Ordnung wiederherzustellen‹. Das ist eine Falle, die so alt ist wie die Geschichte Ganaes. Und ich glaube, du läufst gerade hinein.«

»Du irrst«, sagte er. »Das ist eine Revolution, und die fängt gerade erst an.«

»Ach ja? Was denn für eine Revolution? Armee und Elite haben Schußwaffen. Wenn es zum offenen Kampf kommt, werden Tausende von deinen Leuten ihr Leben lassen. Auch wenn diese Sache mit Maurras jetzt nicht passiert wäre, hätte ich heute mit dir gesprochen. Ich wollte dir sagen, daß du für diese Toten verantwortlich bist. Es fällt mir schwer, dir das zu sagen, ich, der ich hohe Achtung vor dir habe, zu dir aufschaue und dich als eine Art Heiligen betrachte.«

»Ach, Paul«, sagte er. »Ich bin doch kein Heiliger. Aber weißt du denn nicht, wie sehr auch mir dieses Morden zuwider ist?«

»Dann bereite ihm ein Ende«, sagte ich. »Es ist furchtbar, und es arbeitet gegen dich.«

»Aber habe ich das Recht, ihm ein Ende zu machen? Was passiert, wenn unsere Leute den Kampf aufgeben? Was will Gott von mir?«

Plötzlich kam Pelardy ins Zimmer gestürzt. »Jeannot, draußen auf dem Platz fährt Militär auf. Ich weiß nichts davon. Da stimmt etwas nicht!«

Jeannot wandte sich mir zu. »Wenn *sie* Maurras ermordet haben, heißt das, sie wissen, daß er uns ihren Plan verraten hat. Und das könnte heißen, daß sie jetzt sofort gegen mich losschlagen. Hast du deinen Wagen hier?«

»Er steht drüben, auf dem öffentlichen Parkplatz.«

Er ging zur Tür und öffnete sie. »Mathieu?«

Mathieu Clément kam sofort herein.

»Mathieu, stell für Père Pauls Wagen eine Sondergenehmigung aus, damit er hier bis vor den Hintereingang fahren darf. Wir fahren inkognito zu Radio Libre, ich will etwas bekanntgeben. Niemand darf uns wegfahren sehen. Sobald das beim Rundfunk erledigt ist, fahren wir nach Lavallie. Niemand darf uns folgen.«

»Was ist los? Warum Lavallie?« fragte Pelardy.

»Pele, ich bin vielleicht in Lebensgefahr. Wir müssen weg. Beeil dich, Mathieu! Besorg den Passierschein für Paul.«

Zehn Minuten später saß ich in meinem kleinen weißen Peugeot vor dem Eingang der Palastküche, wo mehrere Lieferwagen gerade die Lebensmittel für den Tag abluden. Als Jeannot mit Pelardy und Mathieu Clément aus dem Haus kam, trug er ein Hemd und eine Hose aus weißer Baumwolle, und auf seinem Kopf saß so ein großer Schlapphut aus Stroh, wie ihn die Zuckerrohrschneider auf den Feldern trugen. Keiner der Palastangestellten oder Lieferanten bemerkte ihn. Wir fuhren zum Hinterausgang, wo ich den Wache stehenden Soldaten wieder meinen Sonderausweis zeigte. Sie warfen kaum einen Blick darauf. Schweigend fuhren wir hinaus, und sofort sah ich, daß die Lage auf dem großen Platz sich völlig verändert hatte. Dieser riesige Platz, vor wenigen Minuten noch leer, stand jetzt voller Militärfahrzeuge. Sogar drei Panzer waren vor dem Haupttor aufgefahren. Auf dem Hof standen Soldaten mit schußbereiten Gewehren, deren Mündungen zu den Präsidentengemächern zeigten. Von Jeannots Privatwachen war nichts mehr zu sehen. Zwei Kommandeursdienstwagen standen vor dem Haupteingang. Einer trug einen Generalsstander.

Wir verließen den Platz. In der Rue de la République ließen die Ladenbesitzer eilig eiserne Gitter vor ihren Schaufenstern und Türen herunter. Andere luden Waren in Taxis, als bereiteten sie sich auf eine Flucht aus der Stadt vor. An jeder Straßenecke standen Soldaten mit Schnellfeuergewehren, lachend und scherzend, als wären sie zu einer Feier eingeladen. Ein Stück weiter straßaufwärts hörten wir Schüsse. Wir kamen an einer Gruppe von Kindern vorbei, die Steine auf die schon zerborstenen Windschutzscheiben zweier Autos warfen. In der Avenue Desmoulins waren ein paar Marktbuden geplündert und verwüstet. Verdorbenes Obst lag auf der ganzen Straße herum.

»Ich glaube, wir haben Glück gehabt«, sagte Jeannot. »Wenn wir noch zehn Minuten gewartet hätten, wäre es zu spät gewesen.«

»Wenn es so ist«, sagte ich, »haben die auch längst die Rundfunkstationen besetzt.«

»Wir werden ja sehen«, meinte Jeannot.

Radio Libre ist ein zweigeschossiges Betongebäude. Es steht auf einem Hügel über dem Bezirk Mèredieu. In den Tagen der Diktatur war es mit Stacheldraht gesichert gewesen, die Tore gingen elektrisch und wurden von Doumergues *bleus* bewacht. Nach Doumergues Tod hatte man die Tore einfach offen gelassen und die Wachen abgezogen. Auch als wir uns jetzt näherten, standen die Tore offen. Es waren keine Soldaten zu sehen. Alles schien normal. Doch plötzlich sagte Jeannot: »Umdrehen, Paul. Fahr nicht hinein.«

»Was ist denn?«

»Guck doch mal.« Er zeigte zum Eingang. Dort stand ein alter beiger Cadillac, daneben ein Polizeiauto und ein

Polizeimotorrad. »Das ist Raymonds Wagen«, sagte Jeannot. »Erinnere dich, was Maurras zu dir gesagt hat: ›Unterdessen fährt Raymond zu Radio Libre und spricht im Rundfunk.‹«

Ich wendete. »Da vorn links abbiegen«, sagte Jeannot. »Das ist die Avenue Mouton. An der Ecke ist ein Restaurant namens L'Américaine. Dort habe ich eine Wahlkampfrede gehalten. Sie haben Radio und Fernsehen. Wenn der Putsch schon bekanntgegeben wurde, wissen sie es.«

Als wir uns dem genannten Lokal näherten, sagte er: »Geh du hinein, Mathieu. Wir bleiben im Wagen.«

Mathieu tat, wie ihm geheißen. Es war ein großes Restaurant, das früh öffnete, weil es nicht weit vom Viehmarkt war und zum Frühstück Steaks und kubanisches Bier servierte. Ich hielt mit dem Wagen einen halben Häuserblock Abstand. Das Lokal war voll, aber nicht von Gästen, sondern von Leuten, die von der Straße hereingekommen waren, um das Neueste zu erfahren. Mathieu ging hinein. Wir sahen ihn mit ein paar Männern reden, die vor dem Fernseher saßen.

In diesem Moment kamen vom Viehmarkt her an die dreißig Leute, die zwei große Plakate mit Jeannots Bild trugen. Sie zogen mit dem Lied *Dieu et Patrie* an uns vorbei.

»Die wissen es schon«, sagte Jeannot. »Da haben wir unsere Antwort.«

Wie zur Bestätigung verließ soeben Mathieu das Lokal und kam zum Wagen zurückgerannt. Als er einstieg, tippte Jeannot mir auf die Schulter. »Fahr weiter. Nach Lavallie.«

»Raymond hat vor etwa einer Viertelstunde im Rundfunk gesprochen«, berichtete Mathieu. »Nach seiner Version bist du vom Parlament abgesetzt worden, weil du es ablehnst, mit demokratischen Mitteln zu regieren. Die Generalversammlung hat Raymond vorläufig zum Präsidenten ernannt, bis Wahlen stattfinden können. Er hat auch gesagt, du wärst vermutlich außer Landes geflüchtet.«

»Die wollen nicht, daß es nach einem Militärputsch aussieht«, sagte Jeannot. »Aber solange ich frei bin und mich noch mit einem Rundfunksender in Verbindung setzen kann, kommen sie mit dieser Lüge nicht weit.«

Wir erreichten jetzt die Straße, die von Port Riche in die Berge und nach Lavallie führt. Es ist eine der sechs Hauptausfallstraßen aus der Stadt. Vor uns, zwischen langen Reihen von Bauern, die schweren Schrittes ihre Bündel zum Markt schleppten, das übliche Gewimmel von altersschwachen Personen- und Lieferwagen und Maultierkarren auf dem Weg in die Stadt und hinaus. Aber als wir aufschlossen, ging es nur noch so langsam weiter, daß wir uns kaum schneller bewegten als die Fußgänger an den Straßenrändern.

»Straßensperre«, sagte Pelardy.

Mitten auf der Straße standen zwei Militärlastwagen und ein Panzer, auf dessen Turm ein Maschinengewehr hin und her schwenkte. Der Offizier, der den Einsatz leitete, war ein *mulâtre* im Rang eines Hauptmanns.

Als Jeannot den Offizier sah, wandte er sich an Pelardy. »Wieso ein Hauptmann? Weil sie jemanden brauchen, der mich erkennt und auch die Soldaten im Griff hat, die mich sonst vielleicht durchlassen würden.«

»An allen anderen Ausfallstraßen wird es genauso aussehen«, sagte Pelardy. »Und den Flug- und den Seehafen werden sie ebenso bewachen.«

»Wenn wir an denen hier vorbeikämen«, meinte Mathieu Clément, »wüßte ich ein Küstendorf vor Lavallie. Da könnten wir vielleicht ein Fischerboot mieten, das uns nach Kuba bringt.«

»Ich kann das Land nicht verlassen«, sagte Jeannot. »Die Menschen müssen wissen, daß ich noch hier bin und auch nicht umgebracht wurde.«

»Was machen wir also?«

»Wir müssen versuchen, nach Callil zu kommen. Pat Redmond – erinnert ihr euch an seine Rundfunkstation? Ein Lokalsender, den sie wahrscheinlich übersehen haben.«

Wir waren noch etwa zweihundert Meter vor der Straßensperre. »Also«, sagte Jeannot. »Ihr fahrt jetzt da durch. Euch kennen sie nicht.«

Er ließ mich anhalten. Er selbst stieg aus und reihte sich in den Zug der Männer und Frauen ein, die am Straßenrand dahintrotteten. Ich sah ihn eine Frau ansprechen, die schwer mit Körben beladen war. Er nahm ihr einige Körbe ab und setzte sich hinter sie. In seinen verschlissenen Sachen und dem Landarbeiterhut unterschied er sich kein bißchen von den anderen. Die Soldaten vorn an der Sperre konzentrierten sich ganz auf die Autos und achteten kaum auf die Fußgänger, die sich an dem Panzer vorbeischleppten.

Die Autoschlange fuhr jetzt schneller. Wir ließen Jeannot hinter uns. Als wir an die Straßensperre kamen, sah der Offizier zuerst mich an, den *blanc*, dann Pelardy, den *mulâtre*.

»Wohin fahren Sie?«

»Zur Schule St. Viateur«, sagte ich.

Er nickte und winkte uns durch.

Wir fuhren langsam weiter, und sobald wir hinter einer Straßenbiegung waren und die Soldaten uns nicht mehr sehen konnten, hielten wir an. Als wir Jeannot, noch immer in der Bauerngruppe, näherkommen sahen, dankte ich Gott für seine Rettung. Doch als Jeannot dann einstieg und wir langsam im Strom der vielen alten Klapperkisten weiterfuhren, erschien mein Gebet mir wie ein Hohn. Was für eine Rettung?

Und wie um meine Ängste zu bestätigen, sagte Pelardy jetzt zu Jeannot: »Ich habe nachgedacht. Du solltest es nicht riskieren, im Rundfunk zu sprechen. Viel zu gefährlich. Du solltest lieber in einer der Botschaften Asyl suchen und deine Sache von dort aus vertreten. Es wird nicht leicht für dich sein. Raymond sagt, es ist ein politischer Umsturz. Und leider wird die Welt ihm glauben.«

»Unsinn«, sagte Jeannot.

»Unsinn? Alle Auslandsmedien haben über deine Macheten-Rede berichtet. Seitdem wird auf den Straßen randaliert, Häuser werden niedergebrannt, Menschen ermordet. So hört es die Welt. Und das wird kein Ende mehr nehmen, wenn die Leute erst begreifen, daß sie ihren kleinen Priester verloren haben.«

»Sie haben mich ja nicht verloren«, erwiderte Jeannot. »Wenn ich im Rundfunk spreche, wird das Volk sich erheben und diese Intriganten davonjagen. Und die Welt wird sich hinter *uns* stellen. Wir stehen für die Demokratie, wir wurden frei gewählt. Die UNO – jedes Parlament, jedes Land – wird auf unserer Seite sein.«

»Wenn du im Rundfunk sprichst«, sagte Pelardy, »wird das Militär dafür sorgen, daß du es nicht ein zweites Mal tust. Wir sind hier auf einer kleinen Insel. Sie werden dich finden und töten.«

Jeannot drehte sich um und lächelte Pelardy an, der auf der Rückbank saß. »Ich weiß, daß du nicht an Gott glaubst, Pele. Aber Gott ist hier, er ist jetzt bei uns, und nicht ich, sondern er bestimmt, was geschieht. Wenn es sein Wille ist, daß ich getötet werde, muß ich mich fügen. Inzwischen fahren wir nach Callil.«

Wir fuhren weiter. Nach drei Kilometern bog ich auf eine kleine Straße ab, die in die Region Pondicher führte. Auf den nächsten dreißig Kilometern sahen wir nur drei alte, schwer mit Gemüse beladene Militärlastwagen, die uns langsam entgegenkamen. Zuoberst auf der Ladung saß ein Sergeant und lauschte einem brüllenden Kofferradio. Der Sprecher redete kreolisch. Ich bekam nicht mit, was er sagte.

»Hast du gehört?« fragte Jeannot. »Er hat etwas von Unruhen in Mele gesagt. Das heißt, sie haben die Rundfunkstationen noch nicht übernommen. Sonst hätten sie eine solche Meldung nie hinausgehen lassen.«

Ich sah ihn an. Er lächelte und schien so gut gelaunt, wie ich ihn in den letzten Wochen selten erlebt hatte. Er sah meinen Blick und sagte: »Kopf hoch, Paul. Wir werden siegen. Das weiß ich.«

Kurz nach zwei Uhr erreichten wir Callil, ein großes Dorf, entstanden um zwei Kaffeeplantagen einer reichen Mulattenfamilie, die in Port Riche lebte. Die Arbeiter auf diesen Plantagen hausten in Hütten aus Fachwerk und Lehm, gedeckt mit Palmenzweigen und Guineagras. Wenn man sich Callil näherte, konnte man sich im ländlichen Afrika wähnen. Aber in den letzten zehn Jahren hatte Pat Redmond vom Heiliggeistorden mit Hilfe Jeannots und seines Jugendklubs hier eine Kirche, eine Grundschule und, da er ein begeisterter Funkamateur war, einen kleinen Sender gebaut, über den er Predigten und Nachrichten aus der Region ausstrahlte. Redmond, ein rothaariger Ire, war der geborene Rebell und legte sich oft mit seinen Kirchenoberen an. Er war einer von Jeannots eifrigsten Anhängern.

Als seine Schäflein jetzt unseren Wagen herankommen sahen, rannten sie zum Dorfbrunnen, wo Redmond gerade die Pumpe reparierte. »Jeannot! Jeannot *ici*!«

Sofort hatte man den Eindruck, daß die halbe Dorfbevölkerung aus ihren Häusern und von den Plantagen gelaufen kam, um sich jubelnd um Jeannot zu scharen und ihn zu umarmen, sowie er aus dem Wagen stieg. »Halt, halt!« hörte ich ihn rufen. »Waren heute schon Soldaten hier?«

»Heute nicht. Aber vor zwei Tagen. Wir haben eine Demonstration veranstaltet, aber die haben sie aufgelöst. Marie-Claire Boulez und ihren Mann haben sie mitgenommen. Erschossen. Da.« Sie zeigten auf ein Kreuz aus Palmenzweigen und einen Kranz aus Jasmin, die sie an die Wand der Dorfschule gelehnt hatten.

In diesem Moment sah ich Pat Redmond den ausgefahrenen Weg vom Dorfbrunnen heraufkommen, ganz rot im Gesicht und ein wenig außer Atem, mit an der Taille hochgeschürztem Priesterrock, so daß darunter eine weite Arbeitshose und ein Paar schwere Arbeitsschuhe zu sehen waren. In seinem Gürtel steckte ein kleines Radio, das er im Näherkommen ausschaltete. Jeannot ging ihm entgegen und fragte: »Hast du von dem Putsch gehört?«

»Natürlich.« Er zeigte auf das Radio in seinem Gürtel. »Ich hab das Ding schon den ganzen Morgen dabei.«

»Dann erzählen Sie mal«, sagte Pelardy. »Wir haben kein Radio.«

»Vor einer Stunde ist Macandals Flugzeug aus Paris gelandet. Lambert ist bei ihm. General Hemon ist als Chef des Stabes zurückgetreten. Wie es aussieht, hast du deinen Rückhalt verloren.«

»Das Volk wird mir Rückhalt geben«, sagte Jeannot.

Redmond zögerte, dann sagte er: »Jeannot, du bist hier nicht sicher. Die Margitals haben ihre Spitzel. Wahrscheinlich sitzen die jetzt in diesem Moment schon im Verwaltungsgebäude am Telefon.«

Den Margitals gehörten die Plantagen. Ich hatte daran auch schon gedacht. Aber Jeannot sagte: »Wir bleiben nicht lange. Ich bin nur gekommen, um über den Rundfunk zu sprechen. Geht das? Ich muß das Volk wissen lassen, daß ich in Sicherheit bin.«

Redmond sah in die erwartungsvollen Gesichter der Dorfbewohner, die uns umstanden. »Gehen wir hinein.«

Er führte uns ins Schulhaus, wo Kinder an selbstgezimmerten Pulten saßen und Père Rourke lauschten, einem Heiliggeist-Pater zwischen zwanzig und dreißig, der erst vor kurzem als Aushilfe in diese Pfarrei gekommen war. Wir gingen in Pats beengtes Büro, von dem ein Teil abgetrennt war, in dem sich seine Funkgerätschaften befanden.

Aber dort führte er uns nicht hinein. Vielmehr schloß er die Bürotür ab und sagte: »Wir hatten hier jede Menge Ärger. Am Tag nach deiner Macheten-Rede sind unsere Dorfbewohner zur Plantagenverwaltung gezogen, um gerechte Löhne zu fordern. Die Margitals haben Angst bekommen und das Militär gerufen. Zwei Menschen wurden erschossen, vierzehn weitere, zum Teil Kinder, mußte ich nach Melun ins Krankenhaus bringen. Es war ganz wie früher mit Doumergues *bleus*. Brutal.«

»Das tut mir leid«, sagte Jeannot.

»So?«

Wir standen im Halbkreis: Pelardy, Mathieu Clément, ich, Pat und Jeannot. Nebenan hörten wir die Kinder ein Gedicht aufsagen. Hinter dem Schreibtisch tickte eine alte Wanduhr vor sich hin. Ich sah in Pats irisches Gesicht, das von der Sonne gerötet war, seine kaltblauen gälischen Augen. Dann sagte Jeannot: »Natürlich bedaure ich diese Vorkommnisse. Aber ich schäme mich nicht. Das Volk selbst wird diese Revolution machen. Ich bin nur der Katalysator. Heute morgen hat die Elite versucht, mich kaltzustellen. Es ist ihr nicht gelungen. Ich bin hier. Ich bin noch immer Präsident. Wenn das Volk das erfährt, wird es abermals auf die Straßen gehen und meine Wiedereinsetzung fordern. Ich rufe nicht zu Gewalt auf. Ich verlange Gerechtigkeit. Die Demokratie muß siegen.«

»Und wenn sie nicht siegt?« fragte Pat Redmond. »Wie viele von unseren Leuten werden es mit dem Leben bezahlen? Vor einer halben Stunde habe ich über Kurzwelle mit Freunden gesprochen. Auf den Straßen von Port Riche, Mele, Doumergueville und Papanos wimmelt es von Militär. Vielleicht ist das einzige, was in diesem Land wirklich klappt, die Inszenierung eines Staatsstreichs. Sie haben Radio Libre übernommen …«

»Das weiß ich«, sagte Jeannot. »Deswegen bin ich ja hier. Ich verstehe nichts von Rundfunktechnik, aber wenn ich hier über deinen Sender spreche, wird das doch irgendwo empfangen, nicht? Auch im Ausland?«

»Nicht nur deine Rede wird empfangen«, meinte Pat. »Auch dich werden sie fangen. Wenn die erst merken, wo das herkam, sind in einer halben Stunde alle Straßen nach Callil zu. Wo versteckst du dich dann?«

»Das Volk wird mich verstecken«, sagte Jeannot. »Aber

das ist jetzt nicht so wichtig. Wichtig ist, daß ich mich zu Wort melde. Daß die Wahrheit in die Welt hinausgeht, zur UNO, zur Organisation Amerikanischer Staaten. Dann kommen die nie durch damit. Hilfst du mir?«

»Nein.«

Da standen wir, alle miteinander, wie erschlagen von diesem einen Wort. Wir waren die Getreuen, und Jeannot war unser Anführer. Er hatte Pat geholfen, seine Kirche und dieses Schulhaus zu bauen, in dem wir standen. Jetzt bat er Pat um etwas, was nur er ihm geben konnte, etwas von größter Wichtigkeit.

»Hast du Angst?« fragte Jeannot.

»Ja. Das ist meine Pfarrei, meine Gemeinde. Wenn wir dir helfen, werden wir es zu büßen haben. Mich werden sie nicht erschießen, aber die Männer, Frauen und Kinder, die nicht lesen und schreiben können, die von der UNO oder der OAS noch nie gehört haben, die vorige Woche zur Plantagenverwaltung marschiert sind, weil du es ihnen gesagt hast, die werden sie erschießen. Du sagst, du willst keine Gewalt predigen, aber dafür ist es schon zu spät. Die Gewalt ist da. Das Volk glaubt an dich. Es wird sich bewaffneten Soldaten entgegenstellen, um dich zu verteidigen. Das Volk hält dich für den Messias. Ich nicht.«

»Wäre ich es nur«, sagte Jeannot. Er ging zu Pat und umarmte ihn. »Ist schon gut, Pat. Folge du deinem Gewissen. So hat man es uns ja gelehrt.«

Er wandte sich an Mathieu Clément. »Es gibt noch eine andere Möglichkeit. Erinnerst du dich an diese Station in Cap Gauche, von diesem Willi – Willi Dingsda.«

»Willi Narodny«, sagte Mathieu. »Der ist ein Draufgänger.«

»Und er hat keine Pfarrei«, sagte Jeannot. Er wandte sich

wieder an Pat. »Darf ich dein Telefon benutzen? Ist das erlaubt?«

»Da kann ich dir etwas Besseres anbieten«, sagte Pat. »Willi ist Amateurfunker, wie ich. Wir reden viel miteinander. Komm mit.«

Er führte Jeannot in die Zimmerecke, die sein Studio war. Jeannot machte die Tür hinter ihnen zu, so daß Mathieu, Pelardy und ich draußen allein blieben.

»Er sollte sich in eine Botschaft begeben«, sagte Pelardy. »Sagen Sie ihm das, Père Paul. Auf Sie hört er.«

»Er wird nicht auf mich hören.«

»Wie weit ist es von hier nach Cap Gauche?« fragte Pelardy jetzt Mathieu.

»Eine Stunde. Aber wir müssen durch Papanos. Pat sagt, da wimmelt es von Militär.«

»Ich fahre nicht mit«, sagte Pelardy.

Wir sahen ihn an.

»Weil ihr es nicht schafft. Laßt mich nach Port Riche zurückkehren. Ich gehe in die kanadische Botschaft und bitte um Hilfe. Wenn wir ihn da hineinbekämen, wäre er in Sicherheit.«

Aber als Jeannot und Pat ein paar Minuten später wieder aus dem Funkraum kamen und Pelardy seinen Vorschlag machte, sagte Jeannot sofort: »Gefangener in einer Botschaft, umzingelt von Lamberts Soldaten, und darauf warten, daß die große Welt mir heraushilft? Nein danke.« Er wandte sich an mich. »Paul, fährst du mich nach Cap Gauche? Ich habe mit Willi gesprochen. Seine Station ist nicht geschlossen. Man hat ihm gesagt, er darf auf Sendung bleiben, aber keine Nachrichten verbreiten, die ihm nicht von den Putschisten gegeben wurden. Bisher hat er sich daran gehalten, aber er ist bereit, mir zu helfen.«

»Jeannot«, sagte Pelardy, »laß dir mal eines von mir sagen. Du verstehst nichts von Politik und wirst nie etwas davon verstehen. Wenn du zum Märtyrer werden willst, kann ich dich nicht daran hindern. Aber wenn du nach Papanos fährst und dort verhaftet wirst, ist alles zu Ende, wofür wir gekämpft haben. Ich fahre jedenfalls nach Port Riche.«

Jeannot wandte sich an Mathieu. »Und du?«

»Ich bin dein Pressesekretär«, sagte Mathieu. »Du willst im Rundfunk reden. Gut.«

Da standen wir nun in diesem Zimmer, Jeannot, zwei, die mit ihm gehen wollten, zwei, die sich ihm verweigerten. Aber er machte keinen Unterschied zwischen uns. Wie er Pat Redmond umarmt hatte, so umarmte er jetzt Pelardy.

»Pele, ich möchte dir für alles danken, was du für mich getan hast. In ein paar Wochen haben wir das hinter uns. Dann wirst du wieder in deinem früheren Büro sitzen und mir sagen, was ich zu tun habe.«

Wir gingen nach draußen. Etwa fünfzig Leute standen dort, als erwarteten sie, daß Jeannot zu ihnen spreche. Aber er winkte ihnen nur zu und ging rasch zum Wagen. Die Leute rannten ihm nach, drängten sich um ihn, versuchten ihn zu berühren wie einen Talisman. Als wir beim Wagen ankamen, rief Pat Redmond uns nach: »Moment, Jeannot.« Er nahm das kleine Radio aus dem Gürtel. »Nimm das mit. Damit ihr wenigstens wißt, was los ist.«

Redmond, der gut einen Kopf größer war als Jeannot, bückte sich und schloß ihn in die Arme wie ein Kind. »Gott segne dich, Kleiner. Gute Reise.«

Wir brachen auf. Ich fuhr. Mathieu saß neben mir, während Jeannot im Fond unablässig mit der Senderwahl des Radios spielte. Die ganaesischen Sender spielten geistlose Java-Musik. Endlich fand er eine Station in San Juan, die in spanischer Sprache sendete. Jeannot sprach Spanisch und wurde beim Zuhören immer aufgeregter. »Wißt ihr was? Alle – die amerikanische Regierung, die OAS, Frankreich – alle weigern sich, Raymond als Regierungschef anzuerkennen. Die Amerikaner sagen, sie wollen ihre Hilfe einstellen.«

Der Sender brachte jetzt andere Nachrichten. Jeannot drehte weiter. Wir hörten eine Stimme aus Barbados: »Der Internationale Flughafen Port Riche ist geschlossen, und ein Reuters-Korrespondent wurde von Soldaten angegriffen, als er versuchte, in die Slums zu kommen, wo das Militär auf Rebellen schießt. Die Rebellen sind Anhänger des abgesetzten Präsidenten Père Cantave. Kanada und Frankreich folgen einem Aufruf der OAS und haben ihre Hilfsprogramme für Ganae im Gesamtumfang von achtundvierzig Millionen Dollar eingefroren.«

»Seht ihr?« rief Jeannot erregt. »Die kommen damit nicht durch.«

»Jeannot«, sagte Mathieu Clément. »Hör mir einmal zu. Pele hat recht. Ich finde, du solltest in einer Botschaft Asyl suchen. Jetzt steht die Welt noch auf deiner Seite. Laß die OAS den Kampf für dich ausfechten.«

»Später vielleicht, nachdem ich im Rundfunk gesprochen habe«, sagte Jeannot. »Aber zuerst muß das Volk meine Stimme hören.«

Jeannot lauschte wieder einem spanischsprachigen Sender, als ich unseren kleinen Peugeot von der Schotterstraße auf eine nach Papanos führende Überlandstraße lenkte, die voller Schlaglöcher war. Wenig später überholten wir einen lokalen Bus. Aber sonst war die Straße merkwürdig leer. Keine Marktfrauen schleppten ihre tägliche Bürde am

Straßenrand entlang, keine mit Holzkohle beladenen Esel behinderten unser Weiterkommen. Wir starrten gebannt nach vorn, ob nicht bald Militärfahrzeuge in Sicht kämen. Aber selbst noch wenige Kilometer vor Papanos blieb die Straße leer.

Jetzt sahen wir eine dichte Rauchsäule am Horizont.

»Was ist das? Ein Scheiterhaufen?«

»Dafür ist es zu groß«, sagte Mathieu.

An einer Straßenbiegung kamen uns Leute zu Fuß entgegen. Sie schleppten Bündel und kleine Kinder mit sich, und eine sehr alte Frau wurde in einem roh zusammengezimmerten Wägelchen gezogen; ein Mann trieb drei Ziegen vor sich her. Es waren Bauern. Als sie unseren Wagen auf sich zukommen sahen, zögerten sie, als hätten sie Angst vor uns.

Ich hielt an. Mathieu stieg aus und ging zu den Leuten. Nach ein paar Minuten kam er zurück und stieg wieder ein.

»Soldaten haben ihr Dorf niedergebrannt. Sie sagen, die hätten Menschen erschossen und in einen Graben geworfen.«

»Aber warum?« fragte Jeannot.

»Als der Rundfunk den Umsturz meldete, sind die Leute aus ihren Häusern gekommen und haben nach dir gerufen. Nach einer Weile sind dann Truppen aus Papanos gekommen. Die Dörfler haben sie mit Steinen beworfen. Da haben die Soldaten das Feuer eröffnet und anschließend das Dorf niedergebrannt. Sie sagen, daß die Armee noch da ist. Sollen wir trotzdem weiterfahren?« fragte Mathieu.

»Wir müssen.«

Ich fuhr weiter. Als wir zu dem Dorf kamen, sah ich, daß die Hütten bis auf das rauchende Holzgerüst abgebrannt waren. Ein paar Leute saßen mitten in ihren Ruinen. Wir fuhren langsam an ihnen vorbei. Sie sahen nicht auf. Am anderen Ende des Dorfes standen drei Militärlastwagen quer auf der Straße. Von dem einen hörten wir das Knistern eines Funkgeräts. Die etwa zwanzig Soldaten saßen auf dem Boden und nahmen ihr Mittagsmahl ein. Zuerst dachte ich, sie würden sich gar nicht um uns kümmern, doch als wir vorbeifahren wollten, stellte ein Sergeant seinen Teller hin, stand auf und richtete sein Gewehr auf mich. Ich hielt an. Er hängte das Gewehr über die Schulter und kam auf uns zu, wobei er einen Schreibblock von seinem Gürtel nahm. Ich kurbelte das Fenster herunter. Er warf einen Blick in den Wagen, dann gab er mir den Schreibblock und einen Bleistift.

»Schreiben Sie Ihr Kennzeichen darauf. Wohin fahren Sie? Nach Papanos?«

»Weiter. St. Viateur.«

Ich schrieb unsere Autonummer in die Zeile, auf die er zeigte. Darüber standen die Kennzeichen anderer Autos, jedes in einer anderen Schrift. Er sah sich an, was ich geschrieben hatte, ging nach vorn, um es mit dem Nummernschild zu vergleichen, und winkte uns weiter. Als wir weiterfuhren, sagte Jeannot: »Jetzt gibt er gerade unsere Nummer durch.«

Im Rückspiegel sah ich den Sergeanten am Funkgerät des Wagens hantieren. »Zugelassen auf das Collège St. Jean«, sagte Mathieu. »Richtig?«

»Ja.«

»Gefahren von einem weißen Priester. Die können sich denken, daß Sie das sind, Père Paul.«

»Immerhin sind wir da durch«, meinte Jeannot. »Gott sagt uns damit: ›Fahrt weiter.‹«

Zehn Minuten später erreichten wir Papanos. Zuerst schien die Stadt verlassen, die Läden waren verrammelt, die Straßen ohne jeglichen Verkehr. Doch als wir uns der Stadtmitte näherten, sahen wir umgestürzte Autos, eingeschlagene Schaufenster und – merkwürdiger Anblick – rund fünfzehn Schweine, die auf einem Platz herumliefen und in Abfallhaufen wühlten. Plötzlich war alles voller Soldaten, teils auf Militärlastwagen, teils in allen möglichen anderen Fahrzeugen, die sie beschlagnahmt hatten: Kleinlaster, Taxibusse, Privatautos, Lieferwagen. Sie fuhren ziellos durch die Straßen des Stadtzentrums, hupten und ballerten wahllos mit ihren Gewehren herum. Manchmal sprangen welche von einem der Fahrzeuge herunter, um ein Schaufenster einzuschlagen und die Auslagen zu plündern, manchmal schoben sie im Fahren ihre Gewehrläufe aus den Autofenstern und schossen zum Spaß auf Schornsteine, streunende Katzen, Plakatwände und Laternenpfähle. Das war der Grund, warum die Straßen so leer waren, und die paar Leute, die das alles zu spät bemerkt hatten, duckten sich in Hauseingänge und versuchten sich unsichtbar zu machen. Einmal richtete ein Soldat sein Gewehr auf uns und schoß grinsend über uns hinweg. Es war wie eine makabre Karnevalsszene, zusammenhanglos wie in einem unruhigen, sinnlosen Traum.

Jeannot schaltete das Radio ein, und wir hörten eine Stimme auf kreolisch sagen: »Wir bitten um Verständnis. Wir bitten das Volk von Ganae, seine große Vaterlandsliebe abermals unter Beweis zu stellen...«

»Das ist Raymond«, sagte Mathieu.

»Wir bitten euch, die rechtschaffenen Bürger, für die Dauer dieses Notstands von Demonstrationen und öffentlichen Versammlungen Abstand zu nehmen. Wir bitten jede Stadt und jedes Dorf im Land, die Ausgangssperre zu beachten, die von heute abend zwanzig Uhr bis morgen früh acht Uhr gilt. Die Armee warnt jeden, der sich nicht an die Ausgangssperre hält, daß er Gefahr läuft, als Plünderer erschossen zu werden. Wir bitten um Heilung der Wunden... wir bitten...«

Aber ich hörte das Radio nicht mehr. Es wurde übertönt von einem Hupkonzert, das mich aufforderte, Platz zu machen. Ich fuhr an den Straßenrand und ließ sechs Militärlastwagen vorbeirasen. Auf den Ladeflächen standen Soldaten, die Schnaps aus Krügen tranken und dazu ein zotiges Lied grölten. Als sie außer Sicht waren, fuhren wir weiter bis ans Ende der Stadt und nahmen die Abzweigung nach Cap Gauche. Kaum hatten wir Papanos hinter uns, da sahen wir in einem Graben an der Kreuzung zwei tote Männer, eine tote schwangere Frau und zwei verängstigte kleine Kinder liegen. Den Erwachsenen war in den Kopf geschossen worden wie bei einer Exekution. Als wir vorbeifuhren, versteckten die Kinder im Graben sich hinter den Leichen und hielten die Hände über ihre Köpfe, als versuchten sie unsichtbare Schläge abzuwehren.

Ich drehte mich zu Jeannot um. Er saß am Fenster und starrte zu den Kindern hinaus. Die Erregung, mit der er dem spanischsprachigen Sender gelauscht hatte, war einem Ausdruck untröstlicher Trauer gewichen. Was mußte er jetzt denken, er, um den sich alle diese Ereignisse drehten?

Während wir weiterfuhren, sagte Mathieu Clément: »Diese Soldaten sind wie wilde Tiere. Mein Gott! Warum läßt man so etwas auf die Menschheit los!«

»Das gehört dazu«, sagte Jeannot. »Die Soldaten sind arm, sie sind *noirs*, sie könnten sich gegen ihre Herren wenden und sich auf die Seite des Volkes schlagen. Darum ermuntert die Armeeführung sie, sich zu betrinken, zu plündern und wild um sich zu schießen. Das hat zur Folge, daß die Leute vor Uniformierten Reißaus nehmen. Die Armee kennt kein Gesetz mehr. Und damit ist sie unversehens das einzige Gesetz im Land.«

Ich sah ihn an. Seine Stimme klang so ruhig, als hielte er einen Vortrag vor Studenten. Aber er weinte. Er fuhr sich mit dem Handrücken über die Augen. »Wie weit ist es noch bis Cap Gauche?« fragte er.

»Eine halbe Stunde«, sagte Mathieu.

Ich sah wieder nach vorn auf die Straße. Das Radio knisterte und rauschte. Auf der ganzen Skala gab es jetzt nur noch Musik, ausgestrahlt von Radio Libre, Radio Mele und Radio Nord. Ausländische Sender gingen hier in den Bergen im Grundrauschen unter. Jeannot schaltete das Radio aus.

»Vorsicht!« rief Mathieu plötzlich. Vor uns kamen zwei Armeelastwagen um eine Biegung. Auf den Ladeflächen standen Soldaten und sangen. Die Wagen kamen von einer Straßenkuppe heruntergerast, als wäre unser Auto unsichtbar. Ich riß das Steuer scharf nach rechts, kam ins Schleudern und hielt dagegen, gerade als der erste Lastwagen an uns vorbeidonnerte. Die singenden Soldaten waren betrunken. Einer feuerte Schüsse ab. Jetzt kam der zweite Wagen, und ich hatte den Eindruck, daß der Fahrer uns von der Straße drängen wollte. Wieder riß ich die alte Kiste scharf herum, gefährlich nah heran an das unsichere Bankett und den tiefen Graben dahinter. Ich war so darauf konzentriert, das Auto auf der Straße zu halten, daß ich die zweite Salve gar nicht hörte. Meine Windschutzscheibe zersprang zu einem bizarren Muster. Auf Mathieus Seite hörte ich Kugeln in die Tür einschlagen.

»Fahr weiter!« schrie Jeannot.

Die Soldaten auf dem zweiten Wagen hatten ebenfalls auf unser Auto geschossen, aber als ich mich umsah, verschwanden beide gerade um die nächste Biegung. Im selben Moment kippte Mathieu, der neben mir saß, vornüber und schlug mit der Stirn gegen die zersprungene Windschutzscheibe. Aus seinem Ohr lief Blut. Ich bremste. Jeannot sprang aus dem Wagen und kam an Mathieus Tür. Er konnte sie nur schwer öffnen, weil sie sich unter dem Anprall der Kugeln verzogen hatte. Jeannot packte Mathieu, zog ihn mühsam aus dem Wagen und legte ihn neben die Straße. Als er Mathieus blutigen Kopf in die Hände nahm, sah ich, daß seine Lippen sich im Gebet bewegten.

Ich kannte Mathieu nicht so gut wie er. Ich wußte nur, daß er neunundzwanzig Jahre alt und der Sohn eines *neg riche* war, eines erfolgreichen schwarzen Reishändlers. Er war auf unser Gymnasium gegangen und hatte mit einem amerikanischen Stipendium an der Columbia School of Journalism in New York studiert. Vor fünf Monaten war er nach Ganae zurückgekehrt, um Jeannot als Pressebeauftragter im Wahlkampf zu helfen.

Ich stand neben dem Toten, nicht in Tränen wie Jeannot, aber krank im Herzen. Ich sah nur noch Bilder des Todes: Mathieu, die Leiche auf dem Scheiterhaufen in Damienville, den verstümmelten Oberst Maurras in der Sakristei der Schulkapelle, die Kinder in Papanos, die sich in einem Graben hinter den Leichen ihrer Eltern versteckten.

Die Straße vor uns war leer. Vögel sangen. Über dem Horizont ballten sich Gewitterwolken. Schwere Regentropfen begannen zu fallen, Vorboten eines Wolkenbruchs.

Wir hoben Mathieus Leichnam auf und legten ihn hinten auf den Wagenboden. Ich nahm einen Stein und schlug die Reste der Windschutzscheibe heraus, damit ich beim Fahren etwas sehen konnte. Dann fuhren wir weiter, ohne Schutz vor dem heftigen Regen, der uns in die Gesichter prasselte. Es waren nur noch ein paar Minuten bis Cap Gauche, einer felsigen Halbinsel, die über eine Landenge mit der Hauptinsel verbunden ist. Als wir den Damm erreichten, kam uns von Cap Gauche eine Gruppe von Leuten entgegen. Zu unserer Verwunderung trugen einige von ihnen halbzerfetzte Poster mit Jeannots Porträt, die sie sich zum Schutz gegen den Regen über die Köpfe hielten.

Wir fuhren auf die Halbinsel und kamen in das Fischerdorf Skele. Der Ort schien ruhig, fast verwaist. Soldaten waren nicht zu sehen. Jeannot, der Skele noch aus Wahlkampfzeiten kannte, lotste mich auf einen Hügel über dem Hafen und von dort zu einem viktorianischen Pfefferkuchenhaus mit Dachbalustrade und einem runden Türmchen, auf dem eine Funkantenne in den verregneten Himmel ragte. Als wir uns dem Haus näherten, winkte uns aus dem Erkerfenster des Wohnzimmers ein bärtiger Mann zu.

»Das ist Willi«, sagte Jeannot.

Willi Narodny, ein Junggeselle Mitte Fünfzig, war einer jener Abenteurer, die aus der europäischen Gesellschaft ausgestiegen waren, um unter den Völkern ferner Länder zu leben. Vor ein paar Jahren hatte er hier eine Fabrik für Baseballhandschuhe aufgemacht, in der inzwischen die halbe erwachsene Bevölkerung von Cap Gauche arbeitete. Über seine Kurzwellenstation setzte er sich für Bürgerrechte und Fragen der Umwelt ein. Jetzt kam er uns ohne Hemd, nur mit einer abgeschnittenen Jeanshose und Wanderstiefeln bekleidet, entgegengeeilt.

»Schnell! Steigen Sie aus, und geben Sie mir die Schlüssel!«

Wir sahen ihn verständnislos an.

»Ich habe gerade im Polizeifunk gehört, daß sie nach einem weißen Peugeot suchen. Sie haben auch das Kennzeichen.«

Ich gab ihm die Schlüssel. Als er in den Peugeot stieg, sah er, was hinten im Wagen lag.

»Herrje! Wer ist das?«

»Ein Freund«, sagte Jeannot.

»Warten Sie hier. Ich verstecke den Wagen in meiner Garage.«

Er fuhr hinter das große Haus. Ich sah Jeannot an.

»Willst du immer noch im Rundfunk sprechen?«

»Wenn es geht.«

Willi kam zurückgelaufen. »Kommen Sie ins Haus.«

Er führte uns in die beengte Eingangsdiele, in der allerlei Funkgerätschaften herumstanden, so ähnlich wie bei Pat Redmond.

»Möchten Sie etwas trinken?«

Wir verneinten.

Willi ging zu einem Büffet, nahm eine Flasche Whisky heraus und schenkte sich ein Glas ein. Er trank, dann fragte er: »Ist das unterwegs passiert?«

»Ja. Soldaten, die uns entgegenkamen, haben wahllos drauflosgeballert.«

»Ja, das Militär ist außer Rand und Band«, sagte Willi. »Überall ist der Teufel los.«

»Und auf Cap Gauche?« fragte Jeannot. »Wir haben vorhin Leute über den Damm gehen sehen.«

»Das waren Fischer aus Bouglie. Die haben heute mittag in der Stadt eine Demonstration veranstaltet.«

»Hat es dabei Ärger gegeben?«

»Nein. Die hiesige Garnison hatte ihre Truppen schon nach Papanos geschickt, bevor die Demonstration anfing. Was haben Sie vor, Jeannot? Wollen Sie immer noch auf Sendung gehen?«

»Das liegt bei Ihnen. Ich möchte das Volk wissen lassen, daß ich noch im Land bin, und auf freiem Fuß.«

»Und danach?«

»Danach fahren wir sofort weiter.«

»Das geht nicht, jedenfalls nicht mit diesem Wagen. Damit würden Sie erwischt. Wo wollen Sie denn hin?«

Wir sahen einander an.

»Vielleicht nach Lavallie«, sagte Jeannot. »Wenn wir es schaffen.«

»Kann einer von Ihnen Motorrad fahren?«

»Ja, ich«, sagte ich.

»Ich habe eins. Alt, aber es läuft noch.«

»Und die Rundfunkansprache?« fragte Jeannot. »Geht das?«

»Natürlich geht das. Aber Sie werden sich kurz fassen müssen. Ich nehme den Text auf Band und sende ihn später, wobei ich dafür sorgen werde, daß er im Ausland gehört wird. Bis die festgestellt haben, wo das herkommt – *falls* sie es feststellen – sind Sie längst weg.«

Ein paar Minuten später saß Jeannot in dem beengten Raum, aus dessen Fenstern man über Skele blickte, vor einem Mikrofon. Ein rotes Lämpchen wechselte auf Grün.

Brüder und Schwestern.
Ich spreche zu euch aus Ganae.
Ja, ich bin hier.
Ich bin noch euer Priester, noch euer Präsident.

Bald spreche ich wieder aus Port Riche zu euch.
Die Putschisten, die Reichen,
die Generäle, die alten Doumerguisten,
die *bleus*, die aus ihren Verstecken gekommen sind,
sie werden alle bestraft und geächtet werden.
Auf Befehl des Verbrechers Macandal,
der sich in dieses Land zurückgeschlichen hat,
haben die Soldaten heute Schnaps bekommen.
Sie sollen sich damit betrinken.
Und betrunken ermorden sie ihre Brüder.
Aus welchem Grund?
Aus keinem Grund.
Doch ja, es gibt einen Grund,
einen Grund für General Macandal.
Der Grund ist Angst.
Angst ist seine Waffe, und er gebraucht sie.
Er gebraucht die Soldaten und Gewehre,
um euch angst zu machen.
Wenn ihr Angst habt, werdet ihr nicht aufstehen
und fordern,
daß Ganae die Freiheit zurückgegeben wird.
Er hat Angst.
Angst, weil ihr auf die Straßen gegangen seid,
um zu zeigen, daß die Freiheit,
die wir errungen haben, unsere Freiheit ist.
Daß wir uns nicht vor betrunkenen Soldaten fürchten,
daß wir uns nicht vor bewaffneten Mördern fürchten.
Wir sind Millionen.
Sie sind wenige.
Ihr Putsch ist schon jetzt gescheitert.
Volk von Ganae.
Erkenne deine Macht.

Gebrauche sie.
Wir wollen die Wahl verteidigen.
Wir wollen die Demokratie verteidigen.
Schon hat die weite Welt die Wahrheit erfahren.
Schon sind in den Hauptstädten Europas und Amerikas diese Verbrecher gebrandmarkt.
Ihre Zeit ist kurz.
Ihr Tag ist zu Ende.
Sie sind gescheitert.
Also geht nun auf die Straßen.
Freut euch.
Ihr seid das Volk.
Ihr habt die Macht.
Gebraucht sie.

Jeannot sah auf und signalisierte, daß er fertig sei. Das grüne Lämpchen wechselte wieder auf Rot.

»Zu lang?«

Willi schüttelte den Kopf. »Nein. Aber ist Ihnen eigentlich klar, was Sie da sagen?«

»Was meinen Sie?«

»Geht auf die Straßen. Gebraucht eure Macht. Das hat das Volk doch vorige Woche schon getan, oder? Es hat von seinen Macheten Gebrauch gemacht, und es ist noch einmal gutgegangen. Aber die Lage hat sich verändert. Die Armee ist von der Kette. Die Armee hat Schußwaffen. Sie laden zum Massaker ein.«

»Wenn das Volk in Massen auf die Straßen geht, kann die Armee nicht alle erschießen, oder? Da müßte sie Hunderte, Tausende umbringen. Und ab morgen wird es in Port Riche nur so wimmeln von ausländischen Journalisten.« Jeannot stand auf und legte Willi die Hand auf die

Schulter. »Das wollte ich den Leuten sagen. Und ich glaube, daß es klappen wird. Werden Sie es senden?«

»Ich hab's ja versprochen«, sagte Willi. »Es gefällt mir nicht, aber ich werde es senden, etwa in einer Stunde.«

»Danke.«

Jeannot wandte sich an mich. »Was machen wir mit Mathieu?«

»Ist das der Junge im Wagen?« fragte Willi. »Wir haben hier einen Priester, Père Briand, der ist ein Anhänger von Ihnen.«

»Ja, natürlich«, sagte Jeannot. »Er hat mir im Wahlkampf geholfen.«

»Ich werde ihn bitten, für ein Begräbnis zu sorgen«, sagte Willi. Er griff wieder zur Flasche. »Sie beide wollen wirklich nichts?«

»Ich trinke nicht«, sagte Jeannot. »Vielleicht du, Paul?«

Ich schüttelte den Kopf.

»Na schön.« Willi kramte in seiner Hosentasche und gab mir einen Schlüssel. »Dann holen wir mal das Motorrad.«

Ein paar Minuten später standen wir in seiner Garage, wo er aus dem Schatten ein altes Motorrad hervorzog. Ich warf noch einen letzten Blick auf unseren kleinen weißen Peugeot mit der zerschlagenen Windschutzscheibe, den Einschüssen in den Türen, dem toten Mathieu. Ich hatte noch nicht für seine Seele gebetet. Die bekannten Gebete fielen mir ein: »Herr, gib ihm die ewige Ruhe, und laß dein ewiges Licht leuchten über ihm.« Aber sie fielen mir nur ein, ich sprach sie nicht. Ewiges Licht? Ewige Ruhe? Ich dachte wieder an die Worte meiner Mutter.

Willi erklärte mir, wie man mit dem Motorrad umging. Er gab mir eine Motorradbrille. Jeannot gab er einen Sturzhelm mit Visier. »Lassen Sie Jeannot den Helm tragen«, sagte er. »Ich habe keine zwei. Aber er ist wie eine Maske. Darin erkennt man ihn nicht.«

Ich schob das Motorrad ins Sonnenlicht. Jeannot stieg hinter mir auf. Ich trat den Kickstarter. Willi winkte uns nach.

Minuten später donnerten wir über den Damm. Die Straße war leer, der Regen hatte aufgehört. Ich sah auf Jeannots Hände, mit denen er sich an mir festhielt, fühlte, wie sich sein zarter Körper an mich preßte. In ferner Vergangenheit hatte eine Frau auf einer wackligen Veranda gesessen und mir nachgeschaut, als ich auf einem Maultier einen Bergpfad hinunterritt, hinter mir einen Jungen, der sich an mich klammerte, ein Junge, den sie in meine Obhut gegeben hatte.

Wir schlugen die Richtung nach Lavallie ein, wo Noël Destouts uns seine Berghütte zur Verfügung gestellt hatte. Die Menschen dort waren ein Bergvolk, wie die in Toumalie, Jeannots Heimatdorf. Unter ihnen waren keine *bleus*. Wenn Jeannot sich irgendwo in Ganae versteckt halten konnte, dann in Lavallie.

Aber nach zwanzig Minuten Fahrt, als wir den Damm schon hinter uns hatten, sahen wir weiter vorn eine Straßensperre. Soldaten kontrollierten dort Autos und Fußgänger. Nüchterne Soldaten. Die Aktion stand unter dem Kommando eines Hauptmanns, der die Schulterstücke des Bataillons Port Riche trug. Ich hielt an.

»Die suchen nach deinem Peugeot«, sagte Jeannot, »nicht nach zwei Männern auf einem Motorrad.«

»Sie suchen nach dir und einem weißen Priester. Wir können es nicht riskieren.«

»Gibt es einen anderen Weg nach Lavallie?«

»Nein.«

Ich wendete, und wir fuhren den Weg wieder zurück, den wir gekommen waren. Als wir uns dem Damm näherten, sah ich, daß dort gerade eine zweite Straßensperre errichtet wurde. Jetzt waren uns beide Richtungen abgeschnitten. Ein Konvoi aus drei Militärlastwagen kam gerade von Cap Gauche über den Damm.

»Die waren vielleicht bei Willi«, sagte Jeannot. »Eines steht fest. Irgend jemand aus Pat Redmonds Dorf hat ihnen eine Beschreibung deines Wagens gegeben und ihnen gesagt, daß wir in dieser Gegend sind.«

Die Gefahr hatte sich für uns verdoppelt. Bisher hatten wir uns nur verstecken müssen. Jetzt wurden wir gejagt. Während wir mitten auf der Straße hielten, rumpelte der Lastwagenkonvoi durch die Straßensperre. In wenigen Minuten würde er bei uns sein. In aller Eile schleiften wir das Motorrad ins hohe Gras und legten uns daneben, ohne zu wissen, ob man uns von der Straße aus sehen konnte. Sekunden später erzitterte ringsum die Erde, als über uns die Lastwagen vorbeifuhren. Ich drückte mein Gesicht ins Gras und krümmte mich zusammen, als könnte mich jeden Moment eine Kugel in den Rücken treffen. Als der Lärm abebbte, setzte Jeannot sich auf, schob das Visier seines Sturzhelmes hoch und spähte zu den Hügeln um uns herum. Er zeigte zu einem Dorf auf einem felsigen Plateau über der Straße und dem Tal. »Komm, wir verstecken das Motorrad hier und gehen da zu Fuß hinauf.«

»Aber das liegt vollkommen isoliert«, sagte ich. »Was sollen wir da?«

»Das Dorf ist so klein, daß es dort bestimmt weder Polizei noch Soldaten gibt. Die Bewohner werden mich verstecken.«

Ich wußte nichts zu sagen. Ich hatte Angst und wollte

mich verstecken. Hier unten an der Straße hatte ich das Gefühl, daß wir jeden Moment von Soldaten entdeckt werden konnten. Aber wenn wir zu Fuß auf diesem Felspfad zu diesem einsamen Dorf hinaufgingen, waren wir völlig abgeschnitten und konnten nicht einmal mehr fliehen, wenn wir verfolgt wurden. Wir machten uns auf den Weg und schoben das schwere Motorrad den schmalen Pfad hinauf, bis wir eine Stelle fänden, wo wir es verstecken konnten. Alles, was es hier einmal an Bäumen und Sträuchern gegeben hatte, war längst zu Brennholz gemacht, und der kahle Berghang bot keinerlei Deckung. Über uns hörten wir ein Geräusch. Es wurde lauter. Über dem Berggipfel erschien ein Hubschrauber, in Ganae ein seltener Anblick. Als er auf uns zukam, sahen wir seine militärischen Markierungen. Hastig schleiften wir das Motorrad vom Weg herunter und legten uns daneben, ohne uns große Hoffnungen zu machen, daß man uns nicht sähe. Doch der Hubschrauber flog einfach über uns hinweg. Wir sahen ihn über der zweiten Straßensperre kreisen, dann wieder hochsteigen und hinter einem Hügel verschwinden.

»Nicht entdeckt«, sagte Jeannot.

Aber ich war mir da nicht so sicher.

»Legen wir das Motorrad da hinter den Felsen«, sagte Jeannot. »Da ist es wenigstens von der Straße aus nicht zu sehen.«

Wir schleiften es hinter ein paar Felsbrocken. Jeannot legte seinen Sturzhelm daneben. »Die haben uns wirklich nicht bemerkt«, sagte er. »Komm weiter.«

Er ging voran. Ich folgte. Während wir uns den steinigen Pfad zu dem Bergdorf hinaufmühten, drehte ich mich immer wieder nach der Straßensperre um. Wenn die Armee erfahren hatte, daß wir uns irgendwo zwischen Cap Gauche und Papanos befanden, würde sie ganze Hundertschaften von Soldaten schicken, um uns aufzuscheuchen. Pelardy hatte recht gehabt. Solange Jeannot in Ganae frei herumlief, war er zum Abschuß freigegeben.

Das Dorf vor uns war von der allerärmsten Sorte, etwa fünfzehn Hütten aus Holzgestänge und einem mit Lehm verputzten Flechtwerk, die Dächer mit Palmenzweigen gedeckt. An den steilen Hängen ringsum wuchsen auf ein paar mageren Feldern Straucherbsen und Yamswurzeln. In der Dorfmitte sahen wir drei an den Vorderbeinen gefesselte Esel, einen Koben mit ein paar Schweinen darin und auf den Felsvorsprüngen darüber sechs Bergziegen. Jetzt hörten wir Trommeln und Mandolinenklänge. Stimmen sangen dazu ein Klagelied, das ich nicht kannte, wohl aber Jeannot.

»Eine Totenfeier«, sagte er. »Da in dem Haus.«

Auf einer selbstgebauten Wippschaukel saßen Kinder, die uns zuwinkten, als wir zu der Hütte gingen, auf die Jeannot gezeigt hatte. Wir öffneten die Tür. Drinnen saßen Leute, die auf Trommeln schlugen und zu den Klängen der Mandoline sangen. Als sie Jeannot sahen, winkten sie ihn lächelnd zu sich herein, doch als er eintrat und die Sänger nun mein weißes Gesicht sahen, verstummten sie. Die Musik hörte auf.

Der Tote saß an einem Tisch, dem Brauch gemäß in seinen besten Kleidern: in sauberem weißem Hemd, Drillichhose und Sandalen. Auf seinem Kopf saß keck ein alter Filzhut. Auf dem Tisch lag ein Trauerkranz aus weißem Jasmin und roten Immortellen. Ein Gericht aus Bananen, Bohnen und Reis stand vor dem Toten, und in seinem Mundwinkel hing eine nicht angezündete Zigarette. Er war ein Bauer, etwa dreißig Jahre alt und mager wie eine Vogelscheuche, wie die meisten in diesem Zimmer. Und dann sah ich das Einschußloch in seiner Schläfe. Das Blut hatte man abgewischt.

Die Leute nickten mir, dem Priester, demütig zu. Jeannot sahen sie neugierig an, erkannten ihn aber nicht.

Jeannot lächelte sie an und sagte: »Gott ist mit uns.«

Es war, als hätte er seinen Namen genannt. Im Zimmer wurde es auf einmal unvorstellbar still. Dann rief ein Chor von Stimmen: *»C'e Mesiah. C'e Mesiah!«*

Sie kamen und berührten ihn, wie man einen sakralen Gegenstand berühren würde. *»Mesiah! Mesiah!«* Sie weinten und lachten und verneigten sich ehrerbietig vor ihm.

Jeannot ging durch das Gedränge zum Tisch und berührte sanft die Hand des Toten.

»Wer hat euren Bruder getötet?«

Stotternd und einander ins Wort fallend in ihrem Eifer, berichteten die Dorfbewohner, daß sie vor zwei Tagen nach Papanos gezogen seien, um mit anderen Bauern gegen die Weigerung des Parlaments zu protestieren, einen Premierminister nach Jeannots Wahl zu akzeptieren. Der Tote habe ein Plakat mit Jeannots Bild getragen und sei von Soldaten erschossen worden, als er versucht habe, es über der Rathaustür anzubringen.

Und nun war, wie in einem biblischen Wunder, Jeannot selbst zur Trauerfeier für den Mann gekommen. Die Dorfbewohner fragten nicht, warum er hier war, oder woher er vom Tod dieses Mannes wisse. Der Messias ist kein Mensch. Er hat gleichermaßen in der Welt des Fleisches und der Welt des Geistes seine Wohnstatt. Für sie war Jeannot in ihrem Dorf erschienen wie anderswo die Jungfrau Maria. Er war Gottes Bote. Daher diese merkwürdige Verzückung, die über sie gekommen war. Ihr Leben in Armut, mit endloser Plackerei, frühem Kindestod, Unwettern, die ihre mageren Ernten vernichteten, Soldaten und *bleus*, die prügelten und plünderten, hatte sich an diesem Tag, in diesem Zimmer, in die Verheißung eines künftigen Lebens verwandelt. Nun, da der Messias unter ihnen war, gewannen sie neuen Glauben. Das Paradies würde ihnen gehören.

Ihre verlegene Dankbarkeit in diesem Augenblick war einfach rührend. Frauen kamen und drückten uns Schalen mit Speisen in die Hände. Männer schenkten selbstgebrautes Bier ein, brachten es Jeannot und nötigten ihn mit verlegenem Lächeln zu trinken. Wir mußten uns zu dem Toten an den Tisch setzen und bekamen Zigaretten angeboten, eine Kostbarkeit. Man zog uns die Sandalen aus, und Dorffrauen kamen mit Wasser, um uns die schmutzigen Füße zu waschen. Und nun begannen die Trommeln wieder zu schlagen, die Mandoline stimmte eine fröhlichere Melodie an. Die Trauerfeier ging weiter, aber alles war anders geworden: Das Leben hatte den Tod besiegt. Der Tote, jetzt noch steif und stumm an diesem Tisch, würde eines Tages in einer anderen, wahreren Welt wieder unter uns sein.

Wir waren Gejagte. Auf den Straßen unter uns und am Himmel über uns waren Soldaten auf der Suche nach Jeannot. Und dennoch konnte man hier in diesem Zimmer glauben, wir wären vor unseren Feinden gerettet. Wir aßen die Speisen, die sie uns gaben, und klatschten in die Hände zu ihrem Gesang. Ich fragte Jeannot nicht, was wir nun als nächstes tun sollten. Doch mitten in das Singen hinein sagte er plötzlich zu mir: »Diese Leute wissen vielleicht nicht einmal, daß es einen Putsch gegeben hat. Sie sagen, sie haben hier kein Radio.«

»Sagst du es ihnen?«

»Später. Vielleicht kennen sie weiter oben am Berg einen Ort, an dem wir uns ein, zwei Tage verstecken können.«

Soeben wurde eine sehr alte Frau hereingeführt, damit sie Jeannot begrüßte. Sie war die Großmutter des Toten. Jeannot umarmte sie und sagte: »Er ist jetzt im Himmel. Er ist glücklich.«

»Ich weiß«, sagte die alte Frau. »Hat viele Fehler gemacht im Leben, aber letzte Woche, in Papanos, ist er für dich aufgestanden. Ist seine Fahrkarte ins Paradies, eh, Jeannot?«

Er lächelte und umarmte sie noch einmal. Einige Minuten später hörten wir durch das Singen und Trommeln einen Hubschrauber knattern. Das Flugzeug kreiste über die Hütten des Dorfes, schwebte kurz auf der Stelle, schraubte sich dann wieder hoch und flog den Berghang hinunter. Ein paar Leute waren hinausgerannt, um es zu sehen. Jetzt kamen sie wieder herein. »Soldaten! Soldaten kommen!«

»Bleib du hier«, sagte ich zu Jeannot. Ich selbst ging vor die Hütte. Auf dem Berghang nahte ein Zug Soldaten, in Schützenkette wie bei einer Gefechtsübung. Auf den Felsvorsprüngen oberhalb des Dorfes lagen weitere Soldaten mit schußbereiten Waffen in Stellung. Der Hubschrauber kam wieder, schwebte kurz über uns und flog dann weiter über der Straße entlang, wo ein Dutzend Militärlastwagen und zwei Kampfwagen aufgefahren waren.

Ich lief in die Hütte zurück und berichtete Jeannot.

»Du hattest recht«, sagte er. »Sie haben uns mit dem Motorrad gesehen. Sie wissen, daß wir hier sind.«

Dorfbewohner kamen und drängten sich um ihn. »Soldaten kommen, Jeannot. Was wollen die?«

»Mich wollen sie«, sagte Jeannot. Er faßte mich am Arm. »Wenn sie mich erst haben, werden sie sich um dich nicht weiter kümmern. Sehen wir zu, ob wir dich nicht irgendwo verstecken können.«

»Nein. Wir bleiben zusammen.«

Jetzt hörten wir Schüsse und liefen hinaus. Die Soldaten, die den Berg heraufkamen, schossen in die Luft, um den Dorfbewohnern angst zu machen, die dort standen und zu ihnen hinunterstarrten. Als die Schüsse krachten, flüchteten einige der Leute hinter ihre Hütten. Eine Frau aber rief: »Sie wollen Jeannot holen. Sie wollen ihn erschießen!«

Augenblicklich schlug die Stimmung in Wut um. Einige rannten in ihre Hütten und kamen mit Macheten wieder heraus. Die ersten Soldaten waren jetzt nur noch hundert Meter entfernt. Als sie die Dorfbewohner mit Macheten aus den Hütten kommen sahen, zögerten sie und sahen zu ihrem Anführer, einem Leutnant, der neben ihnen ging. »Weiter!« befahl dieser. »Weiter! Sie haben keine Schußwaffen.«

Die Soldaten, viel näher jetzt, hoben von neuem ihre Gewehre und schossen über die Köpfe der Dorfbewohner hinweg. Diese wichen keinen Meter. Die Soldaten rückten weiter vor. Der Leutnant schrie: »Feuer frei!«

Sie schossen in die Menge. Zwei Männer stürzten zu Boden. Eine Frau, die aus einer Schulterwunde blutete, rannte den Angreifern entgegen und schrie sie an, ohne Worte.

Jeannot, der neben mir gestanden hatte, drängte sich jetzt an seinen Verteidigern vorbei und stellte sich vor die Dorfbewohner. Der Offizier erkannte ihn und rief schnell: »Feuer einstellen!«

Jeannot ging ein paar Schritte auf die Soldaten zu und blieb wieder stehen. Er hob die Hand wie zum Friedensgruß. Plötzlich war es still. Er sprach mit normaler Lautstärke.

»Brüder. Laßt eure Waffen sinken. Tötet nicht euer eigenes Volk. Ich bin hier. Laßt die Waffen sinken.«

Er stand ganz allein da, eine schmächtige, abgerissene Gestalt, und dennoch war er wie immer, wenn er es darauf anlegte, absoluter Herr der Lage. Die Soldaten senkten ihre Waffen. In der Stille hörten wir das Knirschen von Stiefeln, als ein Hauptmann den Berg heraufkam und neben den Leutnant trat. Beide waren *mulâtres* und trugen die Schulterstücke des Bataillons Port Riche. Der Hauptmann zog seine Pistole und richtete sie auf Jeannot.

»Père Cantave, Sie sind verhaftet.«

»Lassen Sie diese Leute in Ruhe«, sagt Jeannot. »Sie haben nichts mit mir zu tun.«

Er ging auf die Offiziere zu. Ich folgte ihm. Als wir bei ihnen ankamen, drehe Jeannot sich um und rief den Dorfbewohnern zu: »Steckt eure Macheten ein. Helft den Verletzten. Geht in eure Hütten. Geht.« Und mit gebrochener Stimme fügte er hinzu: »Gott segne euch.«

Er wandte sich an die Offiziere. »Ich bin derjenige, den Sie suchen. Lassen Sie Père Michel seines Weges gehen.«

Der Hauptmann schüttelte den Kopf. »Ich habe Befehle«, sagte er. »Ich muß ihn auch mitnehmen.«

Wir gingen hintereinander den Bergpfad hinunter, gefolgt von dem Hauptmann und dem Leutnant. Die Soldaten blieben in ihrer Formation unschlüssig am Berghang stehen, bis ein Sergeant rief: »Zurück zu den Wagen! Zurück zu den Wagen!«

Ich sah mich um. Die Dorfbewohner schauten uns nach, die Macheten in den kraftlos herunterhängenden Händen. Einige knieten bei den beiden, die getroffen worden waren. Als wir die Straße erreichten, drehte Jeannot sich um und winkte zu ihnen zurück. Ganz von ferne scholl ihr Gesang den Berghang herunter: *Dieu et Patrie.*

Soldaten marschierten auf dem Weg zu ihren Fahrzeugen an uns vorbei. Ich sah sie halb scheu, halb neugierig zu Jeannot herübergaffen. Einige lächelten auch und winkten ihm zu wie einem Freund. Der Hauptmann sah es und sprach kurz mit einem Sergeanten. Der Sergeant kam zu uns und deutete mit seiner Uzi in die Richtung, in die wir zu gehen hätten. Der Hubschrauber stand ein Stückchen weiter unten an der Straße. Als wir ihn erreichten, beugte der Pilot sich heraus, um uns beim Einsteigen zu helfen. Auch der Hauptmann und der Leutnant kletterten hinein. Der Hauptmann sagte etwas zu dem Piloten, und sofort begannen die Rotorblätter ihre ohrenbetäubende Karussellfahrt. Wir hoben ab und flogen über den Berggipfel. Von unten sahen die Bewohner dieses unbekannten Dorfes zu uns herauf. Sie hatten ihren Messias gesehen. Zwei von ihnen hatten vielleicht für ihn ihr Leben gelassen.

Es war jetzt später Nachmittag, und während der Helikopter über die Berge donnerte, prasselte tropischer Regen gegen die Plexiglashülle, die uns umschloß. Der Hauptmann, der Jeannot gegenübersaß, beugte sich zu ihm hinüber und zog das Transistorradio aus seiner Hemdtasche. »Nicht erlaubt!« schrie er.

Ich bemerkte, daß der junge Leutnant mich unverwandt ansah. Endlich beugte er sich zu mir herüber und schrie mir ins Ohr: »Kennen Sie mich noch, *Mon Père*? Sami.

Henri Sami. Ich war einmal Ihr Schüler. Ja! Im Gymnasium.«

Ich konnte mich nicht an ihn erinnern, aber sein Familienname war mir bekannt. Die Samis gehörten zu den Reichsten in der Schicht der *mulâtres.*

»Wohin fliegen wir?« fragte ich ihn.

»Dahin.« Er zeigte nach vorn. Durch die regenfreie Fläche, die der Scheibenwischer vor dem Piloten schuf, sah ich unter uns ein Fort in einer Felsenebene, umgeben von hohen Steinmauern. Auf dem Hof wehte von einem Türmchen die ganaesische Flagge. Als wir mit wirbelnden Rotorblättern auf diesem Hof landeten, hatte der Regen bis auf ein Tröpfeln aufgehört. Auf einem Schild über dem Haupteingang stand.

ARMEE DE GANAE

CAP BELLE ISLE

HAUPTQUARTIER

Das Fort wirkte verlassen. Als wir aus dem Hubschrauber stiegen, waren auf allen Stockwerken die Läden vor den Fenstern. Zu unserer Begrüßung stand einzig ein Soldat mit Einweisungskellen bereit. Die beiden Offiziere sprangen nach draußen und blickten unsicher um sich. Da ging eine Tür auf. Ein Major trat heraus und kam auf uns zu. Unsere Begleiter salutierten. Wir wurden durch die offene Tür auf einen dunklen Flur und dann in ein Zimmer geführt. Niemand sprach. Der Major nickte den anderen zu, worauf sie alle drei gingen und Jeannot und mich allein ließen. Wir hörten sie die Tür abschließen. Jeannot setzte sich auf einen der sechs Stühle, die um einen schlichten Holztisch standen. Weitere Möbel gab es in diesem Zimmer nicht. An einer Wand hing eine sauber abgewischte Tafel.

»Meine Rede«, sagte er. »Willi hat gesagt, er würde sie ›in einer Stunde‹ senden. Wie spät ist es jetzt?«

Ich sah auf meine Uhr. »Fünf.«

»Wenn er sie um eins gesendet hat und das Volk sie gehört hat, ist es jetzt vielleicht schon auf der Straße.«

Das Zimmer hatte kein Licht. Als es dunkler wurde, fand ich zwar einen Schalter, aber der funktionierte nicht. Gegen sechs Uhr hörten wir auf dem Flur eine Klingel. Minuten später flammten auf dem Hof Scheinwerfer auf. Wir stellten uns ans Fenster und sahen mitten auf dem Hof wieder den Soldaten stehen, der unseren Hubschrauber eingewiesen hatte. Seine roten Kellen waren jetzt beleuchtet. Er wartete. Wir warteten. Über uns hörten wir Hubschraubergeknatter, das immer lauter wurde. Der Soldat wies die Maschine in zwanzig Meter Abstand von der, die uns hierhergebracht hatte, zur Landung ein. Im Licht der Scheinwerfer konnten wir jede Einzelheit erkennen.

»Siehst du das Abzeichen?« fragte Jeannot. »Drei Sterne. Das ist Hemons Hubschrauber.«

Doch als die Hubschraubertür aufging und ein Offizier ausstieg, war es nicht General Hemon. Dieser Offizier war hellhäutig, sehr groß und trug einen Kampfanzug mit den Rangabzeichen eines Viersternegenerals, wovon es in den ganaesischen Streitkräften nur einen gab. Der Major, der ins Scheinwerferlicht hinausgerannt war, salutierte stramm, als der Mann sich umdrehte. General Macandal erwiderte lässig den Gruß. Hinter ihm sprang jetzt Oberst Lambert leichtfüßig aus dem Hubschrauber. Ich erkannte ihn sofort: sein gutaussehendes Gesicht, die schneidige Art, den auffallenden Filmschauspielerschnurrbart. Auch er trug einen Kampfanzug, der sauber und frisch gebügelt und nie im Kampf erprobt worden war. Die Armee Ganaes hatte noch nie einen Krieg geführt.

Der General und Lambert, geführt von dem Major, kamen auf das Gebäude zu. Während wir sie noch von unserem dunklen Zimmer aus beobachteten, ging plötzlich das Licht an. Auf dem Flur ertönte eine Klingel, dann das Hallen von Soldatenstiefeln auf den Steinfliesen. Unsere Feinde nahten. Mich erfaßte plötzlich kopflose Angst. Die Kaserne war zum Gefängnis geworden, und wir würden nie mehr lebend hier herauskommen.

Ein Schlüssel drehte sich im Schloß. General Macandal und Oberst Lambert traten ins Zimmer. Der Major zog die Tür wieder zu und ließ uns allein.

Jeannot stand nicht auf und sagte auch nichts. General Macandal, der hoch wie ein Turm über Jeannot ragte, sein Gesicht eine Maske reiner Verachtung, wandte sich an Lambert. »Schaffen Sie den Priester fort. Wir wollen mit ihm allein sprechen.«

»Père Michel bleibt hier«, sagte Jeannot.

Der General sah ihn an. »Sie haben nichts mehr zu befehlen. Das Kriegsrecht ist verhängt.«

»Ich werde weder mit Ihnen noch sonst mit irgend jemandem sprechen, wenn Père Michel nicht als Zeuge dabei ist«, sagte Jeannot.

Der General setzte sich ans andere Tischende. »Gut. Dann soll er bleiben«, sagte er zu Lambert.

Lambert setzte sich rittlings auf einen Stuhl und streckte die Beine von sich. Er drehte sich zu mir um, sah mich an und lächelte freundlich.

»Was soll dieses Gerede von Kriegsrecht?« fragte Jeannot.

»Sie waren den ganzen Nachmittag hier«, sagte der General. »Daher können Sie natürlich nicht wissen, was Sie angerichtet haben. Ich war gezwungen, das Kriegsrecht zu verhängen, wegen der Rede, die Sie heute haben ausstrahlen lassen. Ich hoffe, daß es nur eine vorübergehende Maßnahme sein wird. Das hängt jetzt von Ihnen ab.«

»Das heißt, das Volk ist wieder auf der Straße«, sagte Jeannot. »Und Ihr Putsch ist gescheitert.«

»Hören Sie mir einmal gut zu!« sagte der General. »Seit zwei Stunden laufen Banden von Aufrührern und Plünderern Amok in Port Riche, Mele, Doumergueville und Papanos. In den ländlichen Regionen haben Bauern Häuser niedergebrannt und das Leben von Soldaten, Polizisten und gewählten Amtsinhabern bedroht. Wir wissen noch nicht, wie viele Menschen dabei umgekommen sind. Ich habe der Armee verboten, Vergeltung zu üben, aber gegen dieses Verbot wurde in manchen Fällen verstoßen. Für diese Geschehnisse mache ich Sie verantwortlich.«

»Unsinn«, sagte Jeannot. »Sie haben diesen Putsch angezettelt. Für alles, was passiert ist, tragen Sie die Verantwortung.«

»Die tragen *Sie*«, sagte der General. »Die Wahrheit ist, daß Sie nie Demokratie für Ganae gewollt haben. Sie haben versucht, eine Revolution anzuzetteln, einen Krieg der armen *noirs* gegen uns übrige. Sie geben vor, Priester zu sein, aber Sie sind kein Priester, Sie sind ein Revolutionär und predigen den Klassenkampf. Sie sind nicht geeignet, Ganae zu regieren. Darum ist Senator Raymond jetzt Premierminister. Das Parlament versucht das Land vor einem Bürgerkrieg zu bewahren, den Sie herbeizuführen versuchen. Wenn es doch dazu kommt, wird das Land verwüstet. Ich will Ihnen deshalb einen Kompromiß anbieten. Wir haben beschlossen, Sie unter bestimmten Bedingungen als Präsident zu dulden. Wollen Sie die Bedingungen hören?«

»Wo ist General Hemon?« fragte Jeannot.

Der General seufzte und sah zur Decke. »Machen Sie doch Schluß mit diesem Unsinn! Hören Sie mir lieber zu. Die Bedingungen, unter denen wir Sie als Präsident dulden wollen, sind diese: Sie werden heute abend zu Radio Libre gebracht. Dort werden Journalisten sein, denen Sie sagen werden, daß Sie gekommen sind, um zur Beendigung dieser Gewalt aufzurufen. Wir werden dann eine vorher aufgezeichnete Ansprache von Ihnen senden, in der Sie erklären, daß Sie der Entscheidung des Parlaments, Senator Raymond zum Premierminister zu ernennen, zustimmen. Sie werden sagen, daß Sie dies als eine Maßnahme akzeptieren, um in Ganae wieder Frieden und Ordnung herzustellen. Sie werden erklären, daß Sie von nun an die Macht mit dem Premierminister und dem Parlament teilen werden. Ich schlage vor, daß Sie dann mit einem Gebet um Frieden Ihre Rede schließen.«

»Und auf welche Weise gedenken Sie mich zu zwingen, das zu tun?« fragte Jeannot.

»Sie werden es tun, weil es in Ihrem eigenen Interesse ist, mit uns zu kooperieren.«

»Sie haben meine Frage nicht beantwortet«, sagte Jeannot.

»Was passiert, wenn Sie nicht mitspielen? Dann werden Sie verschwinden. Sie sind vielleicht außer Landes geflohen, Sie halten sich vielleicht versteckt, Sie sind vielleicht umgekommen. Ihre Gefolgsleute werden versuchen, Sie ausfindig zu machen. Es wird die üblichen Verschwörungstheorien geben, aber nichts wird sich beweisen lassen. Die OAS wird verkünden, daß Sie zwar noch immer der gewählte

Präsident Ganaes, aber leider verschwunden sind. Wenn es innerhalb der nächsten paar Monate keine neuen Informationen gibt, wendet die Weltöffentlichkeit sich wie gewöhnlich anderen Dingen zu. Es wird ein neuer Präsident gewählt, und Sie gehen in die Geschichte ein. Ich war Stabschef unter Präsident Doumergue. Ich weiß, wie so etwas auszugehen pflegt.«

Es wurde still im Zimmer. Oberst Lambert zückte ein silbernes Etui und bot dem General und mir Zigaretten an. Keiner nahm eine. Lambert zündete sich selbst eine an und ergriff zum erstenmal das Wort.

»Also, Père Cantave. Sie sind ein intelligenter Mensch, und der General bietet Ihnen einen fairen Ausweg. Wir bitten Sie mitzuhelfen, dieses Blutvergießen zu beenden und viele Menschenleben zu retten. Wenn Sie das tun, bleiben Sie Präsident von Ganae. Wenn nicht, regieren wir ohne Sie. Die Entscheidung liegt bei Ihnen.«

Ich sah Jeannot an. Zu Beginn dieses Gesprächs war er entrüstet gewesen. Jetzt wirkte er unsicher. Er hielt sich die Hand vor die Augen, als hätte er Schmerzen. Endlich sagte er: »Ich kann heute abend nicht im Rundfunk sprechen. Ich brauche Zeit zum Nachdenken.«

Der General wandte sich an Lambert. »Alain?«

»Die Ausgangssperre gilt bis morgen früh um acht«, sagte Lambert. »In den meisten Landesteilen wird das Unwetter die Gemüter kühlen. Sagen wir, ich rufe Père Cantave heute abend um zehn an. Bis dahin hat er Zeit genug, sich zu entscheiden.«

»Père Cantave?« Der General stierte Jeannot an.

Eine geraume Weile würdigte Jeannot ihn weder einer Antwort noch eines Blickes. Schließlich sagte er: »Ich erwarte Ihren Anruf um zehn.«

»Gut«, sagte der General. Er wandte sich wieder an Lambert. »Wie steht es nun mit den anderen? Haben Sie schon Nachricht vom Erzbischof?«

»Ja. Er hat zugesagt, heute abend um neun im Rundfunk und Fernsehen zu sprechen. Es werden Gebete um die Heilung der Wunden Ganaes gesprochen. Senator Raymond will in der Sendung auch mitwirken.«

Draußen setzte der Regen wieder ein, ein Wolkenbruch, der über unsere Zimmerfenster strömte, als hätte jemand einen Schlauch auf die Scheiben gerichtet. General Macandal sah auf und fragte Lambert: »Haben Sie etwas von einer Sturmwarnung gehört?«

»Ein Hurrikan, ich glaube, er heißt Dominic«, sagte Lambert. »Zieht von den Bermudas herüber.«

»Dann sollten wir jetzt lieber nach Port Riche zurückfliegen«, meinte der General. »Ich habe um acht ein Treffen mit dem amerikanischen Botschafter.«

Sie unterhielten sich so zwanglos und lässig, als wären Jeannot und ich gar nicht mehr da. Und in dieser Unbekümmertheit lag noch etwas viel Beklemmenderes als in ihren Drohungen von vorhin. Der General erhob sich, setzte sein Käppi auf und fragte: »Sind wir soweit, Alain?«

Lambert wandte sich an mich. »Père Michel, meine Frau kommt morgen nach Hause. Sie konnte heute vormittag, gleich nachdem sie von meiner Rückkehr hörte, mit mir telefonieren. Sie hat mir erzählt, wie gut Sie zu ihr waren. Vielen Dank dafür. Wir stehen in Ihrer Schuld.«

Er und der General verließen das Zimmer. Der Major erschien in der Tür.

»Folgen Sie mir.«

Er führte uns den dunklen Korridor entlang und eine Treppe hinauf. Oben angekommen, hörte ich draußen den Hubschrauber aufsteigen. Wir wurden in ein kleines Zimmer mit zwei Betten und zwei Waschbecken geführt. »Wir bringen Ihnen in Kürze etwas zum Abendessen«, sagte der Major. »Oberst Lambert wird Sie um zehn anrufen.«

Er schloß die Tür. Jeannot ging sofort zum Bett, legte sich hin und deckte eine Hand über die Augen.

»Migräne?«

»Die vergeht schon wieder. Laß mich nur ein Weilchen ruhig hier liegen. Können wir das Licht ausmachen?«

Ich setzte mich im Dunkeln auf das andere Bett. Draußen peitschte der Regen gegen das Fenster. Ich beobachtete Jeannot, der bäuchlings auf dem Bett lag und sich nicht rührte. Was würde ich an seiner Stelle tun? In den letzten zwölf Stunden hatte ich mehr Menschen eines gewaltsamen und sinnlosen Todes sterben sehen als je zuvor in meinem Leben. Auch er hatte das gesehen, und dennoch hatte er in seiner Ansprache nichts gesagt, um dem ein Ende zu machen. War er noch immer so überzeugt, daß sein Handeln Gottes Wille war?

Eine Stunde später klopfte es an die Tür. Diesmal war es Leutnant Sami in Begleitung eines Soldaten, der uns Kaffee, eine Eierspeise und Brot brachte.

»Warum sitzen Sie hier im Dunkeln?« fragte Sami, indem er das Licht anknipste.

»Machen Sie es wieder aus«, sagte ich.

»Nein, schon gut.« Jeannot setzte sich im Bett auf. Ich sah, daß er schwitzte; sein Gesicht war patschnaß, seine Stirn umwölkt. »Hören Sie Radio?« fragte er Sami. »Ist noch immer Unruhe auf den Straßen?«

»Es ist jetzt ruhiger«, antwortete Sami. »Das macht der Hurrikan. Er hat Mele heimgesucht. Wie es heißt, wird er die übrige Insel verschonen, aber überall regnet es. Wenn jemand auf die Straße geht, wird er erschossen.«

»Ja, das wissen wir. Danke«, sagte Jeannot.

Als Sami und der Soldat aus dem Zimmer waren, meinte Jeannot: »Die können doch die Uhr nicht zurückdrehen, oder? Das Volk ist heute zu Tausenden auf die Straßen gegangen. Wir werden siegen. Was glaubst du?«

»Du sagst, wir werden siegen. Die Welt ist auf unserer Seite. Aber vor kurzem hast du selbst gesagt, daß die Armee das Heft in die Hand genommen hat, und daß die Armee jetzt das Gesetz ist. Welchen Schutz haben unsere Leute gegen bewaffnete Soldaten? Du sagst, es sei für Macandal und Lambert zu spät, die Uhr zurückzudrehen. Aber was ist mit denen, die schon gestorben sind, und denen, die morgen und übermorgen und überübermorgen sterben werden? Auch sie können die Uhr nicht zurückdrehen.«

Er sah mich aus schmerzverschleierten Augen an. »Wenn wir genügend Leute sind, wenn unser Wille stark ist, dauert es nicht lange. Ich frage mich nur das eine: Wenn ich mich ihnen verweigere und sie mich heute abend erschießen, wird das Volk dann ohne mich weitermachen? Macandal lügt, wenn er sagt, er würde mich als verschwunden ausgeben. Er würde meine Leiche auf der Avenue de la République an einen Laternenpfahl hängen, um zu beweisen, daß ich keine Gefahr mehr bin. Und was tut dann das Volk? Daran muß ich jetzt denken.«

Er senkte den Kopf und legte die Hand wieder über die Augen. »Hast du etwas dagegen, wenn wir das Licht wieder ausschalten und ein Weilchen nicht reden?«

Ich machte das Licht aus. Eine Viertelstunde später wurde es wieder angeknipst. Der Major stand in der Tür. »Oberst Lambert ist am Telefon. Kommen Sie.«

Jeannot ging und blieb eine halbe Stunde fort. Als er wiederkam, ging er ans Waschbecken, wusch sich das Gesicht und trocknete es mit einem Handtuch ab. Er wirkte sehr munter und war wieder ganz der alte.

»Was gibt es?«

»Ich habe Lambert gesagt, daß ich Präsident bleiben und Raymond als meinen Premierminister akzeptieren werde. Ich werde morgen vormittag über Radio Libre sprechen, aber ich habe darauf bestanden, daß es eine Live-Sendung ist und ich dabei auch im Fernsehen bin. Das Volk muß mich sehen, es muß wissen, daß ich noch da bin, noch im Amt. Ich habe auch zugesagt, eine Pressekonferenz abzuhalten und die Auslandspresse zu beruhigen.«

Ich empfand in diesem Augenblick eine sonderbare Erleichterung. »Gut«, sagte ich. »Ich glaube, das war eine weise Entscheidung.«

»Ich habe keine Entscheidung getroffen. Ich habe zu Gott um Antwort gebetet. Er hat mir eine Antwort gegeben, die mir nicht im Traum eingefallen wäre.«

»Sagst du's mir?«

Er schüttelte den Kopf. »Geht nicht. Gott hat dieses Stück geschrieben. Morgen werden wir es aufführen. So, und nun versuch ein bißchen zu schlafen.«

10

Etwas tat sich in dieser Nacht. Ich erwachte davon, daß unten auf dem Hof Lastwagenmotoren ansprangen. Die Scheinwerfer waren eingeschaltet, und ihr Widerschein warf einen silbernen Glanz in unser Zimmer. Ich hörte das Trappeln von Soldatenstiefeln, laute Kommandos und das Zuschlagen von Heckklappen, als die Wagen losfuhren. Ich stand auf und ging ans Fenster. Unten verließ gerade ein Dutzend Lastwagen voll bewaffneter Soldaten die Kaserne. Nachdem sie fort waren, ging ein einzelner Soldat über den Hof, um hinter ihnen das Tor zu schließen. Ich sah mich nach Jeannot um. Er lag auf dem Bett, die Hände über der Brust gekreuzt, die Augen offen und starr zur Decke gerichtet, so reglos wie die Statue eines mittelalterlichen Ritters auf einer Grabplatte. Unten verebbte der Lärm. Die Scheinwerfer wurden ausgeschaltet. Jeannots Profil wurde zur Silhouette, reglos. Ich starrte unverwandt darauf. Ich sah einen Menschen, den ich nicht kannte.

Kurz nach Morgengrauen schloß Leutnant Sami die Tür auf, um einen Soldaten einzulassen, der uns Kaffee, Brot und Bananen brachte. Sami sagte, wir würden in einer halben Stunde nach Port Riche aufbrechen. Aber schon Minuten, nachdem er das Zimmer wieder verlassen hatte, setzte der Hubschrauber unten auf dem Hof seinen Rotor in Bewegung. Der Major kam.

»Bedaure, aber es ist eilig. Sind Sie bereit?«

Draußen hatte der Regen aufgehört. Eine rostrote Morgendämmerung verblaßte zum eintönigen Blau eines ganaesischen Sommertages. Kurz bevor ich in den Hubschrauber stieg, gab Leutnant Sami mir die Hand und sagte: »Eines Tages werde ich Sie in der Schule besuchen, *Mon Père*. Das war eine glückliche Zeit für mich. Alles Gute für die Reise.«

Jeannot saß schon im Hubschrauber. Der Major, der unmittelbar hinter uns saß, nahm seinen Revolver aus dem Holster und hielt ihn achtlos auf dem Schoß. Wir flogen hoch über der trostlosen Ebene, die das Fort umgab. Binnen Minuten sahen wir die Küste, die weiße Schaumkrone der Brandung tief unter uns. Im Lärm des Motors konnte ich die Stimme des Piloten über die Sprechanlage kaum hören, aber ich bekam die Worte doch mit: »E-T-A, sieben-zwo-sieben ... Eskorte?«

Plötzlich erschienen links von uns zwei kleine Schulflugzeuge der Armee und setzten sich neben uns, dann über uns. Unser Pilot drehte sich um und schrie dem Major zu: »Alles klar. Alles klar. Wir können landen.«

Der Major nickte und beugte sich vor, um Jeannot ins Ohr zu schreien: »Wir landen gleich.«

Der Hubschrauber legte sich in die Kurve und flog seewärts. Vor uns ausgebreitet lag Port Riche mit dem Hafen, dem verlassenen Ausstellungsgelände, der schimmernden weißen Muschel des Präsidentenpalasts. Als wir tiefer hinuntergingen, wirkten die Straßen leer. Es war noch nicht acht. Die Ausgangssperre war noch in Kraft. An allen wichtigeren Kreuzungen standen Soldaten, und auf der Place Mafoux, ein paar Straßen weit vom Palast entfernt, standen zahlreiche Militärfahrzeuge. Wir schwebten jetzt über Radio Libre mit seinen hohen Stacheldrahtzäunen und der Antenne. Auf dem Parkplatz standen rund dreißig bewaffnete Soldaten. Staubwolken fegten über die Stufen zum Vordereingang, als der Hubschrauber in der Nähe etlicher Dienstlimousinen aufsetzte. Als der Staub sich legte, stiegen wir aus dem Flugzeug, und sofort umringten sechs Soldaten Jeannot wie eine Leibwache. Einige Meter weiter sah ich eine Gruppe ausländischer Journalisten und ebenso viele Fotografen, die man aber nicht an uns heranließ.

Auf der Eingangstreppe stand Oberst Lambert in Uniform, eine Revolvertasche am Gürtel, und bedeutete den Soldaten, Jeannot hereinzuführen. Dann lächelte er zu den Journalisten hinüber und schrie durch den Lärm des Hubschraubers auf englisch: »Schon gut, meine Herren, schon gut. Gleich, in wenigen Minuten.«

Man führte uns vom Hauptkorridor rasch in einen kleinen Raum. Lambert ging voraus, begleitet von zwei Männern in Zivil. Jeannots militärische Eskorte blieb draußen. Die beiden Männer, die mit Lambert ins Zimmer gingen, trugen dunkle Anzüge, weiße Hemden und schwarze Krawatten. Sie waren große, stämmige *mulâtres* mit mürrischen, angespannten Gesichtern, als könnten sie jeden Augenblick zu gewalttätiger Aktion aufgerufen werden. Ich sah, daß auch Lambert, obwohl er unbeirrt lächelte, sehr angespannt wirkte. Er sagte zu Jeannot: »Alles ist so vorbereitet, wie Sie es gewünscht haben, Père Cantave. Ihre Rede wird live in Rundfunk und Fernsehen zugleich übertragen. Nur eine kleine Schwierigkeit ist aufgetaucht, nämlich daß die Auslandspresse Sie vor Ihrer Ansprache interviewen möchte. Ich weiß, daß Sie das nicht wollten. Aber ich wäre dankbar, wenn Sie es den Herrschaften selbst sagen könnten.«

»Natürlich«, sagte Jeannot. »Lassen Sie die Leute nur herein, ich spreche sofort mit ihnen.«

»Augenblick noch«, sagte Lambert. »Wir haben eine Abmachung getroffen, und ich gedenke mich an meinen Teil zu halten. Sie sollten wissen, daß alle Anlagen von Radio Libre heute vormittag mir unterstehen. Wenn ich etwas höre, was gegen unsere Abmachung verstößt, ist Ihre Rede sofort beendet.«

»Das habe ich kaum anders erwartet«, sagte Jeannot. »Ich glaube nicht, daß Sie sich deswegen Sorgen machen müssen.« Er drehte sich um und sah zu den beiden dunkelgekleideten Fremden hinüber. »Wer sind diese Männer?«

Lambert lächelte. »Ihre Schutzengel. Nur für heute. Soll ich die Presse jetzt hereinlassen?«

»Ja, bitte.«

Die Journalisten kamen hereingestürzt. Die Fotografen begannen sofort zu blitzen, die Reporter drängten sich nach vorn und stellten ihre Fragen alle auf einmal. »Würden Sie sagen, daß dies ein Putschversuch war... Wurden Sie mißhandelt... Stimmt es, daß Sie abgesetzt sind?« Ich erkannte in den meisten die Stammgäste des Hotels Régence, ständige Korrespondenten ihrer jeweiligen Zeitungen und Rundfunkanstalten und folglich über die jüngsten Ereignisse sehr gut unterrichtet. Jeannot hob die Hände. Er schwieg, bis der Lärm sich gelegt hatte.

»Meine Herren, ich werde gleich eine öffentliche Erklärung abgeben. Sie wird in Rundfunk und Fernsehen übertragen, und ich glaube, sie wird Ihre Fragen beantworten. Zu einem weiteren Kommentar über das Geschehen der letzten vierundzwanzig Stunden bin ich nicht bereit. Ich hoffe, was ich zu sagen habe, wird dazu beitragen, der tragischen Kette von Ereignissen ein Ende zu machen. Das ist alles, meine Herren.«

»Woher ist das Blut an Ihrem Hemd?« rief jemand. »Sind Sie verletzt? Wurden Sie tätlich angegriffen?«

»Es ist nicht mein Blut«, sagte Jeannot. »Es ist das Blut meines Freundes Mathieu Clément, der gestern durch einen tragischen Unfall ums Leben kam. Nein, ich wurde nicht tätlich angegriffen.«

Er drehte sich zu Lambert um. »Fertig. Gehen wir.«

Die beiden Dunkelgekleideten bahnten uns sogleich einen Weg durch die Reporter und Fotografen. Auf dem Flur umringten uns wieder sechs bewaffnete Soldaten, die uns im Eiltempo eine Treppe hinauf zu den Redaktions- und Senderäumen führten. Ein elegant gekleideter älterer Herr, der stark nach Parfüm duftete, kam auf uns zu und begrüßte Jeannot wie einen alten Freund. »Sehr erfreut, Sie wiederzusehen, *Monsieur le Président*. Alles bereit für Ihre Sendung. Möchten Sie gleich anfangen?«

»Komm mit«, sagte Jeannot zu mir und nahm mich beim Arm. Die beiden Dunkelgekleideten nahmen uns in die Mitte, und wir betraten einen Raum, der aussah wie ein Flugzeughangar, aber ein Fernsehstudio war. Lambert folgte uns. Ein Maskenbildner im weißen Kittel kam zu Jeannot. »Wollen wir Ihr Hemd wechseln, Monsieur?«

Jeannot schüttelte den Kopf.

Jetzt kam der Sendeleiter und gab ihm die Hand. Jeannot war diesen Leuten ein alter Bekannter, und er fühlte sich in dieser Atmosphäre zu Hause. In Wahlkampfzeiten und später, während seiner Präsidentschaft, war er jeden zweiten Tag bei Radio Libre gewesen. Jetzt ging er in den Sendebereich und nahm auf einem Sessel Platz. Techniker machten sich um ihn herum zu schaffen. Jemand befestigte ein kleines Mikrofon am Kragen seines schmutzigen weißen Hemdes. Die beiden Dunkelgekleideten traten ein wenig beiseite, und als einer sich mit seinem mächtigen Hinterteil an die Wand lehnte, sah ich unter seiner Achsel die Wölbung eines Revolvers. Lambert flüsterte kurz mit dem vornehmen alten Studioleiter, dann kam er ebenfalls in den Sendebereich und stellte sich außerhalb des Kamerawinkels ein wenig links von Jeannot. Er hob die Hand und gab den Dunkelgekleideten ein Zeichen. Sie nickten. Lampen strahlten Jeannot an. Eine Kamera fuhr auf ihn zu. Der Sendeleiter winkte Jeannot und zeigte auf eine Uhr. Ein junger Ansager trat an ein Mikrofon links von Jeannot. Er behielt die Uhr im Auge. Als der Zeiger auf acht sprang, schwenkte die Kamera auf ihn, und er begann zu sprechen.

»Hier ist Radio Libre mit einer Sondersendung des staatlichen Rundfunks und Fernsehens. Bei uns im Studio ist Père Jean-Paul Cantave, der Präsident Ganaes. Präsident Cantave.«

Ich sah zu Jeannot, der nicht mehr auf dem Sessel saß, sondern sich schon erhoben hatte und vor den Kameras stand. Auf dem Monitor sah ich, daß er im Bild war, Nahaufnahme, den Blick starr wie in Trance auf sein unsichtbares Publikum gerichtet.

Brüder und Schwestern.
Ich muß heute weinen.
Weinen, wenn ich unsere erschossenen Brüder
in La Rotonde sehe.
Weinen, wenn ich in Papanos unschuldige Bauern
ermordet in einem Graben liegen sehe.
Weinen, wenn ich auf einem Platz in Doumergueville

einen reichen Mann und seine Familie
in Stücke gehackt sehe.
Weinen, wenn ich Ganaes Soldaten
wie Polizeihunde losgelassen sehe
auf ihre Brüder, die Armen.
Weinen wegen meiner Worte, ja, der Worte,
die ich gestern, vorgestern und am Tag davor
zu euch gesprochen habe,
Worte von mir,
die vielleicht meine Brüder und Schwestern
in den Tod geschickt haben.
Worte von mir,
die vielleicht Soldaten
auf die Straßen unserer Städte geschickt haben,
zum Töten und Getötetwerden.
Und wofür?
Wir haben unsere Freiheit nicht gewonnen.
Das ist ein langer Kampf.
Ich weiß jetzt,
daß es nicht heute und nicht morgen sein wird.
Aber es wird sein.
Es wird sein, wenn das ganze Volk eins wird.
So stark, so gut, daß unsere Feinde daran scheitern.
Die Liebe ist mächtiger als der Haß.
Wir sollen unsere Feinde lieben,
wie Christus es uns gelehrt hat.
Selbst die, die über uns herrschen wollen
Mit Waffengewalt und Angst.
Auch sie sind unsere Brüder und Schwestern.
Wir sind alle eine Familie. Gottes Familie.
Ich wurde gebeten, diesem Morden ein Ende zu setzen.
Ich wurde von General Macandal

und dem Parlament Ganaes gebeten,
Senator Raymond zu meinem Premier zu ernennen.
Ich wurde gebeten, die Macht zu teilen,
die ihr mir gabt,
mit anderen, die ich mir nicht ausgesucht habe.
Will ich das tun?

Er machte eine Pause. Im Studio herrschte augenblicklich Alarmstimmung. Ich sah die dunkelgekleideten Gorillas in Bereitschaft gehen. Lambert hob, ohne den Blick von Jeannot zu wenden, den Arm, ein Zeichen für den Sendeleiter, die Übertragung auf Kommando sofort abzubrechen.

Jeannot blickte unverwandt in die Kamera. Dann sagte er:

Ja, ich will es tun.
Ja.
Ich will es tun,
denn Liebe vertreibt den Haß.
General Macandal,
Sie haben mich gebeten, diese Ansprache
mit einem Gebet um Frieden für Ganae zu beenden.
Ich will mehr tun.
Ich bitte euch, Brüder und Schwestern,
hier in dieser Stadt
und in allen Städten und Dörfern unseres Landes.
Es ist jetzt acht Uhr morgens.
Ich bitte darum,
daß wir hier in Port Riche
uns in zwei Stunden
auf der Place Notre-Dame versammeln,
vor der Kathedrale Notre-Dame de Secours.

Wie ihr in ganz Ganae
euch vor euren Kirchen versammeln mögt,
um zu beten.
Zu beten zu unserem Vater,
daß er uns jetzt helfen möge,
uns in die Freiheit führe, die uns verheißen ist.
Wir bitten ihn um Rat und Hilfe,
zu enden unsere Not.
Wir beten um Gerechtigkeit.
Für die Armen, die Verachteten, die Elenden.
Kommt.
Kommt zu Tausenden.
An diesem Morgen, lasset uns beten.

Er senkte den Kopf und faltete die Hände wie zum Gebet, dann sah er von der Kamera fort und gab ein Zeichen, daß seine Ansprache beendet sei.

Die Kameras schwenkten auf den jungen Ansager, der sagte: »Sie hörten Präsident Jean-Paul Cantave mit einer Ansprache aus unserem Studio Port Riche.«

Im Hintergrund ertönte die Nationalhymne vom Band. Lambert ging zu Jeannot, der geduldig stillhielt, während die Techniker ihm das Mikrofon abnahmen.

»Sehr bewegend«, sagte Lambert. »Ausgezeichnet. Ich habe allerdings noch eine Frage. Diese Gebetsstunde. Was soll da genau geschehen?«

»Wir werden den Rosenkranz beten. Sonst nichts. Die Andacht wird nicht in der Kathedrale stattfinden. Ich hoffe, daß dafür der Andrang zu groß sein wird. Und da es sich um eine religiöse Veranstaltung handelt, hoffe ich außerdem, daß sich auf der Place Notre-Dame kein Militär befinden wird.«

Lambert schüttelte lächelnd den Kopf. »Bedaure, aber in dieser unruhigen Situation müssen Versammlungen dieser Größenordnung überwacht werden.«

»Friedlich überwacht«, sagte Jeannot. »Mehr verlange ich nicht.«

»Wir werden entsprechende Anweisungen geben. Das Militär wird sich zurückhalten. Sie haben mein Wort darauf.«

Der vornehme alte Studioleiter nahte mit wichtiger Miene. »General Macandal ist am Telefon, *Mon Colonel.*«

»Entschuldigen Sie mich einen Augenblick«, sagte Lambert und ging mit dem Studioleiter fort.

Jeannot kam zu mir herüber. »Laß uns in den Palast fahren, Paul.«

Aber einer der dunkelgekleideten Gorillas hob die Hand. »Wir müssen auf Oberst Lambert warten, Monsieur.«

»Gut, dann warten wir«, sagte Jeannot. Er lächelte mich an. »Es ist ja die Phase der Kooperation.«

Wir warteten also. Nach ein paar Minuten kam Lambert zurück. »General Macandal läßt Ihnen seine Grüße ausrichten. Er war von dem, was Sie eben gesagt haben, ebenfalls sehr angetan. Allerdings ist er mit mir der Meinung, daß bei diesem Rosenkranzgebet eine gewisse Polizeipräsenz unerläßlich ist. Und er schlägt vor, Erzbischof Pellerat ebenfalls zur Teilnahme an dieser Veranstaltung einzuladen.«

»Der Erzbischof ist herzlich willkommen, wenn er möchte«, sagte Jeannot. »Wie gesagt, es soll kein Gottesdienst sein, sondern eine schlichte Rosenkranzandacht. Ich werde vorbeten, und wir werden Lautsprecher auf dem Platz brauchen, damit die Gemeinde mich hört. Und jetzt möchte ich gern in den Palast zurück.«

»Selbstverständlich. Meine Leute werden Sie hinfahren.«

Lambert drehte sich um und zeigte zu den Gorillas. »Die beiden werden Sie auch zur Kirche bringen, wenn es soweit ist.«

Jeannot sah mich an. »Können wir, Paul?«

»Entschuldigung«, sagte Lambert. »Wenn Sie von der Presse nicht belästigt werden möchten, darf ich vorschlagen, daß Sie den Hinterausgang benutzen. Aber das liegt bei Ihnen.«

»Gut. Ich möchte keine weiteren Fragen.«

Der Studioleiter schloß die kleine Tür auf, und wir wurden über einen Hof voll rostender Funkgerätschaften geführt. Dort wartete ein schwarzer Mercedes. Die Gorillas fuhren uns auf die Rue Madame Ponset. Die Ausgangssperre war aufgehoben, und die Straßen waren sehr belebt. Aber es war alles andere als ein normaler Vormittag. Gefahr lag in der Luft, es herrschte eine erregte, unruhige Stimmung. Niemand schien seiner Arbeit nachzugehen. Als wir durch das Marktviertel fuhren, versammelten sich dort Menschengruppen, die sich zu Fuß oder per Fahrrad in Richtung Place de Notre-Dame aufmachten. Einige von diesen Leuten trugen Poster mit Jeannots Porträt. Zwei Frauen trugen ein langes Transparent, hinter dem eine Prozession von rund vierzig Leuten hermarschierte. Sein Text lautete: JEANNOT, LIBERATEUR!

Wir fuhren auf den Palasthof, wo uns vor dem Haupteingang ein Offizier der Garde Présidentielle in Empfang nahm. Jeannot wandte sich an die beiden dunkelgekleideten Gorillas. »Ich gehe jetzt in meine Privatgemächer. Um Viertel nach neun komme ich wieder herunter, dann können Sie mich zur Kathedrale fahren.«

»Haben diese Privatgemächer mehr als einen Ausgang?« fragte einer der Gorillas den Offizier.

»Nein.«

»Gut. Wir kommen mit nach oben und warten vor Ihrer Tür, bis Sie bereit sind, zu dieser Andacht zu fahren.«

Um in die Präsidentengemächer zu kommen, mußte man durch den Bürotrakt mit den Diensträumen für die Mitarbeiter des Präsidenten. Diese Diensträume, vormals voll von Jeannots Beratern, Helfern und Hütern, waren jetzt leer, die Telefone stumm, die Computer ausgeschaltet. Die Korridore, auf denen sonst Politiker, Postenjäger und Bittsteller gewartet hatten, um den Präsidenten zu sprechen, hallten jetzt von den einsamen Schritten zweier Soldaten der Palastwache. Als wir uns der Treppe zu Jeannots Privatgemächern näherten, kam Schwester Maria, seine Ärztin, uns schon entgegengeeilt. »Sind Sie verletzt?« fragte sie sofort, indem sie auf sein blutiges Hemd zeigte.

»Wo sind denn alle?« fragte Jeannot zurück.

»Zu Hause. Im Versteck. Bis wir Sie heute morgen im Rundfunk hörten, dachten wir alle, es wäre ein Putsch.«

»War es auch.«

»Kann ich etwas für Sie tun? Sind Sie verletzt?«

»Nein, nein. Bitten Sie Matta, uns Kaffee zu bringen, und kommen Sie bitte um zehn zum Rosenkranz.«

»Natürlich.« Sie schüttelte den Kopf. »Es war furchtbar. Ich dachte schon, Sie wären tot.«

Die Gorillas, die sich während dieses Gesprächs im Hintergrund gehalten hatten, folgten uns auf dem Fuß, als wir die Marmortreppe hinaufgingen. Oben vor der Tür zu Jeannots Gemächern erhoben sich die beiden alten Sergeanten, die ihn seit den ersten Tagen seiner Präsidentschaft bewacht hatten, und salutierten. Die Gorillas nickten ihnen zu, machten aber keine Anstalten, uns zu folgen, als die Sergeanten die schwere Tür aufschlossen, um uns hineinzulassen. Jetzt war ich endlich mit ihm allein. Er ging in das schöne Bad, zog sein Hemd aus und wusch sich. Ich folgte ihm. Fragen über Fragen gingen mir durch den Kopf.

»Was hast du eigentlich vor?« fragte ich. »Was soll das mit dem Rosenkranz?«

»Wir beten nur den Rosenkranz. Wir bitten Gott um Hilfe beim Aufbau der Demokratie, die wir uns wünschen.«

Wir hörten Geräusche nebenan im Zimmer. Matta, ein Palastdiener, war mit dem Kaffee gekommen. Er rief ins Bad: »Gottes Segen mit Ihnen, Sie sind wieder bei uns.«

Nachdem Matta gegangen war, fragte ich: »Und wenn Raymond und das Parlament nun versuchen, den Status quo zu erhalten? Raymond wird sich nie gegen das Militär wenden. Und Lambert ist wieder da. Macht dich das alles nicht unruhig?«

Er kam aus dem Bad und ging in das große Schlafzimmer, wo er ein weißes Bauernhemd aus einer Schublade nahm. »Doch, natürlich. Wir werden nie Freiheit haben, solange die, die das Volk führen, nicht für das Volk arbeiten. Raymond und das Militär werden Hand in Hand gegen das Volk arbeiten.«

»Und?«

»Ganae ist schon immer von korrupten Präsidenten regiert worden, oder von Diktatoren. Und das Volk hat immer auf einen Führer gewartet. Es darf nicht mehr sein Heil in einem einzelnen Führer suchen. Es muß lernen, selbst die Revolution zu machen.«

»Aber wie soll es denn?«

»Christus war ein Führer, der nicht führte«, sagte Jeannot.

»Das verstehe ich nicht.«

»Du wirst es noch verstehen. Trink deinen Kaffee. Wir müssen aufbrechen.«

In Ganae ist Weiß die Farbe von Pomp und Macht. Der Palast ist weiß, die Parlamentsgebäude sind weiß, und Notre-Dame de Secours, mit Abstand der größte Sakralbau, ist eine blendendweiße Kathedrale im spanischen Stil, erbaut im achtzehnten Jahrhundert am seinerzeit größten öffentlichen Versammlungsort der Stadt, der Place Notre-Dame. Da der Platz noch sein Kopfsteinpflaster aus dem achtzehnten Jahrhundert hat, wird er von Motorfahrzeugen weitgehend gemieden. So ist er eine große Fußgängerzone, tagsüber gesäumt von Marktständen und nachts von altmodischen Gaslampen erhellt, ein Treffpunkt für die Jugend von Port Riche.

Vor der Kathedrale führen vier eindrucksvolle steinerne Freitreppen auf den Platz hinunter. Drei große Marmorstatuen schauen auf die Stadt: ein sterbender Jesus am Kreuz, eine Heilige Jungfrau, ein gestrenger, bärtiger Petrus. Die Statuen sind weiß, und weiß sind auch ihre Gesichtszüge. Vielleicht liegt es an der Kathedrale, daß die Place Notre-Dame noch nie Schauplatz öffentlicher Demonstrationen war. Seit jeher finden hier Andachten und religiöse Prozessionen statt, knien hier nach einem Begräbnis die Trauernden vor den monumentalen Statuen nieder, um für die Seele des Verstorbenen zu beten.

Als Lamberts schwarzgewandete Wachhunde unseren Mercedes in dieses Viertel lenkten, mußten sie wegen der Menschenmassen, die zu dem Platz strömten, auf Schritttempo drosseln. Sie begannen ungeduldig zu hupen, aber Jeannot sagte ihnen, sie sollten damit aufhören. »Oder wollen Sie, daß wir hier eingekeilt werden?« fragte er. »Wenn die Leute mich sehen, lassen sie uns nicht mehr durch.«

Von da an hielt er den Kopf gesenkt und verdeckte sein Gesicht mit den Händen, während wir langsam auf den Platz rollten. Als erstes fiel mir die größte Menschenmenge auf, die ich dort je versammelt gesehen hatte. Eine doppelte Polizeikette hielt eine Gasse für die Autos der Honoratioren frei. An den vier Zugängen zum Platz stand je ein Armeelastwagen, aber die Militärpräsenz schien nicht der Rede wert zu sein. Wir rumpelten langsam über das holprige Kopfsteinpflaster und gelangten an die Freitreppe zum Haupteingang der Kathedrale. Dort warteten schon die Vertreter der Elite, einige hohe Offiziere mit ihren Frauen, führende Parlamentarier und eine Gruppe gewandeter Kleriker. Ich konnte den Erzbischof nicht unter ihnen entdecken, aber Bischof Laval, in dessen Amtsbereich die Kathedrale lag, kam die Treppe herunter, um Jeannot zu begrüßen. Père Bourque, Noël Destouts und andere von unserem Gymnasium waren auch da, und als wir die Treppe zu den Mikrofonen und dem Podium hinaufstiegen, wurde Jeannot von einer Gruppe seiner Priester und Nonnen der »Befreiungstheologie« umringt und mit Fragen bestürmt. Ich hörte, wie er sich nach den Mikrofonen erkundigte. Die Küster der Kathedrale hatten Lautsprecher aufgebaut, die immer dann zum Einsatz kamen, wenn die Kathedrale bei großen Festlichkeiten die Menschenmassen nicht fassen konnte. Die Gebete würden bis in den letzten Winkel des großen Platzes zu hören sein und über Rundfunk in die anderen Landesteile übertragen werden.

Eine Hand berührte meine Schulter. Zuerst erkannte ich die Fremde nicht, die angezogen war wie zu einer feinen Hochzeit.

»Père Michel! Ich hatte gehofft, Sie hier zu treffen. Ich werde nie vergessen, wie gut Sie zu mir waren. Ach ja – und die Mutter Oberin läßt Sie auch grüßen.«

Ich erinnerte mich an die wutschäumende Menge, die vor dem Fort Noël ihre Bestrafung verlangt hatte. Ich sah hinunter auf die vielen tausend Bauern und Slumbewohner, die hier in der Morgensonne zusammengekommen waren. Hatten sie Caroline gesehen? Und was würde geschehen, wenn man sie erkannte?

»Ist es nicht gefährlich für Sie, hier zu sein, Madame?«

»Ich habe doch meinen Mann bei mir«, sagte sie. »In seiner Gegenwart habe ich nie Angst. Außerdem sind wir doch hier, um für den Frieden zu beten, nicht?«

Hinter ihr lächelte Lambert mich an. Hinter Lambert sah ich sechs Soldaten des Bataillons Port Riche, die den Platz nicht aus den Augen ließen, ihre Uzis schußbereit. In dem Moment kam Bischof Lavalle zu mir und gab mir die Hand. »Es ist kurz nach zehn. Wann fangen wir an? Und haben Sie je so eine Menschenmenge gesehen?«

»Ich werde Jeannot fragen.«

Ich drängte mich durch die Kleriker und Honoratioren auf der Treppe bis zu dem Pulk von Mikrofonen vor, wo Jeannot stand. Pelardy war bei ihm. Pelardy wirkte verdrießlich und unzufrieden, und als ich hinkam, sah ich auch warum. Senator Raymond, eine stattliche Figur im weißen Zweireiher, die Augen hinter den funkelnden Gläsern einer Fliegerbrille verborgen, stand neben Jeannot und hatte ihm den Arm um die Schultern gelegt, während die Fotografen knipsten. Jeannot erwiderte die Umarmung nicht, wehrte sich aber auch nicht dagegen, sondern stand nur reglos und in sich zurückgezogen da.

»Der Bischof fragt, wann wir anfangen«, sagte ich.

»Ist der General schon da?« fragte Jeannot.

»Da drüben steht er«, sagte Raymond und zeigte zum Haupttor der Kathedrale, wo Macandal, umgeben von seinen Adjutanten, in Galauniform mit Goldkordel an der Schulter und vier goldenen Sternen auf dem Mützenschirm stand und mit Eroberermiene über die Menge blickte.

»Gut«, sagte Jeannot. »Dann können wir mit dem Rosenkranz beginnen.« Er sah mich an. »Einen Moment noch, Paul.«

Er nahm mich beim Arm und führte mich an den Mikrofonen vorbei, bis wir außer Hörweite der anderen waren. Dann legte er mir die Hände auf die Schultern und sah zu mir auf. In seinen außergewöhnlichen Augen standen Tränen. »Erinnerst du dich an Toumalie, Paul? Den Tag, an dem du mich gefunden und hierher mitgebracht hast?«

»Natürlich.«

»Bereust du es?«

»Nein, *Petit*. Natürlich nicht.«

»Ich liebe dich«, sagte er. »Und werde dich immer lieben.«

Mir standen jetzt selbst die Tränen in den Augen.

»So«, sagte er. »Dann können wir jetzt anfangen.«

Er trat auf ein kleines Podest, das aufgestellt worden war, damit man ihn hinter dem Wald von Mikrofonen noch sehen konnte. Er blickte über die riesige Menschenmenge und hob die Arme zu einer Friedensgeste. Im selben Moment gingen Hunderte von Postern mit seinem Porträt in die Höhe. Jubelschreie und »Jeannot!-Jeannot!«-Rufe schollen über die Place Notre-Dame. Ich warf einen Blick zu General Macandal hinter mir. Er stand unbeweglich wie eine Statue und schaute starr in den Himmel, als wollte er nicht sehen, was sich vor seinen Augen abspielte.

Wieder hob Jeannot die Arme.

»Rosenkränze! Haben wir unsere Rosenkränze?«

Tausende von Händen hielten Rosenkränze in die Höhe, dazu kleine Kerzen, die mickrig im Sonnenlicht flackerten. Mit einer Handbewegung gebot Jeannot Ruhe.

> Mit diesem Rosenkranzgebet
> bitten wir unsere Mutter Maria,
> sich für uns zu verwenden
> und ihren Sohn Jesus Christus zu bitten,
> uns in die Freiheit zu führen, die uns verheißen ward.
> Wir bitten um Gottes Hilfe.
> Ohne sie werden wir scheitern.
> Lasset uns beten.

Jeannot bekreuzigte sich und begann mit dem Rosenkranz. Er beendete das erste Ave Maria, und inbrünstig kam die Antwort aus vielen tausend Kehlen. Ich beobachtete ihn, wie er dort stand, eine kleine, schmächtige Gestalt in den unscheinbaren, billigen Baumwollkleidern der Armen, hinter ihm wie ein Wandgemälde, das Pomp und Reichtum darstellte, die eleganten Gestalten Lamberts und Carolines, die goldbetreßten Offiziere, der purpurgewandete Bischof, die Priester in ihren gestärkten weißen Chorröcken und roten Soutanen. Und mitten in dieser Gruppe, schwitzend in der Morgensonne, das imposante graue Haupt des Senators, der ab diesem Tag als Premierminister alle diese Mächte repräsentieren sollte.

Jeannot betete die Ave Marias vor. Die Menge antwortete. Der Rosenkranz ist von allen Andachtsübungen die anspruchsloseste, eine ständige Wiederholung immer desselben bekannten Textes, eine Gebetsmühle. Aber an diesem Morgen hörte ich ihn wie noch nie zuvor, nicht als Gebet, sondern als eine geraunte Beschwörung, immer wieder dieselben Worte, eine Formel. Auf der Treppe beteten von den Leuten um mich herum nur die jungen Priester und Nonnen mit. Caroline Lambert neben mir zupfte einen Faden von ihrer seidenen Handtasche, gelangweilt und ungeduldig wie ein Kind in der Kirche. General Macandal und seine Offiziere, der Bischof und die höheren Kleriker standen nur stumm da und blickten über die betende Menge, als sähen sie sich einem zornigen Pöbel gegenüber.

Auch ich betete nicht. Für mich waren an diesem Morgen die Worte des Rosenkranzes wie ein monotones Geleier von Stimmen, die einen blauen, leeren Himmel beschworen. Wer konnte glauben, daß in diesem kalten Himmel eine Mutter Gottes auf ihr Flehen hörte?

Jeannot kam zum letzten Gesetz. Nach der letzten Antwort hob er die Hand an die Stirn und machte das Kreuzzeichen. Die Menge tat es ihm nach. Einen Augenblick lang war es so still, daß man nur noch das unheimliche Summen der wartenden Lautsprecher hörte. Hinter Jeannot sah ich, weiß vor dem blauen Himmel, die Arme in frommer Haltung ausgebreitet, die Riesenstatuen eines sterbenden Christus, einer Heiligen Jungfrau, eines strengen Petrus. Dann hörte ich wieder Jeannots Stimme, leise, beschwörend, eine Stimme, die ihresgleichen nicht hatte, über den großen Platz tönen.

Brüder und Schwestern.
Meine Stunde ist gekommen.

Mein Tagwerk ist vollbracht.
Wenn ihr mich nicht mehr seht,
wenn ihr mich nicht mehr findet,
werde ich bei euch sein.
Ich werde bei euch sein,
wie die bei euch sind,
die durch Soldatenkugeln fielen,
die in Straßengräben liegen,
deren Körper verwesen,
deren Münder schweigen.
Sie sind nicht tot.
Sie leben weiter in euch.
Sie warten,
wie ich warte,
daß ihr euer Leben verändert.
Wer aber, fragt ihr,
wird unser Führer sein?
Die Toten sind unsere Führer.
Ihr, und nur ihr
könnt mit Gottes Hilfe
und im Gedenken an die Toten
unsere Freiheit gewinnen.
Das wird weder an einem Tag geschehen,
noch in einem Jahr.
Es wird weder durch Aufstände geschehen,
noch durch ein Parlament von Narren.
Es wird geschehen, wenn ihr nicht mehr
nach einem Messias ruft.
Ihr seid der Messias.
Ich hingegen,
ich bin nichts.
Ich kam aus dem Nichts.

Und heute gehe ich zurück
dorthin, woher ich kam.
Zu den Armen, den Stummen, den
  Unbekannten.
Von heute an
warten wir auf euch.
Wie die Toten auf euch warten.
Daß ihr uns Freiheit bringt.
Brüder und Schwestern.
Ihr seid die Gesalbten.
Mit Gottes Hilfe
werdet ihr nicht scheitern.

Er senkte den Kopf. Die Lautsprecher summten in angespannter Stille. Dann verließ er unvermittelt das Podest, ging die Treppe hinunter und mitten hinein in die Menge, die Arme ausgebreitet, als wollte er sie alle umarmen. Plötzlich wurden Stöcke aneinandergeschlagen, Trommeln dröhnten, Blechdosen klapperten, Stimmen skandierten: »Jeannot! Jeannot!« Köpfe tanzten auf und ab. Menschen drängten zu ihm, um ihn zu umarmen, ihn weiterzureichen von einer Gruppe zur anderen, während er immer tiefer hineinging in die Masse von Leibern. Nach kaum einer Minute sah ich ihn schon nicht mehr. Lamberts dunkelgekleidete Gorillas, die sich im Hintergrund gehalten hatten, stürzten sich jetzt ins Volk und versuchten verzweifelt, ihn zu finden. Aber die Menschenmasse erfaßte sie wie eine riesige Woge.

Ich sah Lambert seinen Soldaten ein Zeichen geben, worauf sie einen Ring um Caroline bildeten, als rechneten sie mit einem Angriff auf sie. Aber diese unübersehbare, singende und trommelnde Masse kümmerte sich nicht um die auf der Treppe versammelten Ränge der Honoratioren. Der große Platz war nur noch Lärm und Bewegung, denn nun, nachdem das Gebet geendet hatte, begann ein wildes Feiern. Nach einer kleinen Weile begannen die Honoratioren bestürzt miteinander zu reden. General Macandal gab dem Bischof ein Zeichen, und beide gingen in die Kathedrale. Die Angehörigen der Elite und ihre Frauen verabschiedeten sich hastig voneinander und eilten zu ihren Limousinen. Die jungen Nonnen und Priester rannten hinunter auf den Platz, um mitzufeiern.

Auf der jetzt leeren Freitreppe sah ich Noël Destouts' vertraute Hünengestalt in ihrer verschlissenen Soutane und den roten Kubasandalen auf mich zukommen.

»Paul, wußtest du etwas davon?«

»Nein.«

Unter uns die Masse wirbelnder Leiber, viertausend tanzende Köpfe, ein ohrenbetäubender, freudiger Lärm, ein Karneval.

»Mesiah«, sagte Noël.

11

»Ich habe ein ausgezeichnetes Gedächtnis«, sagte Oberst Lambert. »›Wenn ihr mich nicht mehr seht, wenn ihr mich nicht mehr findet, werde ich bei euch sein.‹ Das waren genau seine Worte. Habe ich nicht recht, Hochwürden?«

Ich gab ihm recht.

»Alle Anwürfe, er sei von Agenten der Polizei oder Armee getötet worden, sind völlig falsch, das versichere ich Ihnen. Für mich bedeutet dieser eben zitierte Satz, daß er nicht ins Ausland geflüchtet ist, sondern sich irgendwo auf dieser Insel befindet, versteckt wie eine Eidechse unter einem Stein, und mit dieser Taktik hat er die Unruhen und Aufstände der letzten zwei Monate geschürt. Noch mehr Tote, will er darauf hinaus?«

»Wie gesagt, ich weiß nicht, worauf er hinauswill.«

»Punkt zwei. Die Wirtschaft des Auslands zieht sich in weit größerem Ausmaß aus Ganae zurück, als allgemein bekannt ist. Und wenn hier Fabriken schließen, werden sie nicht wieder aufgemacht. Folge: Das Elend des gemeinen Volkes wird größer sein als je zuvor. Will er darauf hinaus?«

»Es hat keinen Sinn, mir das alles zu sagen«, erwiderte ich. »Ich habe keine Verbindung mit ihm.«

»Das glaube ich Ihnen nicht, Hochwürden. Sie meinen es sicher gut. Sie sind ja ein guter Mensch, wie alle sagen. Ich will offen mit Ihnen reden. General Macandal möchte eine schärfere Gangart gegenüber Dissidenten und denjenigen

Priestern anschlagen, die hier Unruhe schüren. Das bedeutet mehr Verhöre, mehr Verhaftungen. Aber bevor es dazu kommt, wollte ich Sie zu uns einladen, um auszuloten, ob es eine Möglichkeit gibt, Ihren Freund davon zu überzeugen, daß wir bereit sind, über weitere politische Kompromisse zu verhandeln, wenn es hilft, diese Krise zu beenden.«

Wir saßen in einem der Salons in Lamberts Villa, die als das größte Privathaus in Ganae galt. Die eine Zimmerwand war aus Glas, und dahinter sah man einen großen Swimmingpool, der so angelegt war, daß man den Eindruck hatte, es sei ein römisches Bad. Während wir miteinander sprachen, schwamm Caroline Lambert langsam und anmutig im Becken auf und ab. Verlegen ertappte ich mich dabei, daß ich unablässig zu ihr hinsah.

Ich sagte zu Lambert: »Sie wissen, daß ich keine Verbindung mit ihm habe. Sie haben mich Tag und Nacht beschatten lassen. Meine Post wurde geöffnet, und ich glaube, auch meine Telefongespräche werden abgehört. Mein Freund Pelardy sitzt im Gefängnis und wird dort seit drei Monaten ohne Anklage festgehalten. In den Slums der Großstädte und in Dörfern und Kleinstädten des ganzen Landes werden Unschuldige mißhandelt und erschossen, um ihre Proteste gegen das Regime, das Sie eingesetzt haben, zu ersticken. Wenn ich wüßte, wo Jeannot ist, würde ich ihm nicht empfehlen, sich mit Ihnen zu treffen. Es wäre lebensgefährlich für ihn.«

»Das ist nicht wahr«, sagte Lambert. »Und Ihre Vorwürfe und Übertreibungen will ich lieber überhört haben. Wenn Père Cantave dazu überredet werden könnte, sich zu zeigen, dürften Sie sicher sein, daß niemand es wagen würde, ihm ein Haar zu krümmen. Die ganze Welt nimmt

Anteil an seinem Schicksal. Er weiß sehr genau, daß ihm gar nichts passieren könnte.«

In diesem Moment entstieg Caroline Lambert dem Schwimmbecken. Ein Dienstmädchen wartete schon mit einem großen weißen Bademantel und hielt ihr einen Sonnenschirm über den Kopf. Die Damen der Mulattenelite fürchten die Sonne: Sie ist für sie die Farbe der Dunkelheit. Jetzt kam Caroline, gefolgt von ihrem Dienstmädchen, am Beckenrand entlang auf uns zu, sah mich im Salon, mimte große Überraschung, schob die Glastür auf und trat ein.

»Père Michel, welch eine Freude! Wie geht es Ihnen? Entschuldigen Sie, ich bin ganz naß und sehe scheußlich aus, ich muß mich umziehen gehen. Aber wie schön, Sie zu sehen. Alain, du mußt Père Michel unbedingt demnächst zum Diner einladen. Erinnern Sie sich noch an unseren Maultierritt, Hochwürden? So ein Abenteuer!«

Sie ging durch die großen Zimmer weiter und winkte noch einmal zu mir zurück, bevor sie meinen Blicken entschwand. Es war das letzte Mal, daß ich mit Caroline Lambert gesprochen hatte. Jetzt im Rückblick sehe ich meine alberne Verliebtheit in sie als eine weitere Verhöhnung meines vergeudeten Lebens. Ich sah sie noch einmal wieder, einige Jahre später, bei einem Begrüßungsempfang für einen neuen Erziehungsminister. Als ich dem Minister gerade in meiner Eigenschaft als Direktor des Collège St. Jean vorgestellt wurde, kam Caroline Lambert dazu. Sie trug ein goldgewirktes Kleid und war schöner denn je. Mein Herz machte einen Satz. Sie begrüßte den Minister herzlich, doch als sie mir vorgestellt wurde, lächelte sie und murmelte einen höflichen Gruß, wie man es gegenüber Fremden tut, und ging weiter.

Ihr Mann vergaß mich nicht. Ein paar Wochen nach unserer Begegnung in seinem Haus wurde ich mitten in der Nacht aus dem Wohnheim geholt und in Fort Noël verhört. Die Fragen waren die gleichen, die man mir vorher schon gestellt hatte: Wo war Jeannot? Wen hatte ich getroffen, als ich letzten Monat nach Jamaika flog, um unseren Provinzial zu besuchen? Aber die Art des Verhörs war anders. Ich wurde geschlagen, getreten, Lügner geheißen, drei Tage lang in Fort Noël festgehalten und erst wieder freigelassen, als die Kunde von meiner mißlichen Lage über unseren Orden nach Rom und zu Kardinal Innocenti gelangte. Man entschuldigte sich beim Provinzial und dem päpstlichen Nuntius, aber nicht bei mir.

Ein paar Tage nach meiner Entlassung aus Fort Noël übergab der Nuntius mir einen Brief von Kardinal Innocenti, der mit der Diplomatenpost gekommen war. Der Umschlag trug den Vermerk »Vertraulich« und das päpstliche Siegel. Der Kardinal bedauerte darin, was mir widerfahren war, und fragte, ob ich von Jeannot gehört hätte. Er schrieb auch, daß er gerne wüßte, wie ich die gegenwärtige Lage in Ganae beurteilte. Alles, was ich ihm mitzuteilen hätte, schrieb er, werde streng vertraulich behandelt.

Ich war dankbar für seine Bemühungen um meine Freilassung und versuchte in meiner Antwort, meine persönlichen Eindrücke und Mutmaßungen zusammenzufassen. Ich schrieb ihm: »Alle Durchsuchungen, Morde, Mißhandlungen und andere Einschüchterungsmaßnahmen gegenüber Père Cantaves Anhängern haben es nicht vermocht, deren Glauben daran, daß er irgendwann wiederkehrt, zu unterdrücken, und so scheint die Regierung es nun für das klügste zu halten, einfach so zu tun, als ob der Kampf gewonnen wäre. Père Cantaves Name wird in den vom Staat kontrollierten Medien nie erwähnt. Zivile und militärische Führungspersonen schützen auf Fragen nach seiner Wiederkehr Gleichgültigkeit vor. Premierminister Raymond hat neulich in *Le Monde* erklärt, Cantave sei ›jetzt irrelevant. Ganae ist in ein neues Stadium der Demokratie eingetreten.‹ Ich sollte auch eine Äußerung Erzbischof Pellerats vor einer Besuchergruppe amerikanischer Bischöfe erwähnen, die Eurer Eminenz vielleicht noch nicht zu Ohren gekommen ist. Er wurde mit den Worten zitiert: ›Die von Père Cantave verkündeten Ideen der sozialen Erhebung wurden von den Armen verworfen. Sie haben genug von den Unruhen und Gewalttaten, zu denen seine Lehren anstifteten. Zudem sind seine Anhänger im Klerus, jene Priester und Nonnen, die für radikalen sozialen Wandel eintraten, jetzt führerlos.‹

Eure Eminenz, der wahre Stand der Dinge scheint mir zu sein, daß Père Cantaves Ideen keineswegs verworfen wurden, sondern durch sein geheimnisvolles Verschwinden auf sonderbare Weise gestärkt wurden. Die Armen sehen in ihm mehr denn je so etwas wie einen Messias und erwarten irgendwann seine Wiederkehr.

Doch um auf Ihre Eingangsfrage zurückzukommen, nein, ich habe nichts mehr von Père Cantave gehört und erwarte auch nicht, von ihm zu hören. Er hat sich mir vor seinem Verschwinden nicht anvertraut. An unseren letzten gemeinsamen Tagen hat er zu mir gesagt, das Volk dürfe sich nicht auf einen einzelnen Führer verlassen. Es müsse lernen, die Revolution selbst zu machen. Als ich ihn fragte, wie es das denn tun solle, antwortete er: ›Christus war ein Führer, der nicht führte.‹ Es ist deshalb möglich, daß er es in irgendeiner Weise unserem Herrn gleichzutun hofft, indem er in die Legende eingeht. Ich rechne nicht damit, ihn wiederzusehen.«

Einen Monat, nachdem ich diesen Bericht abgeschickt hatte, bekam ich Antwort von Kardinal Innocenti, der mir für meinen »interessanten und informativen Brief« dankte. Er ging auf den Inhalt nicht ein und drückte nur die Hoffnung aus, daß ich ihn besuchen werde, wenn ich je wieder nach Rom käme.

12

Zehn Jahre sind jetzt seit dem Tag vergangen, an dem Jeannot scheinbar von dieser Erde verschwand. Eine Revolution hat es nicht gegeben, aber sehr zum Mißfallen der Elite und des Militärs ist der Alltag der Armen geprägt von unbezähmbarem Zorn und Unmut. In den Slums von La Rotonde und Doumergueville und in den Elendsdörfern von Cap Nord und Mele werden täglich Kerzen angezündet zum Gedenken an Jeannot. An ländlichen Straßenkreuzungen und den öden Berghängen von Cap Gauche, Papanos und Pondicher sieht man selbstgefertigte kleine Grabmale stehen. Sie sind religiöser Art, mit Kruzifixen an den Kopfenden, wie um die Vampire des Regimes abzuwehren. Die meisten ziert ein ungefähres Porträt von Jeannot, aber auf dem einen oder anderen ist auch ein Öldruck oder eine Statue der Jungfrau Maria zu sehen. Wegen dieser Verquickung religiöser Ikonographie mit dem Bild Jeannots haben es bisher nicht einmal die brutalen Soldaten der neuen Sonderbataillone gewagt, diese Grabmale zu schänden oder zu zerstören. Und so stehen sie nun seit Jahren, mit Blumen geschmückt und nach Unwettern jedesmal wieder hergerichtet. Frauen knien auf ihren weiten Wegen von den Dörfern in die Städte vor ihnen nieder. Arbeiter, die auf dem Weg zu den Feldern an ihnen vorbeikommen, machen ein Kreuzzeichen und verneigen sich.

Im Parlament haben die *noirs* Jeannots Andenken dazu

benutzt, die *mulâtres* zur Teilung der gesetzgeberischen Gewalt zu zwingen. Daher besetzen *noirs* jetzt die meisten Ministerämter und sitzen an den höchsten Stellen in Polizei und Armee. Aber nichts hat sich geändert. Das System ist wie immer durch und durch korrupt. Die Opfer sind die Armen.

In den letzten zehn Jahren gab es viele Gerüchte und falsche Erscheinungen. Manchen im Volk war von vornherein klargewesen, daß Jeannot von Macandals Soldaten ermordet worden war; andere sagen immer noch, er lebe und werde wiederkehren, um einen bewaffneten Aufstand anzuführen. In den Kreisen der Elite fällt sein Name nie, aber das Geheimnis seines Verschwindens lauert unter der Arroganz und Privilegiertheit ihres Lebens wie ein gefährlicher unsichtbarer Riß.

Zu Beginn dieses Berichts habe ich geschrieben, ich wolle die verborgene Begebenheit aufzeichnen, die nie erzählte Geschichte. Ich weiß nicht, wer diese Zeilen je lesen wird. Aber ich habe mich gefragt: Ist es meine Pflicht, weiter zu schweigen? Oder ist es meine Pflicht, jetzt zu berichten?

Ein Jahr nach Jeannots Verschwinden ging Père Bourque in den Ruhestand, und ich wurde Direktor des Collège St. Jean. Als ich eines Morgens in meinem Dienstzimmer saß und Stundenpläne entwarf, kam unser Pförtner und sagte mir, unten sei eine Frau, die mich sprechen wolle.

»Wer ist es?«

»Sagt sie nicht, Monsieur. Kommt vom Land. Sind sehr unwissende Menschen dort. Ich kenne den Ort, Monsieur. Heißt Toumalie.«

Toumalie. Ich sah von meiner Arbeit auf. »Schicken Sie die Frau ins Besuchszimmer. Ich komme gleich.«

Aber als ich ins Erdgeschoß hinunterging, kam mir der

Pförtner entgegen. »Entschuldigung, Monsieur, aber die Frau will nicht hereinkommen.«

Ich ging vor die Tür. Eine hochgewachsene Frau stand draußen. Sie gehörte zu denen, die täglich den weiten Weg von irgendeinem entlegenen Dorf zu den Märkten von Port Riche machen. Sie hatte ihre Marktbündel auf den Boden gelegt und stand unsicher daneben, als wollte sie jeden Moment die Flucht ergreifen.

Ich ging zu ihr. »Guten Morgen. Ich bin Père Michel. Kann ich etwas für Sie tun?«

Sie starrte mich ein paar Sekunden an, dann griff sie plötzlich mit verlegenem Lächeln unter das gelbrote Tuch, das sie um den Kopf hatte, und holte etwas darunter hervor, was sie mir gab. Es war eine Taschenuhr mit goldenem Deckel über dem Zifferblatt. Meine Hand zitterte, als ich den Deckel aufklappte und die Initialen sah, die ich einmal auf die Innenseite hatte gravieren lassen. J.-P.C.

Ich schloß den Deckel. Die Frau hob ihre Bündel auf. »Halt! Wer hat Ihnen das gegeben?«

Sie lächelte, setzte sich die dicken Bündel auf den Kopf und schritt hoch aufgerichtet und würdevoll zum Schultor. Ich lief ihr nach.

»Bitte. Sagen Sie mir, wer Ihnen das gegeben hat. Und warum haben Sie es hierhergebracht?«

»Entschuldigung«, sagte sie im Weitergehen.

»Sind Sie aus Toumalie?«

»Ja.«

»Bitte, sagen Sie es mir. Wer?«

»Hat nur gesagt, soll's herbringen«, antwortete sie und beschleunigte schon ihre Schritte, kaum daß wir zum Tor hinaus waren. »Weil ich nach Port Riche komme, zweimal die Woche.«

»Wer hat das gesagt?«

»Frédéric.«

»Was für ein Frédéric?«

»Bitte, *Mon Pe*. Lassen Sie mich gehen.«

Damit eilte sie davon.

Ich ließ den Wagen in Melun stehen. Es war einundzwanzig Jahre her, seit ich zuletzt in Toumalie gewesen war, aber es gab noch immer keine Straße dorthin, auf der ein Auto sicher hätte fahren können. Ich machte mich am frühen Nachmittag mit einem Maultier auf den Weg, wobei ich wußte, daß ich in dieser Nacht kein Bett haben würde, wenn ich nicht im Haus des örtlichen Priesters übernachten wollte. Und das ging natürlich nicht an. Als ich kurz nach vier Uhr das Dorf erreichte, sah ich ein paar Frauen in einem Bach neben der Straße Wäsche waschen. Kinder spielten und planschten in diesem Bach. Weiter oben saß ein Mann im seichten Wasser und ließ sich von seiner Frau den Rücken schrubben. Ich ritt zu diesem Paar hin und fragte, ob sie mir sagen könnten, wo ich Frédéric fände.

Ein Priester, selbst ein weißer Priester, gilt in einem Ort wie Toumalie nicht als gefährlich. »Frédéric, hier gibt es zwei Frédérics«, sagte der Mann. »Suchen Sie den jungen Frédéric?«

»Wie jung ist er denn?«

»Weiß nicht. Ein Junge.«

»Nein«, sagte ich. »Dann den anderen.«

Der Mann stand tropfnaß auf und schüttelte sich wie ein Hund. »Auf dem Berg«, sagte er, indem er hinzeigte. »Sehen Sie die Hütte da oben? Die ist es nicht. Aber die nächste weiter oben, die gehört Frédéric.«

Ich dankte ihm und ritt weiter. Während das Maultier behutsam den schmalen, steinigen Pfad hinaufging, fragte ich mich, ob es derselbe Pfad war, auf dem ich vor über zwanzig Jahren Jeannot mit mir fortgenommen hatte. Als ich an der ersten Hütte vorbeiritt, kamen zwei kleine Kinder herausgelaufen, doch als sie den Fremden sahen, rannten sie sofort wieder zurück. Die nächste Hütte war größer und hatte vor kurzem ein neues Blechdach bekommen. Sie hatte eine wacklige Veranda, vor der eine Feuerstelle war, ein Zeichen dafür, daß die Hütte keine Küche hatte. Auch hier kamen Kinder herausgerannt, drei Mädchen und ein kleiner Junge. Aber diese Kinder liefen bei meinem Anblick nicht wieder weg. Sie starrten mich an, als ich dem Maultier die Zügel über den Hals legte und mit schmerzenden Gliedern abstieg. Irgendwo in der Ferne krähte ein Hahn. Ich warf einen Blick zu dem Berghang hinter dem Haus und sah kleine Terrassenfelder, von Steinen gesäumt, damit die Erde nicht abrutschte. Die Kinder beobachteten mich, und das kleinste, der Junge, lief zu einem kleinen Schuppen hinter der Hütte.

»Papa!« rief er.

Die Schuppentür ging auf, knarrend an losen Angeln, und ein Mann kam heraus. Er war klein und schmächtig und hatte Haare wie Stahlwolle, die seinen Kopf dicht umschlossen. Ich bekam einen kleinen Schrecken, als er auf mich zukam. Ich hatte ihn nie gesehen, aber ich kannte ihn. Ich zeigte ihm die Uhr. Er sah sie an, dann mich, und sein Blick wurde zornig. »Hat sie Ihnen meinen Namen genannt?«

»Frédéric?«

Er nickte. Dann zeigte er zur Veranda. »Die Sonne ist noch heiß«, sagte er. »Gehen wir hinein.«

Wir gingen zur Veranda und setzten uns auf die wackligen Stühle. Zu den Kindern, die uns zusahen, sagte er: »Geht ins Haus.«

Sie gingen gehorsam an uns vorbei in die Hütte. Die Tür schlug zu.

»Sie sehen aus wie er«, sagte ich. »Ich hätte Sie sofort erkannt. Wo sind Ihre Vettern? Lebt Ihre Tante noch?«

»Sie ist tot. Meine Vettern haben alle Toumalie verlassen. Einige arbeiten in einer Fabrik in Papanos, die anderen in einer Mühle in Pondicher. Ich wollte nicht von hier fort. Darum versuche ich hier den Hof zu bewirtschaften.«

Er lehnte sich auf seinem wackligen Stuhl zurück, dann griff er sich mit einer Gebärde, die ich gut kannte, mit der Hand vors Gesicht und bedeckte seine Augen. Es war, als hätte ich Jeannot vor mir.

»Sie hätten nicht kommen dürfen«, sagte er. »Daß Sie hier sind, ist gefährlich für uns.«

»Niemand weiß, daß ich hier bin, und ich werde es auch niemandem sagen.«

»Aber wenn sie es herausbekommen? Sie waren schon so oft hier, Polizei, Soldaten, und haben gefragt und herumgesucht, uns mit Schlägen gedroht. Die wissen, daß ich Cantave heiße. Ich sage ihnen immer dasselbe, daß Sie ihn als kleinen Jungen von hier fortgeholt haben. Ich habe ihnen auch gesagt, daß er uns nie hier besucht hat, kein einziges Mal. Das ist alles wahr, Sie wissen es. Aber wenn die jetzt erfahren, daß Sie hier waren, heißt es, ich hätte gelogen.«

»Sie werden es nicht erfahren, das verspreche ich Ihnen.«

»Wie können Sie das versprechen? Diese Kinder, die Sie eben gesehen haben, das sind meine, und sie sind mir lieb. Ich habe sie seinetwegen in Gefahr gebracht. Ich wollte nicht, daß er wiederkam. Er hat uns nie geholfen. Für ihn waren wir gar nicht da. Aber als er dann kam, allein, nach all den Jahren, habe ich mir gesagt: ›Ich darf nicht so handeln wie er.‹ Also habe ich ihn aufgenommen.«

»Wo ist er?«

»Er ist tot. Letzten Winter gestorben. Ein Fieber, ich weiß nicht, wie es heißt. Wir haben hier keine Ärzte. Meine Kinder haben dieses Fieber angeschleppt, aber sie sind jung und kräftig. Er hat es sich von ihnen geholt, aber er war – Sie wissen es – schon immer schwach und kränklich. Er hat geschwitzt und dagegen angekämpft, aber bei ihm ist das Fieber nicht weggegangen. In der dritten Nacht ist er gestorben.«

Ich sah die Uhr an, die ich noch in der Hand hielt. In dem Moment, als die Frau sie mir gab, hatte ich gewußt, daß sie ein Todesbote war. Ich klappte den goldenen Deckel auf und sah wieder seine Initialen: J.-P.C.

»Warum haben Sie mir das geschickt? Hat er Sie darum gebeten?«

Frédéric schüttelte den Kopf. »Nein. Er dachte wohl nicht, daß er sterben würde. Aber seine Zeit war gekommen. Ich habe Ihnen die Uhr geschickt, weil sie Ihnen gehört, nicht mir. Genau wie er. Sie haben ihn mit sich fortgenommen. Sie haben ihn zu dem gemacht, was er war. Mir hat nicht gefallen, was er war. Wie viele Hunderte sind wegen seiner Predigten gestorben? Wie viele mehr würden morgen sterben, wenn sie glaubten, es brächte ihn zurück?«

»Wo liegt er begraben?«

Er zögerte, dann sagte er: »Gut, ich sage es Ihnen. Da oben auf dem Berg. Ich habe ihn selbst begraben und niemandem etwas gesagt. Und ich bitte Sie, *Mon Père*, sagen

Sie es auch niemandem. Sonst kommen Leute zum Beten hierher und stiften Unruhe. Vielleicht möchten sie ihn sogar aus dem Grab holen. Und dann kommen die Soldaten und verprügeln mich und stecken mich ins Gefängnis. Meine Familie hätte zu leiden. Und wofür?«

Ich stand auf. Meine Trauer überwältigte mich. Ich wollte nur noch weinen, hinausrennen.

Ich sagte: »Ich muß wieder in Melun sein, bevor es dunkel wird. Darf ich das Grab sehen?«

»Ja. Kommen Sie.«

Hinter der baufälligen Hütte führte ein Fußpfad zwischen den mageren Feldern nach oben. Er ging vor mir her, ohne sich auch nur einmal umzusehen. Er sagte: »Es ist gut, wenn Sie sein Grab besuchen. Sie können die Totengebete sprechen. Ich habe auch gebetet, als ich ihn begrub, aber ich bin kein Priester.«

An einem lehmigen Hang, der so steil war, daß er nicht bearbeitet werden konnte, blieb er stehen und zeigte auf den Boden. Ich sah nichts von einem Grab. An der Stelle, auf die er zeigte, sah ich nur Laub und Lehm. »Ich habe es in der Nacht getan«, sagte er. »Die Kinder wissen nicht, wo es ist. Nicht einmal meine Frau weiß es. Natürlich konnte ich kein Kreuz daraufstellen. Sie sehen es selbst. Niemand würde erkennen, daß diese Erde je berührt wurde.«

Er schwieg einen Moment und sagte dann: »Ich lasse Sie jetzt allein, zum Beten. Sie finden den Weg selbst zurück. Leben Sie wohl. Und bitte, kommen Sie nicht wieder.«

»Nein. Und danke.«

Er wies meinen Dank mit einem ärgerlichen Kopfschütteln ab. Dann machte er kehrt und ging den schmalen Pfad zurück.

Nun war ich allein mit Jeannot, zum letzten Mal allein.

Ich sah auf die Erde, die so namenlos war wie die unbezeichneten Gräber der Bauern, die hier vor hundert Jahren gestorben waren. Jeannot, dessen beschwörende Stimme für immer verstummt war; Jeannot, der in die Legende eingegangen war. Wenn er doch nur der Messias *wäre*, wenn man doch nur den Grabstein fortwälzen könnte! Aber hier stand nun ich auf dieser Erde, und sein schmächtiger Körper lag darunter, er ward Asche zu Asche und Staub zu Staub.

Ich kniete neben dem unbezeichneten Grab nieder, aber nicht zum Beten. Ich streichelte die Erde, eine sinnlose Liebkosung, als wüßte er auf irgendeine Weise, daß ich hierhergekommen war. Ich weinte, aber meine Tränen konnten ihm nicht helfen. Es gibt kein Leben danach.

Der kleine Junge, Frédérics jüngstes Kind, stand bei dem Maultier, als ich wieder zur Hütte herunterkam, und versuchte ihm eine Handvoll Gras zu füttern. Er sah zu mir auf. »Darf ich mal reiten, *Mon Pe*?«

Ich setzte ihn auf das Maultier und führte es einmal auf dem Hof herum. Seine Schwestern sahen uns aus dem Fenster zu, kamen aber nicht heraus.

Als ich ihn wieder herunterheben wollte, rief er: »Mehr! Mehr! Den ganzen Berg hinunter.«

»Nein, *Petit*. Bleib hier.«